われわれの小田実

藤原書店編集部編

藤原書店

はじめに

二〇〇七年七月三十日午前二時五分、作家の小田実さんが、胃がんのため東京都内の聖路加国際病院で逝去された。享年七十五。

小田さんは、一九三二年六月、大阪で生まれた。「五・一五事件」の年で、軍部が擡頭して日本の社会状況が転換してゆく頃である。やがて日本は支那（中華民国）や米国と泥沼の戦争に突き進んでゆく。一九四五年八月十四日、大阪は米国の大空襲をうけ、小田さんは多くの友人を失った。無条件の降伏を受け入れながらも、十五日正午まで全国民に敗戦を知らせなかった天皇及び日本国家への怒り。又、降伏が決定したのに、空爆を続けた米国への怒り。齢十三の時のこの二つの怒りが、その後の自分の思想と行動の原点である、と小田さんは語る。

十七歳で作家中村真一郎に認められ作家デビューを果たす。東京大学大学院で西洋古典学を学んだ後、「フルブライト基金」を受け、ハーバード大学大学院に留学するが、アメリカ合州国、メキシコ、ヨーロッパ、中近東、アジアなど世界各地を歩いて回り、二十九歳の時、大ベストセラー『何でも見てやろう』が誕生したのである。

これを皮切りに猛烈な作家活動は膨大な著作群を生みだしてゆく。そして一九六五年、いわゆる「べ平連」の運動を始める。小田さん三十三歳。一九七二年には、韓国の詩人金芝河の救援活動に携わり、その後の金大中の救援活動、韓国民主化闘争支援にまで関わる。その他、「恒久民族民衆法廷」「アジア・アフリカ作家会議」「市民の意見」など、自身が積極的に関わった活動は数知れない。

一九九五年一月十七日未明、阪神淡路大震災で被災。翌年から被災者に対する「公的援助」を求める「市民=議員立法」、すなわち、市民と議員が協力して法律を作成する運動を展開。小田さん自らが弁護士の協力を得て、前文から始まる法案を作成する。超党派で運動を展開するも、政党同士の思惑の中でかなり骨抜きにされたが、遂に三年後、災害の被災者支援を初めて可能にした「被災者生活再建支援法」が作られた。市民の運動によって成立した画期的な法律である。

大学時代、西洋古典学を学ぶ中で、世界の各地を自分の目で見て歩くという冒険に挑んだ小田実。「作家」であることに拘りつづけながら、「作家」とは何かを常に考え続け、ジャーナリストでもあった小田実。広大な世界認識と歴史認識をもち続けようとした小田実。どんな権力にも屈しない闘士でありながら、常に市民の立場に立ち、そのユーモアで数多くの人々を魅了しつづけた小田実。そして亡くなった今もわれわれの中に生き続ける「小田実」。

本書は、小田さん歿後七回忌にあたり、小社の学芸総合誌・季刊『環』の特集に加筆修正して、七四人、二団体の国内外の方達に執筆ご協力いただき、小田実の全体像を描くことを試みたものである。

二〇一三年七月

藤原書店編集部

われわれの小田実　目次

はじめに　I

本書は『環』第31号・特集「われわれの小田実」（二〇〇七年秋）収録の論考に、『すばる』二〇〇七年十月号（瀬戸内寂聴、林京子、宮田毬栄、米谷ふみ子の各氏）、『ユリイカ』二〇〇七年九月号（竹西寛子氏）収録の論考、および「市民の意見30・関西」（二〇一二年十二月八日）における講演（道場親信氏）を加えて再構成し、若干の加筆修正を加えたものである。

編集部

われわれの小田実

1987 年，ギリシャ・ミケーネにて，たまたま見かけた写真家が小田氏を撮影
（写真＝和田幸夫）

スタイル

鶴見俊輔

小田実が、これから先に、なにを残すか。よくわからないままに、それを考えてゆきたい。

彼は、べ平連という大きな運動をつくった。どの組織を受け継いだのでもなく、どこから資金の調達を受けたのでもなく、壮大な理論体系をつくったのでもなく。

彼は、一九六五年の日本という状況に、彼のスタイルで訴えた。

それは、一九六五年のヴェトナムに対して、アメリカ合衆国が攻撃を仕掛けるという状況、そのアメリカに日本国が協力するという状況に対する彼の姿勢だった。

スタイル、大西洋横断飛行のリンドバーグ。サイレント映画のチャップリン。米国全土、やがて世界に訴えるその二人に似たものを彼はもっていた。日本の近代史の中では、江戸時代の越境者万次郎に似ている。

万次郎は十四歳の漁師として暴風雨で無人島に流され、年寄りの漁師仲間に対して若者の実力によって抜きんで、米国の捕鯨船に拾いあげられてからも、船の仕事を手伝う中で、船長に眼をかけられ、船長の故郷までつれられていった。十四歳だから英語のおぼえは早く、だが、それだけではない。

ニューヘイヴンの実家に彼をつれていったホイットフィールド船長は、日曜日、家族と万次郎を教会につれていった。牧師は、有色人種は教会に入れないと言った。すると船長は、では、私たちは、この教会にくるのをやめると言った。一行は、町内のもうひとつの教会に行き、ここでも入ることを断られ、三つめの教会ではじめて、礼拝を認められた。船長のこの行動は、万次郎に感銘を与えた。

万次郎はふたたび日本をめざし、これから日本に向かう直前に、船長に出した手紙のはじめに「Dear Friend（したしい友よ）」と呼びかける。その呼びかけには、三つめの教会に至るホイットフィールド船長一家と共にした歩行の記憶がこもっている。

これは、現在の日米安保条約の実施形態からかけはなれている。

テレビで、日本の大臣が、米国の国務長官、防衛長官の隣に光栄に顔を紅潮させて立つのを見るとき、私は、万次郎を思う。ホイットフィールド船長について、救い主である彼にひれ伏すことをこの船長が喜ばないことを、万次郎は知っていた。

小田実もまた、そのように、十三歳の彼を圧倒的軍事力によって追いつめた米国、戦後の窮乏にあって食料を与えて生きる条件をととのえた米国に対して、対等の人間として立った。そのスタイルが、ひれ伏す姿勢をとる今の日本政府要人から小田実を区別する。

近代日本の百五十年の中で、私は、万次郎と小田実が、そのように近しい人として立っているのを感じる。

万次郎は当時の日本人の中で図抜けて英語ができた。しかし彼が日本に戻ってから、仮名で書き残した英語の発音は、「猫をキャーと呼ぶ」というふうなもので、今日の日本の中学生におよばない。

小田実は東大卒業、ハーヴァード大学留学だから英語はできたが、彼の数ある著作の中で私は、彼が開高健と共に書いた『世界カタコト辞典』が好きである。この本を支えるのは、今日の世界語は型の崩れた英語であるという信念だ。この本は彼が、現代の万次郎と呼ぶにふさわしい人であることを示す。

（哲学者）

呼びかけ人

加藤周一

小田実さんが亡くなりました。痛恨の限りです。私的な面でも公的な面でも。

私的な小田さんは実に誠実な人でした。例えば学生のころ、小説の草稿を当時の新進作家・中村真一郎に送って中村から対等の扱いを受けたということを、何十年も生涯を通じて覚えていました。公的な小田実は驚くべき「呼びかけ人」でした。というよりも、今も我々に呼びかけています。べ平連の平和活動、阪神地震災害の救援の為の市民運動、そして九条の会の呼びかけなどです。彼の呼びかけは格別の説得力をもっていました。弁舌をふるうばかりでなく自らデモの先頭に立つ。しかし同時にしゃべる必要があれば理路整然としゃべる。不言実行ではなくて有言実行です。そして小田は文学者でもありました。『「アボジ」を踏む』や『玉砕』のような珠玉の名作があります。それとともに、社会における文学者の活動の全く新しい一つの型をつくりだし確立することによって、日本の文学史に大きな決定的な貢献をしました。

小田実はいまも私たちに呼びかけています。皆さんとともに、ここに居られる全ての方と一緒に、その呼びかけに答えてゆきたいと思います。我々の希望はそこに開けてくるのです。

（評論家）

中有の小田実へ

瀬戸内寂聴

小田　実さん

あなたが七月三十日にあちらに旅立ってから、早くも三週間も過ぎ去ってしまいました。

あなたから、達筆とも乱筆とも判別し難いＦＡＸが、いきなりドンと送られてきたのはたしか四月下旬でした。日頃は文通も電話もしないあなたからのこの洪水のように押し寄せてきたおびただしいＦＡＸは何を意味するのかと読んでゆくうち、あなたがすでに胃ガンに冒され、それも相当重症だということがわかりました。

二月から胃に違和感を感じながら、それに構う閑もなく、あなたは外国の旅をつづけられたというのです。それもフィリッピンの問題を討議する国際恒久民族民衆法廷（ＰＰＴ）に審判員として出席されたのです。

難しい論議はさておいて、私はあなたが病気だということだけに心がゆさぶられ、すぐ電話してみました。電話に出られた奥さま玄順恵（ヒョン・スンヒエ）さんの声は明るく落着いていたので、まずほっとしました。あなたがこの人をいつも「人生の同行者」と呼んでいるのは、愛妻と呼ぶのが照れ臭いのだろうと私は想像していました。こんな長たらしい名称で「つれあい」を呼びたがる小田さんのはにかみが、常々私には可愛らしく思われていました。

男らしくてたくましい中に、日本の男には珍しい繊細な優しさをたたえている小田さんが「ベ平連」の運動の先頭に颯爽と立っていた頃、小田さんは若者にとっては仰ぎ見る魅力的な英雄でした。若い女たちにとっても憧れの人で、いつでも多くのすてきな女性たちがその廻りに集っていました。小田さんがどんな女性と結婚するのだろうと思っていたら、二十歳も若い玄順恵さんを選んだのです。それがちっとも不自然でなく感じられたのは、玄順恵さんが若く美しいだけでなく智的な魅力に輝いていた人だったからだし、その頃の順恵さんの瞳に、「私の選んだ人を見て！」といった誇らしさが溢れていたからです。相思相愛の二人は自分たちの幸福の磁力で、まわりの人まで幸せな気分にさせる雰囲気を持っていました。

小田さんといつから友だちになったのか、どうしても思いだせません。いつからか私たちはめったに逢わないのに、いつでも心の底では信じあっている友人と思いあっていました。私は人とつきあう時、「あ、この人は同じ星から来た人だ」と直感的に感じることがあります。そして必ずその人とは長く友情がつづくのです。小田さんもその一人でした。小田さんが溺愛している順恵さんも紹介された瞬間から、小田さんの一部として、私は全面的に好きになりました。

でもお互い忙しく相手の生活を干渉したりする閑がないので、何年も逢わずに過す時が流れていて、それも気にならないのでした。二人の間に愛の結晶のならちゃんが生れたときも、ああ、よかったと思ったのに、はじめてならちゃんに逢った時はもう小学生でした。その頃からならちゃんは両親のすぐれた資質を一身に吸い込んでいて、ただならぬ可能性を感じさせる子供でした。私は小田さんに、

「この子、天才かもね」

と囁きました。小田さんは実に明るい笑顔を見せ、大きく肯定のうなずきをして見せました。

長いつきあいの間、一度も私は小田さんにものを頼んだことはなかったのに、敦賀の女子短大の学長を四年した間に、小田さんに女子大での講演を頼みました。学生にほんものの小説家で思想家で、自分の思想を行動で現す稀なる人物を、なまで見せたかったのです。小田さんは私の電話の声を聞くなり、「ああ、いいよ」と即座に返辞してくれましたね。そして珍しいことに、その日は、家族みんなで敦賀に来てくれたのです。あの日の愉しさは今でも思い出しただけで心がほのしみます。寂庵へも三人で寄ってくれました。家族ぐるみのつきあいは、前世からつづいていたように至極自然でした。

電話の順恵さんは、小田さんの病気の重さをかくさず、東京の病院へ移ることになっていると告げ、

「いま、ここに居りますから、代ります」

といって、小田さんの声が受話器に入ってきたのです。どきっとするほど力のない、暗い声でした。私は早くも涙があふれてくるのをさとられまいと、つとめて明るい調子でどうしたのよと訊きました。

「もうあかんわ、手遅れで処置なしと医者が云いよるねん。まだ死にとうないわ。死なないお経でもあげてくれよ」

次第に声に張りが出てきました。二月からものが食べにくくなっていたのに、それを軽視していたともいいました。

東京の病院へ、私は二度見舞いました。順恵さんがつきっきりで看病していて、痛々しく疲れきっていました。小田さんはぎょっとするほどやつれていましたが、話すうちに顔に生気がよみがえってきました。

「私はもう充分生きたから小田さんに代ってあげたい、ほんとに代ってあげたい」

というと、小田さんは私の手を痛いほど握りしめました。

「いい奥さんあてたね。よかったね」

「うん、あたった！」

と無邪気な笑顔を見せました。

その日、サインして手渡してくれた新刊の『中流の復興』の再版に、NHK出版から帯の文章を依頼された時、私は即座に「小田さん、死なないで。生きて腕を組み、この理不尽な世の流れの堰になろう」と書きました。奇跡を信じたかったのです。でもあなたは逝きました。亡くなった後、あらゆる新聞が、その死を大きく取りあげていました。中でも朝日の由里幸子さんの病床訪問記が最高でした。業績と人柄を描いて完璧で、親身な情が行間にあふれていました。

葬儀の日、私は目の手術で入院していた病院から退院したばかりで、体調も崩し、急激な下痢が始まり、その合間はオナラが間断なく出るのです。厳粛な式場には参列出来なくなりました。寂庵でひとり阿弥陀経をあげていたら、突然、まだ中有にいる小田さんの声をはっきりと聞きました。

「なあ、おれのぬけたあと、九条やってや」


（作家）

『玉砕』を翻訳して

ドナルド・キーン

私が初めて小田実さんに会ったのはそろそろ五十年前のことになりました。場所はニューヨークで、フルブライト奨学金を受賞した小田さんはハーバード大学で古代ギリシア語を勉強するためにアメリカに来ていました。一緒に御飯を食べたことを覚えていますが会話の内容を忘れました。が、小田さんから強い印象を受けましたので、その後、何年間お目にかかることがなくても決して忘れませんでした。

『何でも見てやろう』を読んで、又、小田さんの活動を新聞で読んだ時、もうギリシア語を捨てただろうと思いましたが、これは私の誤りでした。今から八年前に小田さんはロンギノスの『崇高について』の立派な日本語訳を発表なさいました。現在の日本人が直面している問題を小説や論文で書いていた間でもギリシア文学を忘れていませんでした。

何の理由もなく、長い間小田さんに会うことがありませんでした。ニューヨークの近辺の大学で教えている頃も連絡がありませんでしたし、御本を頂くことがありませんでしたが、或る日、突然『玉砕』という御本を頂きました。どうして私に送って下さったか、今でもよく分りません。最初は、自分がアッツ島で最初の玉砕を見たためだろうと思いましたが、小田さんは私と玉砕との関係を御存じなかったと、後で分りました。

『玉砕』はフィクションで、小田さんはよく調べてから書かれましたが、読みながらさまざまの思い出が浮んできて、是非翻訳したいと思いました。三十年ぶりで小説を訳しました。

その後、小田さんに会うことが多くなりました。東京ステーション・ホテルで御馳走になった時、四十年前、私の手料理を食べたお礼だと小田さんが言いました。

『玉砕』の翻訳が発行された後、英国で小説を脚色してラジオ・ドラマにしまして、世界中に放送されました。小田さんは外国でも小説家として広く知られるようになりました。もっと長命されたらきっと益々世界的に有数の作家として知られたに違いないと存じます。

（日本文学研究者・文芸評論家・翻訳家）

あなたは〝友〟です

高銀（コウン）

あなたはアジアの友です
あのベトナムの〝ホアビン（平和）〟
あの韓国民主主義の友です
あの我が北方の都市平壌と元山の友です
あの北太平洋サイパンの友です
あなたは上海人民の友です
あなたはオセアニアアボリジニーの友です
あなたはアメリカ原住民スー族の友です
あなたは第三世界の友です

アフリカの長年の苦痛とは何なのか
あなたはあまりにも早く知りました
あなたは日本の被差別部落の友です
日本の関東関西の
若い市民たち
年老いた庶民たちの非一時的な友です

あなたは世界いたるところの友です
貧しい人
愚かな人
学べなかった人
出来そこない
見捨てられた人
阿呆も間抜けも
あなたの友です
あなたはけして成功した人だけを

名を揚げた人だけを選り抜く友ではありません
いわゆる一流だけでなく
二流
三流も
あなたのあたたかな友でした

あなたは風吹く街の友です
あなたは
春夏秋冬の別なく
世界各国
各都市のなじみの客人でした
でも
あなたは真夜中にあなた自身の友にもどります
書いて　書いて　また書きました
読んで　また読みました
一晩の没頭は

翌日の本になりました
若き日の　あの古代プラトンも
ロンギノスもすべて溶かして
あなたの　大阪の説話にしてしまい
長い夜を明かしました
夜を
あなたの耳は多くの国の言葉を聞きました
だからでしょうか
それででしょうか
あなたの日本語は世界語です

今日　世界のいたるところで
あなたの友が
あなたに別れを告げます

悲しみは真実でしょうに

悲しみで
あなたの名を呼びます
泣き声は嘘ではないでしょうに
泣き声は
あなたの名です

これからあなたは私たちみんなの大気の
居場所です
これからあなたの名は私たちみんなの胸の中に埋められる名詞です
ああ　オダマコト！

（韓国　詩人）
（青柳優子訳）

言葉と行動の一致

金大中（キムデジュン）

小田実先生が突然ご逝去されたとの知らせに接し、驚きと悲しみを禁じ得ません。ご遺族の皆様にお悔やみ申し上げ、故人のご冥福を心よりお祈り申し上げます。

小田先生は、生涯を行動する市民運動家として貫徹され、その名声は、日本はもちろんのこと、世界的にも知られています。誠に、日本が生んだ偉大なる市民運動家でいらっしゃいました。

小田先生は、『何でも見てやろう』というベストセラーが語っている通り、言葉と行動が一致した知識人の標本でありました。

小田先生は、人権と平和を貫徹した真の民主主義者でいらっしゃいました。ベトナム戦争の不当さを指摘され、有名な「ベトナムに平和を！市民連合（ベ平連）」を組織され、大きな反戦運動を展開し、米国の新聞に意見広告を掲載されました。こうしたご努力は、日本国民に対して大きな覚醒を与え、ベトナム戦争の終息にも大きな影響を与えました。阪神大震災の時には、被害者支援のための立法運動を起こされ、多くの成果を収められたこともございました。最近では、平和憲法九条を守るため、良心的な日本の指導者の方と「九条の会」を組織され、活発に運動を展開して来られました。こうした小田先生のご業績は、ひとつひとつ数えられないほど多くございます。小田先生の一生は、我々の模範であり、また大きな激励であります。

小田先生は、私とも特別なご縁がございます。私が一九八〇年に死刑宣告を受けて困難に直面していた時、小田先生は日本全国を回られ、私の救命運動を繰り広げて下さいました。故人に対し、改めて御礼を申し上げたく存じます。

小田先生の生涯は、真の意味で最も偉大であり、最も成功した一生であったと考えます。我々は、日本と世界における平和と人権のための努力の象徴であった小田先生の精神を継承し、数多くの新たな「小田実」がその後に続かなければならないと思います。海を渡った韓国の地において、先生のご逝去を哀悼しつつ、私も微力ながら先生のような道を歩んでいくために、積極的に努力することをお誓いする次第でございます。今一度、ご遺族の皆様に深甚なる哀悼の意を表し、小田先生のご冥福をお祈りしてやみません。

（韓国　元韓国大統領）

貴い民衆思想

玄（ヒョン） 基栄（ギヨン）

巨星が墜ちた。あまりにも急な悲報を信じることができない。

私の手帳に書かれた彼の電話番号を私は永遠に消さないで残しておくであろう。身体の具合が悪くなければ、万事を放り出してでも彼の告別式が行われた東京へ駆けつけていたであろう。

立命館大学教授の徐勝氏を通じて私の弔意を表する他なかった。その後、韓国を訪れた徐教授から弔問客の列が途絶えることがなかった告別式の様子を聞いた。

旺盛に活動をなされた彼が私たちのもとを去った今、彼が遺した空席があまりにも大きいことを実感している。

追悼の場から離れている韓国の作家である私がこう感じているほどだから、日本の市民や知識人の追悼はいかほどであろうか。

彼と初めて会ったのは十数年前であるが、それは日本人による朝鮮学校に通う女子生徒のチマ・チョゴリへの暴力事件がきっかけであった。朝鮮民族の誇りであるチマ・チョゴリが切り裂かれ、女子生徒に浴びせられる暴言事件を外電を通じて知り、怒りを覚えていた時、小田先生からこの事件に共に対処しようではないかとの呼びかけがわれわれにあった。ここで「われわれ」とは、反独裁運動に参加した民衆芸術家団体である。その団体が私を含む四名を日本に派遣することになった。その時まで、私は国内での限られた空間で民主化運動に携わっていただけなので、日本に対する客観的知識があまりにも不足していた。韓国の民主化運動を積極的に支援した進歩的な知識人の名を知っていたし、そのなかでも小田先生の名は際だっていたが、血みどろのたたかいを繰り広げていた時でもあり、彼らの善意を心から受け入れることができない面もあった。

独裁者が君臨する国家は野蛮国家であるという通説があったので、私は彼らの善意に劣等感を抱かざるを得なかった。日本に対する根深い先入観による反応であった。それは韓国の大多数の脳裏に存在する集団意識であり、私一人の誤った見方ではなかった。

植民地時代の状況を鮮やかに記憶しているわれわれにとって、帝国アメリカと一体である日本は変わることのない嫌な国であった。

しかし、黒白の二分法で日本を断罪するわれわれの偏狭な民族主義もまた、紛れもなく間違いである、と私を目覚めさせてくれたのは、小田先生であった。

二回目の出会いは一九九五年一〇月、京都で開かれた終戦五〇周年記念シンポジウムであった。この行事も小田先生やドイツ文化センターとの共催で開かれたものだが、加害国である独、日の作家と被害国である韓国、オランダの作家各々一人ずつが「解放五〇年」と「敗戦五〇年」という双方の意味を追求するシンポジウムであった。独とは違い、戦敗国でありながらも罪の意識がない日本の実状を小田先生は辛辣に批判された。

彼は、天皇の犠牲となった民衆の無意味な死を直視しながら、国家と個人の関係において個人を守ろうと強調された。彼の民衆論は民主化運動に適用されていた韓国民衆論とほとんど同じものであった。

三回目の出会いは、私が紹介した彼の短編『「アボジ」を踏む』が韓国で演劇公演された時であった。

ある在日朝鮮人家族の生き様（具体的に言えば、小田先生の人生の同行者である画家・玄順恵さんの家族史）を通して韓国の南北分断の苦痛と在日朝鮮人問題を切実に描いた演劇であるが、評判が良く、済州、ソウル公演に続いて、日本でも公演された。小田先生と会う度に夫人の玄順恵さんを同伴されていたが、私と同じく、玄さんの両親の故郷である済州島で会った時が格別に楽しかった。

私は、生前の小田先生に、あなた一人では完全な存在ではない、分身である玄順恵さんがいるので完全になったと言ったことがある。市民運動の現場に常に一緒にいた二人、先生を失って独り身になった彼女の悲しみはいかほどであろうか。しかし、巨人の死が既成の事実となってしまった今、玄順恵さんは明日のために、涙をぬぐうであろう。同行者として、夫と共にしてきたことを中断せずにどうつなげていくかを深く考えなければならないからである。

小田先生の貴い民衆思想がどうか永遠であることを！

（韓国　作家）

（玄香実訳）

「世界市民」を送る

黄晳暎（ファンソギョン）

私は二日前に小田実先生の訃報を聞いて、深い悲しみを覚えるとともに、残念でなりません。私よりも十歳も上でも、まだ活動を旺盛になさっている先輩が私のまわりにたくさんいるからです。これからなすべきことが多く残っているのに、先に逝った先生の空席があまりにも大きく感じられます。

私が小田先生を知ったのは、七〇年代初に韓国の軍事独裁体制とたたかっていた頃です。九老工業団地の日本の下請け工場で働いた直後のことであり、当時のキリスト教社会団体を通じて私を討論会に招待してくれました。もちろん、韓国から出国できませんでしたが、小田実先生の人となりを知るようになりました。

先生は韓国の民主化運動を支援し、詩人金芝河の救命運動に奔走されている時から私の記憶に残る方でした。

後に知ったことですが、先生は常日頃から韓国に対して深い関心と愛着を持ち、「人生の同行者」である玄順恵さんが在日コリアンであることから、分断と離散のわが民族の痛みをより深く理解されていました。

あなたが理想とした「新しい日本の将来」に対し、私も強い共感を覚えました。日本の現状を憂い、外では「アジア共同体の夢」を実現しようと奔走されていたことを私はよく知っています。私がベトナム戦争に兵士として派兵されていた頃、先生はベトナム反戦運動に参加され、脱走兵を保護し、第三国に送るために力を尽くされていました。

今も忘れることができないのは、数年前に新しい作品の資料収集のため大阪に立ち寄った際に、先生夫妻の案内で大阪天王寺駅のうらのジャンジャン横丁市場付近を見て回った日のことであります。先生は、ベトナムからの脱走兵についての記憶を私に話してくれました。朝鮮戦争の孤児出身でアメリカ軍として兵役に就き、アメリカ人となったある若者がベトナム戦争に派兵され、脱走したことがありましたね。その彼を救うため奔走された話を聞いたことがありました。彼は今、カナダにいるそうです。

太平洋戦争での大阪大空襲で焼け野原となった時を体験された小田先生の少年期の体験と、朝鮮戦争の時に少年期を送った私は同じでした。

豊臣秀吉の朝鮮出兵を題材とした『民岩太閤記』が出版された時、私たちは戦争にかりだされた両国の民の生き様を理解することができました。

分断された韓半島の南を内側からではなく、外から見直すということも大切であるということから、私は日本から韓国を見直し、また、これらを経て北から南を新たに見直すという新しい視点を持てるということを教えてくれたのが小田先生でした。そのような新しい目線を持った同志でした。私に新しい視線を持たせてくれた日本の先輩たちも幾人かいますが、小田実先生こそ持続的に深い関係を持った希少な同志でした。

私が亡命時代、ドイツとアメリカで過ごし、そこでお会いできたのも奇遇であり、後に韓国と日本の市民運動を結ぶ雑誌について企画し、最初の一歩を共に踏み出したことも、必然的な縁であったのでしょう。

私は四年間、ロンドンとパリに滞在していました。韓半島と「一定の距離」を置きながら、新自由主義を再編成している世界体制の中でわれわれの市民連帯をどのように構築していくかを考えた期間でした。

同じ道を行く同伴者であり、実践の先輩であるあなたを送りつつ、私は悲しみをこらえることができません。

小田実先輩、国家も、国境も、民族もすべて超越した「世界市民」よ、瞼を閉じて安らかに休んでください。

二〇〇七年八月一日

韓国・ソウルで、

（韓国　作家）

（玄香実訳）

恐るべき損失

ノーム・チョムスキー

悲しく痛ましい知らせをきいて、たいへん悔やまれる。

小田実の死は恐るべき損失である。とりわけ、幸運にも長年にわたって彼の知己だった人にとって恐るべき損失だが、しかし、実際は世界にとって恐るべき損失である。世界は、小田の理性的発言と情熱、抑圧と暴力に苦しんでいる人々にたいする彼の深い思いやりを必要としている。小田の偉大な業績と彼の思い出は人々を鼓舞し、彼が勇敢にまた効果的に闘った主義主張を人々は受け継ぐだろう。小田は本当にすばらしい人間だった。私にとっても多くの人にとっても、古くからの、またとない大切な友人だった彼に、これ以上の賛辞はないだろう。

（米国　言語学者）

（金井和子訳）

一九六六年の出会い

ハワード・ジン

小田実がなくなったという知らせをきいて、私と妻ロズリンはつらく悲しい。この並はずれた人物と私がはじめて出会ったのは、一九六六年六月だった。このとき、私とアフリカ系アメリカ人の活動家ラルフ・フェザーストーンは、日本の反戦グループのベ平連に招かれて、ベトナム戦争反対と日本の平和運動との連帯を主張し、日本中を講演して回った。北は北海道から南は沖縄まで行った。主催者の小田は私とほとんど一緒にすごし、そのとき彼は、教師兼ガイドとして、日本の政治と歴史について、短いがすばらしい講義をしてくれた。彼が三十四歳のときだった。同じ年の夏、妻と私は広島にも行き、森和、鶴見俊輔、武藤一羊らベ平連の仲間も加わって、反戦デモと抗議運動に参加した。彼は中断することなく、長年にわたって、韓国の人権問題と世界の平和のために働いてきた。彼は現代日本の偉大な人物のひとりだった。日本の友人とともに、尊敬すべき生涯を送った彼をたたえる。

（米国　歴史家）

（金井和子訳）

よりよき正しい世界を求める闘士

ヤン・ミュルダール

小田実の死で日本は重要な作家を喪ったが、それ以上に、小田は世界的重要性のある作家であり、よりよき正しい世界を求める闘争の偉大な人物だった。したがって、彼を喪ったことは私個人として悲しいだけではない。現在のような暗澹たる時代に、彼の死が理性的世界を求める勢力にとってどれほど大きな損失であることか。私はその思いを禁じ得ない。しかし、彼の著作――つまり彼のことば――は生き続ける。多くの国々の多くの人びとに希望と力を与え続ける。このことも言えるのだ。

（スウェーデン　作家）

（金井和子訳）

フランス，ヴェズレーにて（2005年）（提供＝古藤事務所）

小田は其処にいつづけた

子安宣邦

そのとき道路はただの「場」から「現場」に転化するのだ。
（小田実『われ＝われの哲学』）

小田はいつでも其処にいた。小田とはいつでも其処にいる人であった。其処とは何処か。其処とは何処でもない此処である。此処とはわれわれの住んでいる此処、われわれの間、小田がただの人という市民の生活する場である。

少年の日の小田にとって此処は、空爆というただの市民への無意味な死の強制から逃げまどった廃墟の大阪であった。戦争とはただの人びと、子供たちにとって無意味な、強いられた死、すなわち難死の体験としてあった。それが二〇世紀の総力戦といわれる戦争であった。少年小田は廃墟の大阪の其処にいた。彼は大阪の其処をずうっと心のうちに持ち続けた。彼は其処の記憶を失うまいとし、其処から決して逃げ去ることはしなかった。あるいは逃げようにも逃げられなかった。彼をわずかな証人とも頼む死者たちがいたのだし、彼を生き残らせたわずかな偶然は、生き残らなかったものの忘却を許さなかったからである。彼が心に持ち続けた其処は、歴史の現場となった。大阪の其処は、此処として、小田が立つ現場としてよみがえった。

現場とは、人が見て見ぬふりをすることのできない、立ち去ることを許さないような其処である。其処が事件の現場となることによって、立ち続けねばならない此処となる。事件記者たちにとって現場とは、飛んでいって取材すべき事件の発生現場であって、決して彼が日常に住む其処ではない。だが小田は日常に人びとが住み、歩く其処に事件の現場を見た。其処が見て見ぬふりをすることのできない現場であることを言い続けた。ベトナム戦争はたしかに見て見ぬふりをすることのできない世界の現場であった。だが一九六五年に「アメリカはベトナムから手を引け」というスローガンを、ただ一九五五年のたとえば砂川の「ゴー・ホーム・ヤンキー」というスローガンの延長として書き、叫んだ人たちにとって現場とはあくまでベトナムの樹林にあって、私たちの住んでいる日本にあったのではなかった。私にとってもそうであった。だから小田は私にとって再発見されねばならなかったのである。

一九六五年二月七日にアメリカはいわゆる北爆を開始した。この爆撃の命令を発したのは、アメリカ空軍参謀長カーティス・ルメイであった。ルメイはその時、「ベトナムを破壊しつくして、石器時代にもどしてやる」と公言したという。そのルメイこそ少年小田が逃げまどった大阪の爆撃をはじめとする日本都市の壊滅的爆撃を指揮した司令官であった。彼は日本の都市爆撃の方法を革命的に変えた。私はいまここの記述を小田の遺書的作品『終らない旅』（新潮社、二〇〇六年）によってしている。「それまでのB29爆撃機を使っての爆撃は、一万メートルというような超高度から軍事目標めがけてのもので、あまり爆弾が命中しなくて戦果が挙げられなかった。ルメイはこれを、高度千メートル、千五百メートルの超低空から無差別、無目標、無数に焼夷弾を投下して都市の住宅地を焼き尽くす作戦に切り替えた」のである。小田は『終らない旅』の主人公に語らせている。テレビに見る北爆の場面が、はっきりと大阪の爆撃の場面に重なってくることを。しかもその両方の無差別殺戮の爆撃を司令しているのは同一の米空軍司令官であったのである。一九六五年の北ベトナムの其処は、少年小田がいた一九四五年の大阪の其処に重なりながら、他人事ではない、見て見ぬふりをすることのできない現場になるのである。

だが北ベトナムの其処を、かつての大阪の其処に重ねながら、いくら思い入れを深くしても、ベトナム戦争の現場とは北ベトナムの其処であって、日本の、大阪の此処ではない。そうであるかぎり、ベトナム戦争への反対は同情と同苦の感情を出るものではない。だが小田のべ平連を支える思索と行動とは、むしろそこから先にあるのだ。六五年の日本、この経済成長期に入った日本の平和に繁栄する其処に、小田は他ならぬベトナム戦争の現場をとらえていくのである。戦後日本の平和とは、「アメリカの平和（パックス・アメリカーナ）」にすっぽりと入り込むことによって保たれた平和であった。われわれ日本人の平和の代償とは、日本を米軍の東アジア最大の基地として提供することであった。実は日本本土の平和の代償をはらっているのは、本土のわれわれではなくして沖縄なのである。日本の米軍基地の七〇パーセントは沖縄にあるのである。そしてこの沖縄なくして、アメリカによるベトナム戦争の遂行もありえなかったのである。冷戦下、東アジアにおける「アメリカの平和」を守るぎりぎりの限界がベトナムであるとされた。今はイラクにあるとされている。だからその「平和」は、容赦のない爆撃と大量の枯れ葉剤の散布によって守られねばならなかったのである。六五年の「日本の平和」は、ベトナムにおける殺戮を遂行する「アメリカの平和」と一枚のものであった。われわれは己れの平和を享受しながら、ベトナムで殺すアメリカに加担しているのである。「殺される側」に同苦の思いをもったものが、いつしか「殺す側」に組み込まれ、それに加担している重い事実に気づくことこそが、日本の生活する此処をベトナム戦争の現場にしていくのである。此処を現場にしていったものに、政治と戦争の仕組みが、「殺すもの」と「殺されるもの」との関係の仕組みがますます明らかにされるのだ。小田のベ平連の運動は日本の此処を現場とすることで始まった。

ベ平連の運動はひとりひとりの行動であった。ひとりひとりが立ちあがることで、その生活の場を現場にしていった。小田は書いている。「自分で行為に乗り出して行ったからと言って、彼はそこでふだんのくらしの『場』の外に飛び出て反戦平和の活動家に、まして日本の大変革を夢みる革命家になったのではなかった。彼はあくまで『場』にとどまる市民だった。彼はそのありようの居ぬきのままで、行為を始めていた。ただ、そうすることで、彼の『場』はいくぶんでも『現場』になった。」(『「われ=われ」の哲学』岩波新書、一九八六年)ここにかつて日本になかった市民の運動が始まったのである。

小田は市民を、「ただの人」といい、「生きつづけるもの」ともいう。「生きつづけるもの」とは、ウンザリするような日常の生を、しかしなおそれを自分の生として生きていこうとするもののことである。小田はこの「生きつづけるもの」の同調者として、あるいはその一人として生きようとした。生きようとするそのことが、その生の場をたえず逃げることの許されない現場にしていったのである。市民運動とは、ただの市民が「そのありようの居ぬきのままで」立ち上がることである。そのことで自分のいるこの場を、逃げようのない現場にしていくのである。小田のべ平連の運動は、ただの人びとによってこの世を変えることの可能性を教えたのである。

一九九五年一月一七日の阪神・淡路大震災による被災の体験は、半世紀前の難死の体験を小田に重ね合わさせた。被災の体験とは大規模な棄民の体験であった。かつて国は人びとに大量の無意味な死をもたらした。いま国は多数の見棄てられた民を生み出しているのである。自然の災害と人災のひどさが一瞬にしてみんなを棄民にしたと小田はいう。だが棄民は助け合った。棄民は棄民であることによって、おたがいの関係は対等で、平等であったからだと小田は書いている(『被災の思想　難死の思想』朝日新聞社、一九九六年)。棄民であることによって、日常の生があった其処に「共生」と「共助」の被災者の市民運動が生まれたのである。被災の其処は共生のための現場になったのである。「難死」の体験は小田にとって戦後日本を立ち会わざるをえない現場にしていった。その現場は小田に、殺されてはならないための、そして殺す側には決してならないための市民の平和の条件を求めさせた。「被災」

の体験は小田にとって世紀転換期の日本を立ち会わざるをえない現場にした。その現場は小田に生きていくための人びとの共生的社会の条件を求めさせた。共生とは人と人とであるとともに、人と自然とである。

小田は其処にいつづけた。「ヒドイね」とうめくようにいいながら、ひどい国の、ひどい政治の日本の其処に、自分たち市民が生き、学ぶことのできる基本法を共同して作りながら小田は其処にいつづけた。小田は其処を現場にしていつづけた。なぜならよりよい明日は、其処からしかこないからである。小田はいっている。「よりよい『明日』は『今日』の現実と無関係に存在しているものではない」（『でもくらてぃあ』筑摩書房、一九九八年）と。

小田は死んだ。人びとは大急ぎで追悼した。この追悼の立派な言葉とともに小田は死者となった。もう其処にいない死者となった。だが死者とは人びとが作り出していくのである。死んだものが直ちにあの世の死者になるわけではない。思いを残した死者の魂はいつまでもこの世にいるのである。生きる小田は其処にいつづけたのである。死んでもなお小田が其処にいつづけたとしたら、ひどい国のひどい政治家どもはきっと震えあがるだろう。小田はきっと其処にいつづける。われわれが其処を立ち去ることのできない現場とするかぎり、小田はわれわれとともに其処にいつづける。それが死者との共闘であり、ほんとうの弔い合戦なのだ。

（思想史研究者）

ギリシア古典がとりもつ縁

沓掛良彦

小田実さんと私との個人的な付き合いはそう長くはない。高名な作家であった小田さんはその昔は大学受験の名門代々木ゼミの名物講師でもあったから、私の友人たちの中には、「代ゼミ」で小田さんに英語を教えられたという幸運な男も二、三人いるのだが、受験競争から早々に脱落していた怠け者の私は、そういう学校の門もくぐらなかったので、小田さんにじかに接する機会はなかった。いや、より正確に言えば、小田さんを見かけた、というよりもただ一度だけだが小田さんと一対一で「向き合った」ことはあった。もう随分前のことになるが、都内のホテルで中村真一郎氏の受賞を祝うパーティーがあり、それに出席すべくホテルのエレベーターに乗った私は、二人しか乗っていないエレベーターの中で小田さんと「向き合い」、「あ、これが小田実だな」と気づきはしたが、気後れしてついに声をかけることができなかったのである。その後小田さんを識ってから、私はこのことを長く悔やんだ。「あのとき声をかけていれば」という思いが念頭を去らなかったのである。そういうわけで、実際に初めてお眼にかかったのは、今から十年あまり前のことである。（ちなみに予備校時代の生徒であった友人たちの話では、小田さんは授業に熱心で英語の教え方がうまく、なかなかいい先生だったそうである。その魅力的な人柄が受験生を惹きつけたのであろう。）

私が小田実という人物の存在を知ったのは私の世代の大方の人々と同じく、ベストセラーになった『なんでも見てやろう』の著者としてである。誰もが気軽に海外へ出かける今とは異なり、学生の分際で海外旅行をすることなぞ夢のまた夢であった当時、リュックひとつで世界を遍歴、放浪して歩いた小田さんの果敢な行動は、海彼の歴史や文化に憧れを抱いていた貧乏学生にはまぶしく輝いて見えたものである。その後ベトナム戦争が燃え盛りさらには泥沼化してその余波が日本にも及んだとき、小田さんはべ平連を結成され、わが国におけるベトナム戦争に対する批判・糾弾の気運を盛り上げる上で、その原動力・推進役となったことは広く知られているところだ。そんな小田さんの良心とその主張、そしてその行動に無限の共感を覚えながらも、学生運動で傷ついて怯懦になっていた私は、積極的にその運動に加わることもなく、己の無気力を恥じながらも、ベトナム反戦の輝ける旗手として小田さんを遠くから仰ぎ見ていたにすぎなかった。そのままいけば私と小田さんは接点のないまま終わったはずであり、戦後の日本を動かした一人の大きな人物としてのみ、小田さんは私の記憶にとどまることになったに相違ない。それがふとしたきっかけで、その後何冊も御著書を頂戴したり、あの太い万年筆で特徴ある字で書かれたお手紙をいただいたりしたばかりか、わずか数回ではあるが、親しく言葉をかわすことができたのは、思えばまことに幸運なことであった。

私を小田さんに近づけたのは、古代ギリシア文学への関心である。知る人ぞ知るところだが、東大の言語学科を卒業した小田さんは、大学院では西洋古典文学を専攻し、ギリシア文学を専攻した。近・現代文学ではなく古典を学んだのは、氏が文学上の師と仰ぐ故中村真一郎氏の「大学で文学をやるのに現代文学をやる馬鹿があるか、どうせなら古典をやれ」という言葉に従ったからだそうだが、いずれにしてもギリシア語・ギリシア文学を学び、呉茂一先生のもとでホメロスについて学んだそうである。早くから作家を志していた小田さんは、結局は研究者への道は選ばず、初志を貫いて作家として立つこととなったわけだが、若き日に学んだギリシア文学の教養は、作家小田実の文学を支えるひとつの大きな要素になっていたことが分かる。若き日に学んだギリシア文学への関心は、その後創作方法として「全体小説」を掲げる小田氏が、あえて「紅旗征戎」を吾事とする骨太の小説や社会性の強いエッセイを続々と世に送るようになっても、依然として衰えることなく続いていたことは間違いない。

中村真一郎氏の歿後一年を記念して駒場の日本近代文学館で講演会がおこなわれた折のこと、戦後文学における中村文学の位置について熱弁を振るわれて演壇を降りられた小田さんに、私がおずおずと拙訳の『ホメーロスの諸神讃歌』を差し出したところ、「いやあ、『ホメーロス讃歌』か、こりゃありがたいわ。ありがとう」と喜んでもらってくださった。それがきっかけで手紙のやりとりが始まり、たびたび御著書を戴いたり、こちらからも拙著や訳書を差し上げることとなったのである。

何年か前、確か二年にわたって小田さんは慶應義塾大学経済学部の特別講師をつとめられたことがあったが、大学の同僚であった荒このみさんを誘って慶大の宿舎に小田さん御夫妻を訪ね、氏を慕って集まった人々と一緒に師走の一夕を語り合って楽しく過ごしたことがあった。今はなつかしく思い出されるその日のこと、小田さんは私に向かってホメロスを熱心に語り、「これからぼくは自分のホメロスの訳を出すつもりや、これはまあ卒業論文みたいなもんやな。時間はかかると思うが、必ずやりとげたいと思うとるんや」と言われたことが、強く印象に残った。その後親しくなれたという厚かましい気持も手伝って、当時勤務していた大学での講演をお願いしたりしたのだが、その際お願いした私の側に落ち度があってこっぴどく叱られたが、それさえも今では小田さんを偲ぶなつかしい思い出となってしまった。

『ホメーロス讃歌』の拙訳を進呈したことが縁となったためであろうか、小田さんは私を本物の古典学者と思っておられたようで、これには恐縮して身が縮む思いであった。小田さんのギリシア文学への関心がなみなみならぬものであったことを示すものに、一九九五年に出たロンギノスの『崇高について』の翻訳がある。小田さんのロンギノスへの傾倒と共感は深いものがあり、ロンギノスの唱えた、文学はそのロゴスの崇高な力によって人間の精神をより高次なものに高める、それが文学だという主張が、一貫して小田文学の支えとなってきたことは、氏がみずから認めるところである。小田さんの翻訳は、小田さんと古代ギリシアの修辞学者ロンギノスの「共著」という独特な本だが、翻訳に併せてみずからの文学論を織り込んだこのユニークな本の書評を、小田さんの御指名で私が書かせてもらうことになったのも、氏が古典学のディレッタントにすぎない私を、まともな古典学者と思い込んでおられたからであろう。私の書評は拙いものであったが、小田さんは大変喜んでくださり、それから折々お手紙や御著書を頂戴したりすることとなった。ギリシア古典がとりもつ縁であった。

戦後文学を含めて、日本の近・現代文学に疎く、それに加えて小説という文学形式にあまり心惹かれない私は、正直に言って作家小田実の愛読者を名乗る資格はない。ましてその文学を論ずる資格は、まったくこれを欠いている。また氏が最後まで全霊を傾けて闘った平和と人権のための闘いにも、深く共感を覚え敬意を表してはいたが、元来非行動的かつ消極的な人間である私は、その戦いに積極的に協力することもしなかった。顧みて己を愧じるばかりである。そんな私に対しても、小田さんは非難がましいことを一切口にせず、広い心で暖かく見守り、時に励ましても下さった。

文学者としても行動する人物としても小田さんはまことに大きな存在で、周囲の人々を震撼させつつ、またぞろ危険な復古主義への道をたどりつつあるこの国の運命を憂いながら、最後まで全力を挙げて闘って終に斃れられた。戦死にもひとしい死だったと私には思われる。壮烈な一生だったと思う。しかしそれは早過ぎる死であった。小田さんにはまだまだやりたいこと、やり残したことがあったはずである。作家小田実の遺した全文業は巨大なものだが、氏が晩年情熱を傾けていたのは、作家小田実の原点のひとつであった『イリアス』の翻訳である。小田さんが『イリアス』全二十四巻のうち何巻ぐらいまで訳出されたのか詳らかにしないが、そのうちの第一巻の翻訳だけが『すばる』七月号に掲載され、これが事実上小田さんの遺稿となってしまった。読者にむけて書かれた短いあとがきによると、小田さんは来年春に完了をめざして訳しておられたようである。しかし身がすでに手術不能の末期ガンと知って死を覚悟しておられた小田さんは、終にその完訳を果たすことなく泉下へと旅立たれた。小田さん畢生の訳業になるはずだったこのホメロスの翻訳の完成を見ずしてハデスの国へ赴くのは、さぞかし無念だったに相違ない。かくてわれわれは詩人土井晩翠以来の、古典学者ならぬ文学者によるホメロスの翻訳をもつ喜びを永遠に失ってしまったわけである。それを思うと残念でならない。

若き日から猛烈なエネルギーで行動し、旺盛に作品を生み出し、最後の最後まで全力を挙げて闘って死んだ小田さんは、永遠の休息を必要としている。氏がハデスの国ではなく、神々に選ばれた英雄たちが死後にやすらう浄福者の島エリュシオンに赴かれたものと、今は信じたい。

（東京外国語大学名誉教授）

小田実氏と「現代思想」

高草木光一

小田実氏と初めてお会いしたのは、二〇〇〇年一〇月二〇日（金）午前一〇時二〇分頃だった。この日は、ともかく長い一日であったことを覚えている。

その頃、私は、慶応大学経済学部で「現代の経済と消費生活」という寄附講座（日本生協連・全労済）を飯田裕康経済学部長（当時）と一緒にコーディネイトしていた。二〇〇〇年度はその五年目で、寄附はその年度で打ち切られることが予め決まっていた。

この五年間の講座をどのようなものにするか、飯田学部長と私は最初からかなりすっきりとした共通認識をもっていたように思う。「慶応大学経済学部」という足場から何を発信できるのか、何を発信すべきなのか。「慶応」は良くも悪くも「市民」の大学なのだから、「権力」に追従することはもちろん「世間」の風潮に安易に迎合することも相応しくない。大きな流れに与しない「市民」の立場から自由に問題を撃つ。また、「慶応の経済」と言えば経済学研究の拠点の一つなのだから、そこからこそ経済学という学問のもつ問題性を徹底的に衝く。「市民」の視点から「反権力」「反学問」を貫くという基本的なスタンスはすぐに決まった。

この講座の内容は、やがて『市民的共生の経済学』（全四巻、弘文堂、一九九九—二〇〇三年）としてまとめられることになるが、いま自ら振り返ってみても大胆な試みだったと思う。ときの経済学部長を含めて、自分たちの身の依って立つ経済学のあり方を真っ向から批判して、世に問うたのである。

二〇〇〇年度は、講座の最後を締めくくるべく「経済学の危機と再生」を年間テーマに掲げ、講師のひとりとして小田実氏をお呼びした。「市民」の立場から経済学のあり方を問うという企画に小田氏は欠かせない存在だった。一〇月二〇日当日、私は、一〇時二〇分に小田氏が宿泊している田町駅そばのホテルに迎えに行き、歩いて三田キャンパスまでお連れした。途中、高校の日本史の教科書に「小田実」の名前が載っているという話をすると、「家に帰ったら娘に自慢してやる」と上機嫌だった。「消費者と市民」という講義は、「これぞ名講義」の典型のような講義だった。飯田裕康・高草木光一編『小田実の世直し大学』（筑摩書房、二〇〇一年）に、語調やパフォーマンスも含めてかなり忠実なかたちで収録されているのでぜひ読んでいただきたいと思う。因みに、そのとき資料は大量に配られたが、レジュメはたった四行、簡潔明瞭だった。

- 市民とは何か。
- 市民にとって必要なもの、ことは何か。
- 市民にできること、なし得ることとは何か。

を中心の問題として、考える。

小田氏も講義の手応えを感じたのだろう。講義終了後のランチの時間も延々としゃべりまくった。東京駅までお見送りすることになって、私はタクシーに一緒に乗り込んだが、その車中でも小田氏の大演説は止まらない。ひどい交通渋滞で、気がつくと一時間も経っていた。何とタクシーで一時間かけて、三田キャンパス最寄りの田町の隣駅、浜松町にたどりつくのが精一杯だったのである。浜松町で小田氏に別れを告げて、私ははたと思い出した。きょう一〇月二〇日は埼玉で学会が開催されていて、あるセッションで私は司会を担当していたのだった。慌ててそのまま電車に飛び乗ったものの、司会が学会に遅れるという不祥事を引き起し、報告者にはたいへん申し訳ないことをしてしまった。

しかし、あの一時間のタクシーでの会話がなければ、翌二〇〇一年度および二〇〇二年度（いずれも秋学期）に慶応大学経済学部特別招聘教授として小田実氏をお呼びするというところまで話が順調に進んだかどうかわからない。

私たちがかなりの気合を込めて企画・運営していた寄附講座「現代の経済と消費生活」は、必ずしも学内外で評判になっていたわけではなかった。その成果である『市民的共生の経済学』（前掲）は、新聞の書評欄に紹介される程度のことはあっても、それほどの部数が捌けたわけでもない。タクシーのなかでこの寄附講座の成り立ちや趣旨について改めて説明すると、小田氏は、「あんたは最先端やろ。おれも最先端や」という短いことばで私たちの企画に賛同してくれた。私は、それを最大限の賛辞と受け取った。寄附講座が終了した後はこの人を引っ張り出すほかはない、という決意はタクシーのなかですでに固まっていた。

小田、飯田、高草木の三人が共同担当する経済学部の新設科目「現代思想」は、最初から当たり前の前提として「反権力」であり「反学問」だった。私たちは、この新設科目を立ち上げるにあたってその理念と構想を確認するために一〇時間に及ぶ座談会を行い、それを『小田実の世直し大学』（前掲）として刊行した。座談会のメイン・テーマは、大上段に、「大学は世直しの拠点となりうるか」だった。

小田実氏をメインに据えると、私たちの試みは一躍脚光を浴びた。各新聞社がこぞって取材に訪れて、実際多くの好意的な記事が書かれた。教室は正規の受講生だけではなく、中高年の「モグリ組」でいっぱいになった。また、本人には知らせなかったが小田氏を誹謗する怪文書を受け取る羽目にもなった。いずれにせよ、世間の目は小田実の言動に、あるいは小田実と慶応との「ミス・マッチ」に集中しがちだった。しかし、小田実という「個性」が「現代思想」という科目そのものを呑み込んでしまっては、試みは失敗に帰する。元来、私たちのコンセプトの上に小田実を乗せたのであって、小田実のためにコンセプトを用意したのではなかった。

小田氏は、自分の役割を実によく理解していた。すべてを包み込むような大きさをもちながら同時に細やかな心配りのできる人だった。小田実を「現代思想」の軌道に乗せるべく御していたのは誰よりも小田氏自身だったように思う。意識して私たちを前面に押し立て、親子ほど年が離れている私のような若輩者でも「対等・平等の関係」に遇してくれた。だからこそ、ときに企画をめぐって衝突することも起こったのである。

二〇〇一年度「現代思想」の講義録は、飯田裕康・高草木光一編『ここで跳べ——対論「現代思想」』（慶應義塾大学出版会、二〇〇三年）としてまとめられている。私は、二〇〇一年度については充分に成功したと思っている。しかし、二〇〇二年度の講義録はこれまで日の目を見ることがなかった。外的な要因を考えれば、二〇〇一年度は「九・一一」が追い風となって働いたが、二〇〇二年度は日朝首脳会談、というよりも拉致問題の顕在化が明らかに逆風として作用した。事実はともかく、小田氏は「北朝鮮寄り」の人物として一部のマスコミに批判的に取り上げられ、その冷やかなまなざしは教室全体の士気を減じさせる効果をもった。もっと本質的な問題は、講座が全体としてのまとまりに欠けるということだった。「現代思想」は小田氏自身の発案で隔週に小田氏が講義し、間の週に「現場の思想家」をゲストとして招き講義してもらうというスタイルをとっていたが、その「対論」が噛みあわなかった。講座の組み立てをめぐる企画段階での対立が、最後まで尾を引いたと言えるかもしれない。ともかく、私は二〇〇二年度の講義録をつくる気にはなれないでいた。

今年二〇〇七年四月下旬、小田実氏本人から「末期ガン」の知らせを受けた。呆然としたまま、いまこの事態にあって自分がすべきことは何か、自分にできることは何か、考え込んだ。二〇〇二年度「現代思想」の講義録をまとめることを思い立ち、それが可能だと判断したのは五月中旬になってからだった。

毎回の講義の速記録はきちんと保存されていた。それを「通し」で読んでみると、やはり当時実感したように、「現代思想」の眼目とも言える「対論」がうまく行っているとは思えなかった。しかし、ほかの講師の分をカットして小田氏の講義だけをつなぎ合わせてみると、充分な連続性があり全体としてのまとまりもある。一つ一つの講義が実によく構成されていることに改めて感嘆させられた。日朝関係についても、日朝首脳会談から五年経った現在の視点から見ると、小田氏が大きな見取図のなかで、ぶれることなく問題を捉えていることが明瞭に読み取れる。何よりも、小田氏が若い学生に向かって全力で講義している姿に圧倒的な迫力を感じた。

岩波書店編集部の高村幸治氏を通して病床の小田氏から出版許可を得ると、私は憑かれたように編集作業に没頭した。六月一三日にたたき台となる原稿を仕上げて岩波書店に届けたが、すでにこの時点で小田氏には原稿を検討する余裕は残されていなかった。山のように出てくる疑問点を調査し、あるいは関係者に問い合わせることが編者の仕事となった。こうして小田実著／飯田裕康・高草木光一編『生きる術としての哲学——小田実　最後の講義』（岩波書店）は、この一〇月に刊行された。生前に間に合わなかったことが残念でならない。

小田実という稀有な人物と短い間とは言え濃密な時間を共有しえたこと、その最期に新たな小田実を掘り起こすことができたこと、この幸運に心から感謝したいと思う。

（慶應義塾大学教授）

世界的英雄、近所の洟垂れ小僧

米谷ふみ子

一九六〇年の春、ニューハンプシャー州にある芸術家村マックドウェル・コロニーに私は奨学金を貰ってやってきた。着いて早々、一人の作家が「去年東京の詩人がここに来ていたんだ。あの後ヨーロッパ、アジアを通って日本に帰るとか言っていたが、金を少ししか持っていなかったので、心配しているんだ。マコト・オダという奴なんだが、知ってるかい？」と私に尋ねた。そこに行く前は毎日満員電車に押し込まれ大阪の賑やかな御堂筋にあるオフィスで働いていたもので、車一台も通らない芸術家村の広大な草原の中で気が抜けたようになっていた私は、親の名を訊かれても答えられなかったろう。だから「東京には何ミリオンという人間がいるのよ。私は大阪から来た絵描き。東京の詩人なんて……」で終わったのだった。二ヵ月後、その作家に手紙が来た。かの詩人だと言って私にその封筒を見せた。よく見ると、ローマ字でDogashibacho, Tennoujiku, Osaka, Japanと書いてある。大阪市天王寺区堂ヶ芝町！　ニューハンプシャーのこの草原の中で生まれ故郷の住所を目の当たりにするとは！　誰かがからかっているのかと何回も目をこすりその封筒を眺めた。日本から来た手紙というだけでも日本人を二ヵ月も見ない私には懐かしかった。はたっと膝を打ち「へー、あの近所の洟垂れのまことちゃんかあ」と仰天し、やおら片言英語で「この人知ってます。子供のとき近所で同じ幼稚園と小学校、高校に行きました」と、その作家に言った。東京の詩人というから清楚な男を想像し、名前もマコト・オダと逆さまにいうので、環境が変わって、うろたえていた私の脳にはぴーんと来なかったのだ。アメリカに発つ前、女学校の先生方に別れの挨拶に行った時のことを思い出した。「小田君がハーバードに行ってるんやがな」と一人の先生が言ったのだが、私はニューハンプシャー州に行くのでハーバードは関係ないと頭の中で片付けてしまい、小田君があのまことちゃんと引っ付きもしなかった。作家に来た手紙にはヨーロッパ、アジアを回って日本に無事辿り着いたこと、丁度アイゼンハウアー大統領の報道官が日本に来るというので全学連がアンポ反対の抗議デモをし、東大の学生の樺さんが殺されたことが彼の怒りとともに記されていた。

彼の存在を初めて知ったのは、三歳下の弟が双葉幼稚園に通っていたときだった。私はもう小学校だったが、母について弟を迎えに行ったりしたとき、先生が絶えず「まことちゃん、まことちゃん」と叫んでいたのでまことちゃんを知った。何かいたずらをよくしていたのだろうか？ 彼は幼稚園の隣にある洋風の赤い瓦屋根の付いた文化住宅が五軒ほどある囲いの中に住んでいた。実ちゃんの家は幼稚園の隣の隣で小田法律事務所と書かれた看板が門柱に掛かっていた。ちんちん電車の道を越えて彼の家から六軒目ぐらいの三井クラブ側の家に私は住んでいた。五条小学校に通っていた時、彼も二年下にいた。学芸会で彼と私の弟が一緒に弟の先生に指導されて剣の舞をしたのを覚えている。日中戦争中だったが、まだ内地は長閑だった。

男の子、女の子と分かれて、彼の家の近くのアカシアの木が沢山生えた土手で遊んだものだった。弟も入った男の子の群れは、木の根っこを掘ったり、木の枝とか石ころとか、ボールとかで遊んでいたようだが、その中で一際目立ち、大きなドラ声を張り上げていたのが彼だった。ガキ大将のその声は将来の大変強力な大切な声だった。その声は人間の生きていく方向をはっきりと示していた。冬になると彼は洟を垂らし、スエーターの袖で拭っていた薄汚い子だった。私は他の女の子と遊びながら何と汚い子だと軽蔑して見ていた。

私が五年生の時、日本が真珠湾攻撃をし、太平洋戦争がはじまった。二年後私は夕陽丘高女に入ったのだが、六甲に住んでいた祖母が死に、そちらの家に移ったので、実ちゃんのことは忘れてしまっていた。戦争が酷くなり、空襲があって危ないと父が判断して、母と下の弟と妊娠中の姉と私を、母の郷の鳥取に疎開させた。

敗戦後、六甲の家は無事だったので、すぐ神戸に帰って元の女学校に通いだした。その時、夕陽丘高女の辺りやその近くの小田さんもいたあの界隈は戦禍を免れたのを知った。私が大阪府女専に入って一年後、占領軍が学校を男女共学にせよと命令した。女学校が高校になり、小田さんは天王寺中学から夕陽丘に移されてきたが、女の学校が嫌いなのでしばらく来なかったとか、彼は成績抜群で学校に行かなくても大丈夫だとか、小説を書いたそうなとか、東大に入ったということも風の便りに聞いた。

女の学校が嫌いでも、戦後すぐ歴史の教科書がなかった私達にロゴス、パトス、アガペーの言葉がどういう意味かとか歴史を書くのにいろんな史観があることを教えてくれた歴史の堀川理先生の影響は大いに受けたと思う。小田さんの書いた物を読んでいると堀川先生が生徒の頭に刷り込むために重要な事柄を繰り返す口調を思い出すからだ。彼が先生を尊敬していたのは、実現しなかったらしいが、数多くいる先生方の中で堀川先生をテレビで対談したいと東京に招いたことで分かる。

私は美術学校に行かせて貰えなかったので、大学に通いながら、個人の先生を見付けて、絵の勉強に専念し、二科展に当選したりしていたが、自由だと人のいうアメリカに行こうと考えて、奨学金の出る学校、組織など百箇所に手紙を書いた。フルブライトも二回受けたが、英語の試験は通っても、面接で落とされた。当時の日本のアカデミックな選考委員は芸術家に重きをおいてくれなかった。後ほど小田さんに「やっぱり東大出やとフルブライトも貰いやすかったやろね」というと小田さんは「東大出というのはなあ、戦犯をようけだしとるんやでえ。自慢することもない」と言った。

私が芸術家村で逢った劇作家と結婚してから一年目位に母から「何でも見てやろう」という題の本が送られてきた。「あの小田法律事務所の洟垂れが（小田さん許してくださいよ。うちの家では皆がこう呼んでました。愛称です）本を書いて、大ベストセラーになったんです。面白いから送ります」という手紙が入っていた。これを読んで、私達の日本行き計画が覆された。夫はノーマン・メーラーに、結婚を長続きさせようと思うなら奥さんの国に住み、そこの人を理解することだと言われて、日本にだけ行こうと企てていたのが、コースを変えてニューヨークからヨーロッパと東に東に船と汽車で行こう、アジアを見なければということになったのだった。

日本に二年半住んで東京オリンピックのすぐ後にニューヨークに帰った。ヴェトナム戦争が始まり、キング博士がする以前に国連前広場であった反戦デモに行ったりしたが、友達には言えなかった。その頃アメリカ人の友達は誰も戦争に反対していなかったからだ。それから後、日本から来る雑誌にべ平連という舌を噛むような発音の反戦のグループがあるのを見つけた。一体その団体が何をしているのかはなかなか分からなかった。今のように電話代が安くなく、Eメールもないときである。私達に脳障害児が産まれて、反戦運動もできるような状態ではなかった。

そんなとき、また母からの手紙に「あの小田の洟垂れが今はべ平連という反戦の組織を造って、ヴェトナム戦争に反対で逃げてきたアメリカ兵を匿ったり活躍しています。テレビにもよく出て良いことを話すのですが、どうしてあんな喋り方をするのかねえ？ 横柄に見えるんだねえ。あれは損するよ」母は昔の近所びいきなのだ。あー、あの洟垂れの実ちゃんがいいことしてる。これ以来彼に対する子供のときからの軽蔑が尊敬に変わったのだった。

アメリカに来ていなかったらあーゆう活動はしていなかったのではないかと彼と話をしたことがある。「僕はなあ。アメリカから帰ってきた頃は日本の社会が左に傾いてたから皆僕のことを右翼やと呼んどったんや。それが僕は全然変わってへんのに、今は社会が右に傾いてるやろ、僕のことを左翼と呼んどるわ。あはは」と彼は笑う。

あのべ平連のお蔭で、彼はアメリカに入国するとき、移民局ですったもんだをしなければならなかった。その度に「元司法長官のラムゼー・クラークに電話をして僕のことを訊けと言ってやっと入国させて貰ったことが何回もあった。今はコンピューターの僕が危険人物やというデータは消してもろたけどな」と言っていた。彼は誰とでも友達になれる才能があったので世界中で活躍できたのだろう。

アメリカ社会にはいつも二つの面がある。戦争をふっかける粗野で残酷で欲深い人々と、それに反対する生命を大切にすることを主張する毅然として勇気のある人々、彼はこういう人々と付き合っていたんだ。若い時に自由奔放な人々がいる芸術家村に行ったことも彼にはプラスになったと思う。

大人になってから彼に会って話をしたのは私がもの書きになってからである。二十年くらい前だった。神戸の友達が彼を知っているからと連れて行ってくれた。入り口で出迎えてくれた小田さんを見て、これだけもむくつけき大男になっていたのに驚いた。これやったら怖いもん知らずやと思った。彼に引っ付いて、彼と対照的な可愛いというよりこの上もなく美しい三つ位の女の子が立っていた。堂ヶ芝町のよしみで、「へえ！　これ、あんたの子お？」と訊いてしまったのだ。返事が無かった。最上の褒め言葉なのだが冗談が通じなかったらしい。小田さんの後ろを見ると楚々とした美人が立っている。私は二人を右左と眺めて「奥さん似やね。凄い美人やもんね」と納得して独り言を言った。彼は幸福そうだった。それを見て不思議と安心したのだった。

彼の書斎に入って、椅子に座りながら、小田さんは「そういうたら、昔のあんたの顔思い出したなあ」と言った。それから共通の先生とか知人の話、あの子供のときの界隈と、芸術家村マックドウェル・コロニーのことなどを話したのだった……。彼は四十五年振りの私に「あんた黙っとれ。僕喋る」と度々言った。何と失礼な男と「何で私喋ったらあかんの？」とその度に私は言い返した。何のことからか戦争のことだったと思うが、「今度は皆一緒に死のな」と彼は私達の顔を見て言った。「なんであんたと一緒に死なんならんの？　私は嫌よ」と、私は答えた。

彼にはフィクション、ノンフィクションと多くの作品があるが、決して権力者にへつらわず庶民に人類に大切なことを書いている。これだけも活動と、書くことを両立させた作家は日本にも世界にもいないだろう。一回くらいの運動をしただけと言うのはいるだろうけれど、何回も社会を良くしようと繰り返し挑んだ作家はいないと思う。

その後も電話で「あそこの原っぱのとこ掘ったら古いお寺の跡やったらしいんや。何や一杯ものが発掘されたらしいで」というような話をする。またこちらは、「ほら、コロニーのデイレクター、ミスター・ケンダル九十二歳でも元気でね。この間ニューハンプシャーに行った時、会いたいて言うたら、忙しいから明日にしてくれって言われたわ。九十二歳でも忙しいてええわね」と笑いながらこちらの様子をしらせる。二人だけに通じる想い出話なのである。そういう人がいなくなった。私にとっては一大損失なのだ。私より若いから大丈夫だと思っていた。

アメリカでこういうことが起こっている、日本の政治家は解釈の仕方が間違っていると思っていても、でも小田さんは分かっているという私の安堵感があった。それが、大穴が開いてしまった。誰が体を使って彼のように世直しができるの？　日本にとって一大損失なのだ。

五年ほど前だったと思う。タイム誌のアジア版にアジアの英雄という新特集を始めるので、日本人の中のそのような人のことを書いて欲しいと言ってきた。私の判断では英雄とは武器をもって戦う人ではなくて、日本からはみ出て平和のために活動をしている人がいいと思った。それで小田さんしかないと思いついたのだった。その特別号が出た翌日、ヴェトナムの大臣に会いに行くことになっているると言って「僕十冊買うてヴェトナムに持って行くわあ」ととても喜んで電話を掛けてきた。

神戸の地震のすぐ後だったかに、こちらの友達から電話があって、「今妹が神戸から来ているのですが、彼女の神戸の友達も米谷さんに頼んで貰って欲しいと言っているんです。米谷さん小田さんの友達でしょ。電話を掛けて、小田さんに是非兵庫県の知事になって欲しいと頼んでくれませんか？」という。「頼みたかったら自分でしなさいよ」「いや僕ら彼を知らないから。やっぱり知っている人のほうが説得力あると思いますので頼みます」仕方なく、私は小田さんに電話をしてその旨を伝えた。すると彼は「僕わなあ、石原慎太郎みたいな馬鹿ちゃうわい！　誰が政治家みたいなもんになりたいねん！」と大声で怒鳴った。Kill the messenger とはこのことかと思った。あの時大変な努力をして自然災害の生活再建支援法を通そうと政治家や役人とやりとりしていて頭に来ていたのだろう。

彼に最後に会ったのは大阪のホテルニューオータニでだった。対談がすんで、編集者が呑みに上のラウンジに行きましょうと言ったので、小田さんがホテル内にいる私の夫のジョシュを呼べよと言った。小田さんの隣にジョシュが座り、四人で低いテーブルを囲み、それぞれ飲み物を頼んだ。小田さんはウイスキー、編集者はビール、私はジュース、ジョシュはジンフィーズ。編集者が何を思ったのか小田さんに、「小田さんの英語は大阪弁の英語ですなあ」と言ったのだ（前に私の英語は大阪弁の英語で小田さんのもそうだと言ったことがある。つまり、大阪人というものは発音とか文法とかを考慮せずに相手にこれでもかと分からせようとする。アクセントは大阪弁のアクセントと言ったのだが）。編集者は冗談のつもりだったのだろうが、小田さんは直ちに目を吊上げて、ラウンジ中が震えるほどの大声を出し、「何やとー。英語も喋れんくせにー馬鹿にするなあー」と怒り出したのだ。ああこれでなかったらべ平連もでけへんかったやろうなあ、この声！　私は震え上がった。ラウンジが空っぽだったのが幸いだった。彼が編集者を殴りつけないかと心配になった。私の隣に座っている編集者の体が硬直するのが皮膚で感じられた。小田さんはそれから「米谷さんも僕も異民族と結婚していて大変な苦労しているんやぞう。君には分からんやろがー」と怒鳴っている。その度に、彼は隣に座っているジョシュの背中を大きな手でばしっと叩くのだ。ジョシュは日本語が分からないので何が起こっているのか分からない。「……やあ」とか「分からんのかあ」というくだりで背中をバシッと叩く。力のある手で叩くので心配になり出して、遂に「小田さん、ジョシュ心臓悪いのよ、そんなに叩いたら、心臓発作起こすかも分からんよ」と言うと、気が付いたらしくぴたと止めた。それから静かに「僕らはなあ、ジョシュ。連れ合いの言うこと聞かんとあかんなあ。女の人はえらいからなあ」と言った。

これが最後の別れになるとは予想もしていなかった。一生忘れない別れであった。

四月末に小田さんから大きな封書が来た。

開けてみると手書きの手紙と分厚いプリントが入っていた。手紙を読み出したが、初めはフィリッピンのアロヨ政府の人権無視政策のことが書いてあり、徐々に筆が乱れて読み辛くなってくる。元々読み易い字体ではないが、ことに今度は酷いので、年寄りにもっと読めるように書いてくれたらええのにと思いながら、また暇になったら読もうと机の端において、三、四日仕事の合間に横目で眺めていた。が、気になりだして読んでみると、癌という漢字が目に飛び込んできた。それからそこを何度も読み返すと、命はもうあとせいぜい三、四ヵ月か永くて一年と書いてある。ほんまかいなあ！　あの大男が病気になるなんて考えてもいなかったので、何を弱いこと言うてるのと心配になり、癌にかかってから十年以上生きているこちらの友達に電話をし回ってどのような治療を受けたかを尋ねた。それからならさんとすねさんにこういう治療をして未だ十年生きている人もいると電話をしたのだが、それは何も彼の命を救う手伝いができない自分への気休めであるというより他はない。もう少し長生きして欲しかったからだ。彼は不死身で世直しを続けると思い込んでいたので、新聞の写真に皆がお葬式の後、デモ行進をして彼が人々の胸の写真の中に入っているのを見て、実際に彼がもうこの世にいないのだと、がーんときて悲しみに震えた。

彼は死ぬ間際まで世界の平和を人権を守ることを成し遂げようとしていた。だからこそ癌が手遅れになったのだ。あの長い長い〝市民のみなさん方へ〟の手紙の最後に「……これ以上代表をつとめることはできなくなりましたので、辞任致します。本日六月二日は私の誕生日で、私は七十五歳になります。人生一巡、みなさん方とともに生きたこと、生きられたことをさいわいに思います。……生きているかぎり、お元気で。2007年4月28日記す。小田実」と書いている。辛かったやろうねえ、小田さん。癌に蝕まれた体の痛みは大変やったやろねえ。でも、同時に平和説得の人生からの辞任を宣言する心の痛みも大変やったでしょうと……。ファシズムを知らない若い人々が、世界のそこら中でファシズムがもう存在していることが分からないことを、そしてそれがおこってしまうと市民にはもう力がなくなる。だから未然にそうならないように防がねばならないのを知らない若者達。経験のない人々はよっぽど想像力が無い限り、宗教と結びついた愛国心だとか国旗に宣誓をしたり、上辺のまやかしに騙されてしまい、私達の世代のような酷い目に合うことを、貴方は知らせようと全力を尽くしたのよね。そして貴方は命の燃料を燃え尽くしてしまった。日本の男性の平均寿命が七十九歳だからまだまだと私は心配していませんでした。こうなると日本中が骨抜きの集まりのようになるのが心配です。なんとか若い人たち一人一人が世直しをするように仕向けようと言う貴方の遺志を継いで残された者が努力しましょう。私も家庭の事情が許すかぎり、微力ながらこちらで一人一人を口説くつもりです。こちらの小学校でよく教える教訓に「Have the courage to stand up for what you believe」というのがあります。貴方はこの教訓通りの人だと思います。貴方は抜群な国際的判断力を持ち、人の立場とか心情とかがよく分かるとてもやさしい人です。小田さん We miss you! さようなら、実ちゃん！

二千七年八月末日

（画家・作家）

半世紀に及ぶ「一期一会」

西田　勝

小田実は、そのいかつい外観と違って気持はやさしく、しかもというか、だからというか非常な照れやだった。例えば、彼のいう「人生の同行者」との結婚披露パーティをおこなった際、突然電話がかかってきて「歳末、神戸でおいしい神戸牛のステーキを御馳走する。それを食べながら、よもやま話(注)というのは、どうか。伊藤と一緒にきませんか」というのだ。「それも悪くないな」と日程をやりくりして伊藤成彦と出かけたのだが、神戸元町のそのステーキ屋に案内されてみると、そこにはすでに宇都宮徳馬氏と玄順恵(ヒョンスネ)さんがいて、席が落ち着いたところで宇都宮氏が二人に向かって「こんどはおめでとう。家内からこれを預かってきた」と言って結婚指輪をポケットから取り出したのだ。つまり、その時になって初めて伊藤と私は二人が明日、結婚披露のパーティをすることを知ったのだ。今から二五年前、一九八二年一二月二三日の夜のことだった。

そして、こんどの末期ガンに罹ったことを知らせる仕方――それも、この小田式だった。送られてきたのは冊子小包で、それを開くと、なかにオランダはハーグで開かれた「恒久民族民衆法廷」(Permanent Peoples' Tribunal の小田訳)の部厚な判決文(英文)と、それについての肉筆コピー一〇枚に及ぶ添え書が入っていて、まず添え書の方に目をやると、末尾に青インクで署名、行替えして「人生、まさに、一期一会です」とあったので、「おや、これは」と思い、最初から読みはじめて——小田の字は「俺様が書いたものだから読め」式の、折れたのやら曲がったのやら、マッチ棒の寄り集まったような、判読困難な、あまりに個性的(?)なもので、一瞥しては大意がわからず、根気よく解読して行くしかない——ようやく八枚目の終わりごろになって初めて彼がすでに、どれほどの命も残されていないことを知らされるという始末だったのだ。

小田と初めて会ったのは、一九六六年一一月、私が小田切秀雄や伊藤たちとはじめた雑誌『文学的立場』(第一次)が企画した講演会「明治百年を排す」への講師を依頼するため、当時、彼が舎監を務めていた代ゼミの世田谷寮を訪ねた時だった。いわゆる「戦後体制からの脱却」を意図する運動の発端となった「明治百年記念事業」に抗するには、べ平連式の市民運動を展開するしかないと考えた末の講師依頼だった。日程が合わず、テープでの参加となったが、そのテーマをより深めるために開かれた非公開のシンポジウム「対決の思想」(翌年四月)には丸山真男・日高六郎・竹内好・平野謙らとともに参加してくれた。後者の討論の記録は、のちに同題の本(勁草書房)に収められたが、丸山や日高や平野は情況に対して、どちらかといえば楽観的だった。

小田と頻繁に会うようになったのは、「戦後体制からの脱却」の機運が楽観どころか、もはや無視できなくなった時期で、具体的には小田が吉川勇一らと、そのような情況にどう対するかを考える会、その名も「現状を考える会」の第二回目（一九七九年一月）に出席してからのことだった。「現状を考える会」はやがて「日本はこれでいいのか市民連合」となり、私も後者の世話人に選ばれ、小田と行動も共にするようになった。

「文学者の反核声明」ののち、「日本はこれでいいのか市民連合」の一展開として、一九八五年春、世界の非核化をめざす非核自治体運動の日本での展開を促すため、私は勤めていた法政大学の研究室を発行所に『月刊・非核自治体通信』を創刊し、次いで現代日本文学の「内向化」・「空無化」からの、それこそ「脱却」をめざして同志の人たちと日本社会文学会を出発させるが、前者では小田は無償の特約寄稿家となり、後者では創立記念講演会に住井すえさんとともに演壇に立ち、機関誌『社会文学』の創刊に当たっても小説（「河のほとりで」。のちに短篇集『「アボジ」を踏む』に収録）を寄せてくれた。それだけではなく、同会主催の国際シンポジウム「核と文学——アジアから見たナガサキ」（一九八九年秋・長崎）や「占領と文学」（一九九一年秋・那覇）にも日本側パネリストとして参加してくれた。彼が参加してくれたこともあって、両者ともマスメディアの注目するところとなった。

その間、小田から依頼されたこともあった。その一つは、私は一九八三年の夏以降、第一回ピースボートの出航に当たって辻元清美君たちの後見人として団長を引き受け、この運動の誕生にかかわるようになって行くが、これも、「船会社などとの交渉も考えると、自分が前面に出るのは得策ではない」と判断した小田の依頼に端を発するものであった。

公（？）の旅だけではなく、一九八〇年から八五年にかけて、しばしば小田が「清遊」と称した二人だけの小旅行をした。南伊豆・箱根・奥多摩・秩父、それから群馬・信州の山間の温泉にもでかけた。南伊豆は蓮台寺の温泉宿（今はない）の部屋付きの露天風呂で月を観ながら話し合った情景が、いくらか周囲がぼけてポッと浮かんでくる。ピースボートの件で小田から依頼を受けたのも、何日か大学の箱根強羅の保養所で滞在していた時のことだった。

小田と見納めになったのは、前記の国際シンポジウムの発展の中から生まれた植民地文化研究会（現・植民地文化学会）主催の日台フォーラム「先住民文化と現代」（二〇〇四年一二月・東京）に、やはりパネリストの一人として参加し、力のこもった発言をしてくれた日（正確には一一日。なお、その発言は『植民地文化研究』第四号に収められている）で、夜の懇親会の途中、「これから西宮に帰る」と言い、それに「何年ぶりやろ。二人だけで写真をとろう」と続けて、近くにいた事務局の若い女性に写真をとらせた。声には以前と変わらぬ力があったが、猫背がより深くなり、身体も少しばかり弱って見えた。当然ながら、それは二人が写った最後の写真となり、そして最後の別れとなった。

実をいうと、私は初対面を遡ること九年前に、活字の上で彼と出会っている。当時の学生運動を「全体小説」的に描き出そうとした小田の第二の長篇小説『わが人生の時』について私が挑発的な書評を大学新聞に書き（『東京大学学生新聞』一九五七年七月二三日）、それを「学生風俗小説」に過ぎないと断じ、「背教者にも殉教者にもならぬ新しい道」を探究することを求めたことに怒った小田が次号（八月一三日）に反論を書き、「新しい道」を具体的に示せと迫ったのだ。その時、小田はまだ学部の学生で、私もまだ大学院に籍を置いていた。この活字でのやりとりを二人の出会いのそもそもの発端とするなら、私たちの「一期一会」はちょうど半世紀に及んだことになる。しかし、初対面以来、どうしてか若い日のこの応酬については一度も話題となることがなかった。

（注）正確には、第三次『文学的立場』終刊号（一九八三年五月）に予定されていた「鼎談」。その「よもやよ話」はのち、四号に「現代文学が、いま必要としているもの」として掲載された。

（文芸評論家）

小田さんに言った最後の意見と、言えなかった意見

吉川勇一

八月四日の告別式で、私は小田さんへの弔辞を読んだ。時間が短く決められていたので、用意していた長めの文を、直前に大急ぎでかなり削った。タイトルに書いた「小田さんに言った最後の意見」とか「言えなかった意見」というのは、この弔辞のことや、そこから削った文のことではなく、別の

ことだ。しかし、本誌の小田さん追悼特集に載せる文としては、この弔辞で述べたことを除きたくない。それで、まずは削る前のもとの弔辞を全部含ませて頂きたい。

弔辞

小田さん、あなたが逝った日、東京では激しく雷が鳴りました。「西雷東騒」という文を関西の新聞に書き続けてきたあなたの死を、東の雷神もまた悼んでいるような思いでした。

ここ二、三カ月、私のもとには、手紙やメールで、多くの未知の人びとから、小田さんに伝えてほしいと、お見舞い、感謝のたよりがつぎつぎと送られてきました。二十代、三十代のときに、小田さんの言葉や行動に触れて、人生の道筋を定めることが出来たという人びと、その後も何かにつけて、あなたの主張と行動に励まされ、自らを律することができたという人びとからの、熱いメッセージでした。その思いは、今日ここに参加している多くの人びとの胸に共有されていたことだったと思います。

あなたの最後の小説のタイトルの通り、「終らない旅」は確実に多くの次の世代の人びとに受け継がれ、国家と軍隊と暴力から離脱し、個人として自律の道を切り開く旅は、決して終らずに続けられてゆくものと、私は確信します。あなたは千の風どころか、何万という人びとの胸の中に居続けることになるのでしょう。

一九六五年、べ平連の運動のなかで知り合ってから半世紀近く、私は、さまざまな市民運動で、あなたとともに活動してきました。ベ平連の運動のときには、「小田と吉川の二人の組み合わせで、この運動は進められた」というようなことが、よく言われました。しかし、振り返ってみて、私の代わりとなるような人は、私の周囲にいくらでもいました。私よりも若い世代の人びとの中から、私をはるかに超えるような能力を持った人びとはつぎつぎと生まれていました。しかし、あなたに代われるような人はついに現われませんでした。運動に加わった知識人のなかで、あなたは稀有な存在でした。

正直言って、個々の細かい点や局面では、あなたの言うことに矛盾があったり、私に賛成できないことも少なくはありませんでした。よく喧嘩もしました。しかし、状況を骨太に捉えて、判断を述べ、進む大きな方向を示す、その点ではあなたは少しもブレルことなく、常に運動の中軸にあって信頼の置ける人でした。

何よりも、一九六六年にあなたが提起された「被害者にして加害者、加害者になることによってまたも被害者になる」という主張は、一九四五年以降の日本の反戦平和運動の歴史のなかで画期的なものでした。戦争の加害者としての自覚は、こうして、以後、日本の運動のなかでの中心的な課題の一つとなりえたのでした。

その後の幾多の運動のなかで、たとえばイラク反戦の運動の中で、反戦を強く唱える作家や、評論家や、学者は多くいます。しかし、あなたのように、運動の最先頭の修羅場に身を置いて、そこで有名、無名の区別なく、ともに一人の個人、一人の市民として平等に行動を続けてゆく、そういう人を私は、残念ながら知りません。

あなたと行を共にした場面がつぎつぎと私の頭に浮かんできます。

一九六八年、佐世保に米原子力空母エンタープライズが入港しようとしているとき、あなたは私とともに二人だけで佐世保へ向いました。民間機をチャーターして、空母の上から撒こうと、英文のチラシを一万枚ほど抱えて。残念ながら飛行機はチャーターできず、私たちは小さな三トンたらずの木造小船を借りて七万五七〇〇トンのエンタープライズの周りを何度も回りました。その対比は、あなた自身、まるで戯画のようだったと言っていましたね。でもあなたはエンドレステープのように、イントレピッドの四人に続け、ベトナム攻撃から手を引けと、英語のアピールをし続けました。甲板には、耳を傾ける兵士が次第に増えてきましたね。夜は、佐世保のバー街で、上陸してきた米兵に、空から撒けなかった英文のチラシを撒きました。知らない多くの市民がつぎつぎとビラを持って散り、あっという間にビラはなくなりました。兵士たちは、上陸前、「べヘイレンに気を付けろ、あれは北朝鮮の共産党系団体だ」と言われていたそうですね。翌日は、二人だけでデモをしようと、歩道の上であなたは立て看板を書き始めました。あまりに下手くそな字なので、私が手を入れました。その間にも、「小田さんですか、私も加わります」という未知の人びとがつぎつぎと現われ、歩いているうちに、その隊列は三〇〇人にもなり、その晩、すぐにその人びとによって「佐世保べ平連」がつくられたのでした。

既成の大政党や大労組のデモが、「隣に見知らぬ人がいたら、気を付けてください。それは警察のスパイか、極左暴力集団の挑発者です」と呼びかけていたのに対して、あなたは、「誰でも入れるデモです。一緒に歩きましょう。エンタープライズに抗議して」という看板を掲げ、見知らぬ人びととつぎつぎと腕を組みました。既存の運動と異なる市民運動のあり方の典型を見る思いでした。

あなたの小説『冷え者』が、運動のなかで問題になったことがありました。被差別部落に対する差別小説だとして、糾弾の対象とされ、発行中の『小田実全仕事』の中から削除するよう要求されたのでした。べ平連の若い人びとの中からもそれに同調する意見が強くなりました。そのときの小田さんの確固とした姿勢も私は決して忘れられません。

糾弾の対象とされた途端、作品集の中からそれを削って口を閉ざしてしまう作家も少なくないなかで、あなたは決してそういう態度をとらず、批判者の文章を共に掲載することで、その小説を出版し、世の討論に資するようにしよう、と提案したのでしたね。なんと、そうなった途端に、批判者は姿を消してしまい、あなたはやむを得ず、解放同盟員であり、作家である土方鉄さんに批評文を依頼して、それを含めた出版を実現したのでした。おかげでいま、私たちはその作品を読むことができます。

一九七〇年七月、岩国の米軍海兵隊基地のなかで反戦暴動が起こって弾圧が加えられているとき、たまたま岩国にいて、深夜その知らせを受けた小田さんは、追ってきた日本警察の車が基地正面で止められている間に、入り口の警備をしていた反戦派の米兵に通されて、タクシーで基地の中に難なく入り込み、反戦米兵らを激励してきたのでしたね。そのほかにも、あるいは一九六九年夏、大阪での反戦万博で、べ平連を批判する日大全共闘などの激しい攻撃に、二人で防戦、反論に必死であったときのこと、そしてあるいは一九六九年四月二八日の沖縄デーの日の一万数千のべ平連デモが、銀座の手前で機動隊に阻止されたとき、かなり迷い、みなと急遽相談したあとで、デモは市民の権利だと主張して、催涙弾と火炎瓶の炎の点在する大通りを先頭に立ってデモを進めたときのことなど、思いはつぎつぎとよぎり、留まることがありません。

あなたの死後、こうしたあなたを先頭とする運動を、「華々しかったが、空回りだったのではないか」とする意見をたまたま眼にしました。しかし、それこそ、表面的なことしか見ていない見解でしょう。阪神淡路大震災のあと、あなたが、自民党から共産党まで、議員をつぎつぎと回って説得に努め、私有財産を国家は補償しないと言い張っていた政府に対し、市民＝議員立法を対置し、まだ十分ではないものの、災害犠牲者を公的に支援する法律を実現させたことなど、実際に勝ち取った大きな現実的成果を見ただけでも、そうした見解が皮相的なものだったことは明らかです。

今年の秋、一〇〜一一月は、あなたが『終らない旅』のメインテーマにすえられた脱走兵援助の一番初め、あの米空母「イントレピッド」からの四人の米兵の脱走から満四〇年を迎えます。ということは、羽田闘争の四〇周年でもあり、エスペランチスト由比忠之進さんの焼身自殺抗議からの四〇周年でもあります。私たちは、一一月一七日、そのための集会を準備しています。決して後ろ向きの回顧ではなく、自衛隊の戦地派遣が続き、集団的自衛権の容認の方向が強まっているなかで、ますます重要になってきている、国家と軍隊からの離脱、市民的不服従の道を語るという、極めて現代的な意義をもったものにする予定です。あなたとともに、脱走兵援助に力を割いた多くの人びとがそれに加わるはずです。脱走兵への援助にも加わられた鶴見和子さんの歌に「脱走兵援助の歴史アジアにて未来へ向けてうけつがむとす」という一首があります。小田さんの志を継ぐ催しになるものと信じています。

私たちの手でスウェーデンに送り出されたかつての脱走兵の一人、マーク・シャピロさんからは、「巨人のように偉大な人間、小田さんへの尊敬と哀悼の念のささやかなしるしとして、葬儀に花をお送りした。小田さんはこの世界のために実に大きな仕事をなされた。小田さんとべ平連の皆さんにどれほどの恩義を感じているか、言葉に尽くせない」という趣旨の便りが来ていることもお知らせします。

個人的な思いを述べる時間がなくなりました。私のこれまでの人生の道筋を定める上で、べ平連運動でのあなたと鶴見俊輔さんとのお付き合いが決定的な位置を占めております。ありがとうございました。

二〇〇七年八月四日

この弔辞の中で、私は、「正直言って、個々の細かい点や局面では、あなたの言うことに矛盾があったり、私に賛成できないことも少なくはありませんでした。よく喧嘩もしました」とのべた。喧嘩にはならなかったものの、小田さんが末期の胃ガンだとわかって、西宮のお宅にお見舞いに行ったとき、私はかなり強面で小田さんに言った意見があった。「よく、あなたとは議論もした。これが最後の議論になるかもしれないけど……」と前置きをして、私が言ったのは、入院するのだったら、東京の病院ではなく、関西の病院に入るべきだろう、ということだった。関西にいい病院がないわけでは決してなく、「西雷東騒」の筆者としては、それが一貫しているように思うのだ、という意見を伝えたのだ。

だが、小田さんは、議論はしないよ、もう決めてしまったことだ、聖路加に入るよ、と言った。もちろん、それは本人と家族とが決めるべきことで、私はそれ以上は言わなかった。ただ、小田さんが多くの知人に送った手紙にあったように、一定期間の加療が終ったら、西宮の自宅に戻って生あるかぎり執筆を続けたいという計画は、ぜひ可能にしてもらいたいと希望した。

東京の病院での加療期間が延長されることになったとき、私は、もう一度新しい意見を伝えた。それは、万一病状が悪化した場合、少なくとも西宮の自宅に帰れるだけの体力がある間に、退院、帰宅をさせるよう、病院当局と約束を取り付けておいてもらいたい、ということだった。だがこれも、そうはならなかった。

もちろん、小田さんの気持ちは、痛いほどよくわかっていた。彼からは、どうしても書き遺したい小説のあらすじも聞いていたし、やっておきたいギリシャ語の翻訳のことなども承知していた。小田さんとしては、治療によって、一月でも、いや一週間でも生が延び、書く時間が得られることを強く強く望んでいたことは、よく理解できた。彼自身、「三カ月生きられたらいい、六カ月生きられたらもっといい」と語っていたのだから……。しかし、病状は予想をはるかに超えて早く進行し、入院後三カ月も過ぎぬうちに亡くなられ、危惧していたとおりになってしまった。死去の知らせを聞いたあと、私はしばらく呆然と、雷鳴を聞き、稲妻を見続けていた。

「言えなかった意見」とは、また別のことで、小田さんの最後の著書『中流の復興』（NHK出版）のなかのある文章のことだ。彼はそこで、戦後の日本が「平和経済」の国だったと何度ものべている。確かに、日本はアメリカのように産軍複合体が国の政治全体を独占しているような国にはなっていないし、ヨーロッパの資本主義大国やロシア、中国のような大規模軍需生産国家にはなっていない。でも、疲弊した戦後日本を一挙に復活させたのが、朝鮮戦争による特需だったことや、またベトナム戦争の際の特需だったことには触れてほしかった。何よりも、小田さんに言いたかった文句は、「左翼はすぐ、これは軍事産業だ、三菱はどうしたこうしたと言っているが、基幹的には平和産業で、それで豊かさを形成した」（二五八頁）という一文だ。

小田さんが生きていれば、私は早速「小田さん、いくらなんでもその言い方はないよ」と言うだろう。小田さんの「左翼」嫌いはよく承知しているが、三菱はどうしたなどというのが左翼だとはひどい。ベ平連のなかで、私は三菱重工業への反戦一株運動に参加し、そこの株主総会に二度出席した。そして私たちは、総会屋や三菱がやとった右翼、暴力団などによって引き倒され、殴られ、蹴られ、総会場から叩き出された。

だが、そもそも、この三菱重工業の一株運動を思いついたのは、小田さん自身だった。一九七〇年九月に開いた「満州事変のころ生れた人の会」の講演集会で、小田さんがそれを提唱した。だが、彼はその直後、体調を崩して入院してしまったため、実際の運動には関われず、私や他の若いべ平連のメンバーたちがこの運動を引き受けることになった。やむをえなかったとは言えるが、この運動は「言いだしっぺがやる」というべ平連の原理からは外れたものになったのだ。

また、一九七三年、ベトナム停戦が発表されると、自民党本部のビルの上には「祝ベトナム停戦次は復興と開発に協力しよう」という大きな看板がかかげられた。私たちは恥知らずなこの看板に憤激したが、小田さんは、「なにがベトナム復興だ、ケイダンレン、おまえにそんなことがいえるか!」というアピールを書き、経団連への抗議デモを呼びかけた。こうして、べ平連の後期、経団連への抗議デモは小田さんを先頭に何度もくり返された。もちろん、防衛生産委員会などへの抗議がメインテーマの一つだった。

小田さんが生きていれば、私は、この著書の表現に文句をつけ、彼がそれに反論し、またまた議論が始まったことだろう。彼は何と反論するのだろうかな、私はそれを考える。こうして、私の頭の中で、小田さんとの議論が始まる。これが「言えなかった意見」にかかわることだ。

弔辞でのべたように、小田さんは、こうして、人びとの胸の中に生き続け、いつまでも私たちとの議論を可能にしているのだ、と私は思う。

(市民運動家)

タダ働きをした人

吉岡 忍

「オダ君」の登場する小説が、小田実さんにはある。「人生の同行者」の父親の人生とその死を描いたエッセイのような小説のような、しかし、やはり小説としか言いようのない短編だ。川端康成文学賞を受賞した『「アボジ」を踏む』である。

若いとき、アボジ（父親）は済州島から日本にやってきて、さんざん辛い目に遭いながら生きてきた。ハンサムだったから、ときどきいい思いもしたらしい。オモニと結婚し、神戸に住み着いた。生まれた七人の娘たちも大きくなり、孫もできた。しかし、やっと生活に余裕ができて旅行でもしようか、というとき、肺ガンが見つかった。アボジは病院から許可をもらい、オモニと自宅で過ごした。そして、その明け方、阪神大震災……。

「ぼくは生(な)まで帰る、オダ君」と、アボジは言う。

生きて、済州島に帰る。たとえ死んだとしても、遺体のまま帰って、土葬にしてもらいたい、という意味である。その希望のとおり、病身のアボジは済州島に帰り、五日後に亡くなった。

土葬のシーンが印象的だ。原野のような墓地にアボジを埋葬し、その上に肉親、親類縁者、その他の会葬者がのぼり、魂がさまよい出ないようにと、みんなで力いっぱい踏むのである。女たちの哀号、哀号という叫びが、風に散っていく。号泣のあとに、にぎやかな飲食が始まり、笑いがはじける。それからまた、号泣。万葉の時代にあり、ホメロスの時代にもあった「野辺の送り」を、小田さんは思う。

ここで私が『「アボジ」を踏む』を取り上げたことには理由がある。

来年二月下旬の四日間、日本ペンクラブは世界P・E・Nフォーラム〈災害と文化〉を東京・新宿のスペース・ゼロで開催する。地震や津波、洪水やハリケーンなどをきっかけに書かれた小説、制作された映画や音楽を世界各地から集め、その作家や制作者やミュージシャン自身に紹介してもらおう、という企画である。

そもそも私がこんなことを企んだのは、国際ペン大会などいくつかの文学者の国際会議に参加してみて、議論がなかなか深まっていかないことに疑問を持っていたからだ。理由ははっきりしている。ほとんどの参加者が、他の参加者の書いたものを読んでいないからである。だれが、何を、どう考えているかを知らないからである。だからまず、たがいに作品を知り合うことから始めたい、と私は考えた。

昨年末、私は小田さんに電話をかけ、その話をした。ステージ上で『「アボジ」を踏む』を朗読の専門家に読んでもらい、最後の土葬シーンのところだけ、小田さん自身に読んでいただきたい。音楽もつけたい。背景にはイラストか写真を投影したい。あのアボジの生と死には、生々しい近現代史と人類古層史の両方が流れている。災害を機に生まれた文学として、舞台の上に展開したいのだ、と説明した。

小田さんはあっさりと了解してくれたが、そのあとで、「おれ、いま疲れとるのよ」と言った。いま思えば、ガン細胞が小田さんの胃を食い荒らしていたときだ。「きみはいま、何を書いてるの」と小田さんが聞いた。私は、たいしたことは書いてない、と答え、〈災害と文化〉は私が言い出しっぺだから、言い出しっぺがやらないわけにはいかないでしょう、それはベ平連で小田さんに教わったことですよ、と言った。「タダ働きだな。タダどころか、持ち出しやな。まあ、しゃあないやろ。おれもさんざんやっとる」と小田さんは言い、ハハハッと笑った。少し元気のない笑いだった。

電話を切ったとき、私はふと、いま何か大切なことを聞いたのではないか、という思いにとらわれた。こちらから、いきなりのお願いをし、あとは雑談のようなやりとりしかしなかったはずなのに、そこに重要なヒントが隠れているような気がした。何を聞いたのだろう？

――タダ働き。

小田さんはそう言った。そういう言葉を使った。

ああ、そうだった、と私は思い当たった。小田さんほどタダ働きをした作家はいない、ということに。ベ平連の活動がつづいた十年間、小田さんはほとんど毎週のように各地の反戦運動グループに呼ばれ、全国を飛びまわった。講演謝礼がないどころか、交通費や宿泊費も自弁だった。国際共同行動を組織しようと欧米各地を旅行したときも、同じだったろう。

行く先々で見聞したこと、考えたことを、小田さんは多くの評論や紀行文に書いた。そこで得た感慨、深まった思索があったにせよ、こと家計的収支決算に関しては、相当の赤字だったにちがいない。べ平連が終わったあとも、小田さんのタダ働きはつづいた。アジア人会議、市民の意見30の会、良心的兵役拒否の運動、アジア・アフリカ作家会議、日独平和フォーラム、阪神大震災後の被災者支援立法の活動、九条の会……。その折々に、小田さんはたくさんの原稿を書いたが、それ以上にタダ働きをしつづけた。

作家は普通、こういうことはしない。自分で方向付けたジャンルやテーマから外れないよう細心の注意を払って、その内側だけで書きつづける。そこで洗練なり、深化なりをすることがよいことだ、とされている。

だが、ここでひとつだけ確かなことは、彼や彼女が書く一語一語、句読点ひとつひとつまで、お金になるということだ。タダで書く文章など、金輪際ない。自分で乗車券を買い、食事代や宿泊費を払ってどこかに行き、集まった人たちの前で話をすることもない。一挙手一投足がお金になっている。それがいけない、と私は言っているのではない。収支内訳はそうなっている、という事実を指摘しているだけである。

小田さんは一方的に書くだけの作家ではなかった。みずから見聞きし、体験し、考えたことを書いて、公表する、という行為は、それだけで終わらない。他者に働きかけ、動かすことがある。小説でも、評論でも、そういうことがある。そのとき書き手は、あとのことは知らない、と放っておいていいのだろうか。小田さんはそういうことを考える作家だった、と私は思う。そこから、小田さんのタダ働きが始まった。

ここで私は、作家の社会的責任などということを持ち出したくない。もっとあっさりと、「のりしろ」と言っておきたいのだが、みずから主張し、書いたことを基に、そこからはみ出していって、現実との接点を具体的に作るようなことである。のりしろの部分が、つまりはタダ働きということになるのだが、大事なことは、作家がのりしろを広げていくと、そこで必ず現実と出会い、書いたこと、主張したこととの正確さや妥当性が問われるということである。小田さんが書いたもののなかには、こうした往還の跡がたくさんある。それこそが、小田さんの著作の強靭さだった。

小田さんが亡くなって、『「アボジ」を踏む』を読んでいただくことはかなわなくなった。「オダ君」がアボジの墓を踏み、万葉やホメロスの世界を思い描きながら、やがて戦争や災害の被害者を切り捨て、見殺しにする現代を、これが人間の国か、と絶句する姿をステージにのせたいと思ってきたのだが、断念せざるを得なくなった。しかし、世界フォーラム〈災害と文化〉にはまだ多くの朗読企画がある。私はもうしばらくはタダ働きをつづけなければならない。

タダ働き、のりしろ。それはつまるところ、人が現実と、人が人とつながる回路と場を作るということだろう。人間の暮らしと仕事からますます余裕がなくなっていくいま、それは社会を作ること、世の中を作り直すことと同義である。小田さんはたくさんの著述と、たくさんのタダ働きを通じて、そのことを教えてくれた。

（ノンフィクション作家）

「……かわらぬ愛と尊敬をこめて」

オイゲン・アイヒホルン

小田実と私が初めて出会ったのはドイツのベルリンだった。もっと正確にいえば、壁に取り囲まれていたときの旧西ベルリンだった。この町に私は一九七〇年代初めからずっと暮らしてきたし、いまも暮らしている。彼がこの町にいたのは一九八五年の夏から一九八六年の夏までだった。ドイツの学術交流プログラムの奨学金を得た芸術家として、夫人の順恵(スンヒェ)と一緒にやってきて暮らし、そのあいだに娘ならが生まれた。ある意味で、西ベルリンは「小田の町」と言えるだろう。

一九八七年八月、妻のシルヴィアは数人のドイツ人の友人と一緒に日本を訪ね、小田実が組織した平和フォーラムに参加した。これがのちに日本では日独平和フォーラムへ、旧西ベルリンの旧西独では独日平和フォーラムへ結実した。帰ってくるなり、妻は私に言った。「あなた、彼と知り合いになるべきね。彼は重要人物です」。重大なメッセージだった。ほとんど誰にたいしても、その人物が偉かろうが偉くなかろうが、あれこれ厳しく批判的な妻がそう言ったのだ。このメッセージの重要性はあきらかだった。間違いなく、彼女の助言に従う価値はあった。最初の機会は、一九八七年の秋か、あるいは一九八八年の初めかにやってきた。そのとき小田は美術学校に近い梶村太一郎夫妻の家に逗留していた。私が面会の約束のため電話をすると、応対した梶村が彼は体調が悪いと言った。そこで、会うのは延期になった。ところが驚いたことに、一〇分後に電話がかかってきた。「小田さんが会いたいそうです」。

そこで私は会いに行った。きわめて開放的で、心を捉える魅力の持ち主で、好奇心あふれる人物。それが第一印象だった。たちまち信頼できると思わせる驚くべき能力があった。陽気で自信に溢れていた。またたく間に私は完全に引き込まれ、小田と初対面であることを忘れた。そのうえ、かくも早いスピードで食事する人間に私は出会ったことがなかった。驚いて私が感想をもらしたのだろう、一瞬、彼は気まずそうだったが、説明しないではいなかった。戦争末期とその後の数年間、自分は空き腹をかかえていたのだと。戦争。もちろん第二次世界大戦だった。

別れ際、彼は当時出たばかりのトマス・ヘイブン著『対岸の火事——ベトナム戦争と日本　一九六五年―一九七五年』の二章分のコピーを私にくれた。べ平連（「組織ではなく、運動」）に彼が肩入れし、深く関与していたことが書かれていた。

数カ月後、私にD・H・ホイッテカーが訳した彼の小説『HIROSHIMA』が届いた。愛と尊敬をこめて、と書かれた献本だった。珍しいこともあるものだと私はびっくりした。考えてみると、小田と私はたった一度、一時間ばかり話をしただけだ。それに、愛が最初で、尊敬が次にくるというこの語順は――きわめて珍しいことだと私には思われた。ある意味で、尊敬は堅苦しいが、愛はこの世では一番堅苦しいことから遠い。そうでないのだろうか。尊敬と愛。このことばの正しい意味は何なのか。いまでも、私は時折、この問題をあれこれ考えて悩む……。

その後、ほぼ二〇年間、小田と私は平和フォーラム――独日平和フォーラムと日独平和フォーラム――の活動のなかで、一年に三回くらい会ってきた。近代日本とその歴史、そしてアジア太平洋戦争について、いま私が知っているほとんどすべては彼が手ほどきしてくれたものだ。南京、重慶のような都市の名前と、それに関連する虐殺や無差別爆撃について、彼は私に話してくれたが、私には初耳だった。

小田が川端康成文学賞を受賞した一九九七年は、日独平和フォーラム一〇周年記念の年でもあった。二〇人ばかりの仲間と一緒に、私たちは三週間かけて、意味あるいくつかの場所を訪ねて回った。以前に何回か行ったことのある場所もあったが、高知、室戸、沖縄など、初めて訪ねたところもあった。私たちは東京で、大阪で、高知で、そして那覇で、「正義の戦争はあるのか」という熱い問題をめぐるシンポジウムに何回も出た。私たちは「原爆の図」で世界的に有名な東京近郊の丸木美術館を再訪した。広島の再訪では、栗原貞子、古浦千穂子など代表的な原爆文学者と被爆者に会い、話す機会に恵まれた。私が高知に行ったのは初めてだったが、この町が明治革命の時代に果たした役割を知らされた（普通に使われている無色で無害な明治「維新」ということばより、小田が好んだのは明治革命ということばだった）。

沖縄では、私たちは「ちびちりがま」のような洞窟に案内された。彼は沖縄戦の悲劇の話をしたが、そのとき天皇の軍隊が沖縄人を虐殺したこと、「自決」を命じたことも忌憚なく語った。最後になったが、忘れてならないことがあった。私たちは、冷戦時代のわれわれ西ドイツの経験を思い出させる多くの米軍基地について知るようになった。辺野古は、米国がヘリポートを建設しようとしていた海辺の小さな漁村だった。この計画の一部は住民の反対で頓挫し、運動は功を奏したが、その勇敢な運動は強く印象に残った。この町で集会があり、私たちはヘリポート建設反対の住民運動を組織した人びとと出会った。

私が小田と知り合った最初から、彼とは個人的に共有する基本的な信念がある。その一つは、問題を解決するには、政府、大政党、労働組合、教会、その他どんなものであれ、大きな組織に期待するな、頼るな、だった。たとえば、戦争と平和の問題はいつでもどこでもある問題で、色々なかたちで隠蔽・偽装されている。しかし、本質的にはあなたと私の問題だ、平和の出発点はあなたと私にある。

ほかにもう一つ、私たちが共有する信念があった。公式で表せばつぎのようなものになる。持っている自由をうまく使え。習慣や「大きな政治」に怖じ気づくな。

もちろん、これは西欧的な非情な利己主義を採用することではない。

私は彼の友人の一人として、彼が単純にその美点を賛美してすむような人間ではないことを知っている。このような退屈な賛美一辺倒は、公明正大で率直な話を愛した彼を裏切ることになるだろう。そのため、私は次の話をつけ加える。小田さんは単純にいい人、いつでもどんな場合でもいい人、という人物ではなかった。彼は激しいものをもっていた。彼はいきなり、不意に、怒った、怒り狂った。ごく普通のパネル討論会で、主として友人、彼に共感する人たち、彼のような有名作家に好奇心をもつ二〇〇人の聴衆を前に、彼は二〇分間にわたって怒鳴りまくった。私はその場に居合わせたが、彼を中断させる勇気のある人は一人もいなかった。彼を落ち着かせるため、何と言えばよいか分かる人もいなかった。

私が聞いた最も魅力的で含蓄のあるひと言は、宇都宮徳馬氏の次のことばだ。「小田さんは独裁者だが、平和のために働いているよ」。私たちは大笑いした。小田さん、あなたも大笑いした。最近、大阪の集会で、数十年以上彼の「事務局長」の一人だった人は「彼は面倒をみなければならない子ども同然の人です」と語った。私はこれにつけ加えたい。彼には若々しい笑い声、才気に満ちたきらきらした瞳、うっとりとさせる魅力、抗しがたい熱意があった。だから、時折彼が見せる不愉快な態度を許すことができたのだ。

青山葬儀所での葬儀のあと、私は東京から長崎まで旅をして、何人かの人に会った。私はこの機会を利用して、彼らに小田実をどう思うかと聞いてみた。私が会った多くの真摯な崇拝者のなかに、有名な学者で、退職した国際法の専門家であり、戦争と平和に関連する国際的な市民運動のＶＩＰがいた。彼は私の質問にしばらく沈黙し、「天才だった」と言った。もう一人有名な学者がいた。彼は社会学者で、小田のきわめて多くの著書を集めていると告白し、その読書から多くの方向づけを得たと語った。彼が小田と一度も話をしたことがないと知って、私は驚いた。

最後の例を挙げたい。広島平和祈念館前館長で、広島にいる年上の私の友人、被爆者で魅力的な人物は言った。「私たちは九条の最も力強い支持者を失った」。

私自身が失ったものはずっと大きい。友人、小田実を私は失った……。

（独日平和フォーラム・ベルリン代表）

（金井和子訳）

ベ平連の事務所にて吉川勇一氏（中央）らと（1960 年代後半）
（写真提供＝齋藤ゆかり氏）

CAFÉ
FFEE

仲間の一人として

澤地久枝

七月十八日、百日をこす船旅から帰宅して四日後、小田実さんの病床を見舞った。人生の同行者と彼がよぶ伴侶の玄順恵さんは、人違いするほど痩せていた。

医師の処置によって眠りつづけている小田さんに「小田さん、ありがとう。……あなたは立派よ」と私は言った。それが小田さんへのギリギリの思いだった。

通夜の席で対面したその顔は、痩せてひきしまり、秀でた額と通った鼻梁の美男子ぶりであり、平穏そのものだった。

お兄さんが挨拶の中で、「実は父親の蔵書二百冊を読破し、高校の教師が小田君にはもう教えることがない、と言った」とその非凡、博識ぶりを語られた。

『何でも見てやろう』がベストセラーになったあと、私は編集者として小田さんに会っている。互いに二十代だった。この本を読み返すと、世界無銭旅行をした好奇心と勇気に圧倒される。これほど徹底した旅人は他にはない。

現実にどっぷりつかり、感じ、考える。小田さんは各国の歴史や状況によく通じていた。しかし、宿賃がなくてカルカッタの路上に寝た二晩目、耐えがたい苦痛、そこから逃れたい欲望に責めさいなまれたことをかくさない。平等や自由を論じながら、事実において「卑怯」な自身への羞恥、自責の念をかわせない小田青年に私たちは出会う。

パリの凱旋門でいとなまれる戦没者慰霊の行事にゆきあい、日本の戦死者を、彼らはなぜ死ななければならなかったのかを思い、泣いた小田実がいる。

敗戦によって小さな国になったことを幸福に、誇らしく思う。徴兵制がない日本に、世界の若者たちが羨望をあらわにしたことも書いた。

この一作には、のちにべ平連代表、九条の会呼びかけ人になり、小さな人間のもつ力を信じ、変革の可能性を展望した小田実の原点というべきものがある。

一九六五年のべ平連結成時、鶴見俊輔氏は代表に小田実を選ぶ。親しい仲だったわけではない。鶴見さんは、一冊の本にこめられている誠実なリアリスト、判断のぶれない人間を読みとっていたのだと思う。適任だった。

小田さんは現場を歩き、状況を考え、なにが必要か具体的に判断する。そして実行した。ベトナム戦争中、イントレピッド号の脱走米兵支援運動のかたわら、佐世保入港の米原子力空母エンタープライズの周囲をチャーター船でまわり、「ベトナムから手を引けー」「イントレピッドの仲間につづけ」と英語で呼びかけている。巨大な空母を前に、海上から直接呼びかけた。吉川勇一氏とともに、英語で呼びかける能力。それが小田さんの発想と行動力の支えとしてあった。勇気を支えた。

語学力のある人は他にもいる。しかし日本の「知識人」は、誇りと羞恥心から尻込みしよう。行動において、小田さんは異色の人だった。

かけがえのない人に、犠牲をしいすぎたのではないか、という悔いがある。長身、頑丈そうな体躯、動じない面魂の人ではあった。しかし、追悼のテレビ番組で二〇〇〇年の米独要人へのインタビュー姿を見ると、小田さんはひどく疲れている。私たちは見落した。

ずっと互いの本を送りあって、小田さんの旺盛な執筆ぶりに感心していたから、あるときそれを口にした。「古田よ」と彼は言った。

プロ野球の選手会長をしていた古田選手のことである。球団代表と交渉する場面では背広とネクタイ姿、終ればユニフォームに着がえて試合にのぞむ。ヒットも打った。

市民運動一本槍では当人も痩せ、運動も痩せる。本業に十分な成果をあげつつ、市民としてなすべきことをする。それが「古田よ」だった。まったく同感だが、容易でないことを私は知っている。ぐちもいわず、小田さんは世界の市民と絆を結ぶべく、力の限りをつくした。深い疲労があったことを思うと、残された者として、胸が痛む。

今年三月、静岡九条の会研究会に出席、不調を押してオランダでの民衆法廷に出た。次作の舞台となるトルコの遺跡を玄さんとめぐり、そして医師の「最終宣告」に直面したのだ。

通夜の席で、愛娘のならさんが「アボジの娘でよかった」と挨拶した。「娘は英国留学から無事に帰国、成果があったようです」と書かれた小田さんの手紙がある。南北にひきさかれた玄さんの家族に対する小田さんのやさしさ。小田さんはやさしい人、忍耐づよい人。照れ屋でユーモアのある楽しい人だった。

短篇集『子供たちの戦争』にはさまれた「謹呈」の栞のそえがき。「あの時代を共有した仲間として」。小田さんの『終らない旅』は、日本男性と米国女性の愛の物語。三世代を描き、空襲、ベトナム戦争、大震災と、彼の人生の出来事が投影され、人の死は必ずしも終りではないことを語っている。小田さんは創作の時間を奪われつつ、諦めなかった。つづきの頁は「小さな人間」私たちが書くのだ。

（作家）

悔い

林 京子

一九八九年十月二十二日、長崎市で開かれた「核と文学」――日本社会文学会主催――の会場で、私ははじめて小田実さんと出逢った。

副題は〃アジアとナガサキ〃で、講演者は日本、中国、韓国などアジアの国々の作家や詩人たち。

小田さんは日本を代表して講演された。決められた演題はなかったように思うが、他の講演者の話を総括する形で、自由闊達に話は進められた。少し背中をまるめて壇上に上った小田さんを、ああ、この人があの有名な『何でも見てやろう』の著者なのだ、と仰ぎみたことを覚えている。明りに照らされた小田さんは、遠い存在の人だった。

その夜、小田さんの発案で、夕食後におしゃべりの会を開くことになった。場所は宿舎になったホテルの小田さんの部屋で、六畳ほどの狭い部屋に十二、三人の有志が集まった。

シングルベッドの中央にあぐらをかいて坐った小田さんを囲んで、論客の韓国の作家など三、四人が坐る。残りの私たちは床に坐って、話ははじまった。作家という人種を身近かに感じたのもはじめての経験で、きっと、めったに聞けない文学論が飛びかったはずである。が、記憶にあるのは、小田さんと韓国の作家が論争をはじめると、ベッドの脚がきしんだことである。知及ばず、門外漢の私の表情に小田さんは気付かれたのだろう。ハヤシさん僕の『D』読んでくれましたか、とベッドの上からいった。いいえ、と私は答えた。

あれは読んでください。帰ったら送ります、とおっしゃった。

『D』は、小田さんから頂いた、はじめての本である。為書に

1989年秋の

長崎でのおしゃべりの記念に

林京子様　　　　　小田　実

とある。

血の色をした『D』の文字は、私を有頂天にした。私は素直に、老脱走兵トニイや、トニイをかくまうおばあちゃん、作品の進行係を務めるわたし、商売相手のハヤシさんと、ゴクラクの路地にうごめく社会の一角を創る人たちの、大きな社会の動きとうまくバランスをとりながら、個が絡みあう入り組んだ小説を、面白くおかしく読んだ。なぜ小田さんが『D』を読んだか、とあのとき聞かれたのか、私は理解さえ出来なかった。

読み返してみると戦後の基地の、現在につながる問題を孕んだ社会情勢を背景に、そこに生きる「中ほど」よりやや下の、市民の生活と個人が、ページから起ち上ってくる。各人がぶつぶつと自己を主張して、決して負けない。小田さんが大切にした個と個人が、鮮やかに浮き立ってくるのである。『D』は小田さんのいう、「中どころの思想」平和の源流にある作品に思える。

しかし気付くのが遅すぎた。私は小田さんに謝らなければならない。おそらく小田さん最後の作品のひとつであろう『中流の復興』——日本の「中流」が世界を変える——についてである。

私は中流という役所に、前からこだわりをもっている。下流、中流、上流と流れの段階からくる印象もあるが、戦後の三種の神器、洗濯機、冷蔵庫、テレビと、欲望の追求がついてまわるからである。三種の神器が揃ったとき、私も同類だが、みんなが中流になり中流意識をもつようになった。意識には、判断の程合いがないように思えた。三種のつつましい欲望は年月を追って、物欲と拝金を着込んだ利己を追う、争う社会に流れていった。私は単純に、題名の「中流」にアレルギーを起した。そして無謀にも、中流という言葉は嫌いです、と礼状に添えて書いた。後日、時間をかけて読んで、感想文を小田さんに読んでもらうつもりで、正直に思いを告げたのである。私は、小田さんには本心が話せた。

小田さんの病いを知ったのは、その後である。知らせてくださったのは、日本社会文学会の西田勝先生である。えっ？　と驚く私に、新聞は読まないの、とあきれられたが、世情にうんざりしていた時である。小田さんに残された時間は限られて、交流を絶って、書くことに専心される、とのことである。私は衝撃を受けた。

第四章、中流の復興――日本の「中流」が世界を変える――は、〝中流の経済に基く市民の暮らし〟から国の平和が説かれて、おぼろげに私が不安をもっていた中流の、果てのない欲望への解決は――中どころが決める「適正価格」の思想――という言葉で語られている。価格の適正は、中どころで生きる私たちの日常の、随所にあてはまる。かつて商業道徳が町の経済のバランスを保っていたように、欲望にもあてはまる。

小田さんが指す、戦後の磨かれた個を生き、群れない人びとが築く「中流」の許容範囲と知性は、スケールが大きい。私は自己嫌悪に陥ちた。小田さんの恢復を、私は祈り、謝罪の時を待った。しかし、小田さんが大事にされていた「その時」を、私は永久に失った。

行動と作品の間に偽りのない、大切な人だった。

（小説家）

自伝としての『終らない旅』

真継伸彦

昨年（二〇〇六年）の十一月に出版された長篇小説『終らない旅』（新潮社刊）は、小田実の自伝と読むべきである。彼が死んだ今、私がそう思うのは、千枚ほどのこの長篇の、中程にある主人公の、次のような言葉を思い出すからである。略出しても引用は長いが、熟読して頂きたい。私は小田実の人間像を凝縮した文章として、これ以上に適切なものを知らない。

「とにかく、まわりのアジアの国々、民族に対して、殺し、焼き、奪う歴史を展開したのは日本だ。これは、弁解の余地のない事実だ。結果として、今度は自分が殺され、焼かれ、奪われる歴史の悲惨を背負い込むことになる。これが、日本の近代の総体だよ。その近代の総体の結末にあったのが、私もその現場の地獄のなかにいた、米軍機による、アメリカによる、一方的な殺戮と破壊だ。自らの行なった殺戮と破壊を、決して許してはならないが、しかし、このアメリカの殺戮と破壊は容認していいのか。してはならない。そう考えるとき、殺し、焼き、奪う歴史と、殺され、焼かれ、奪われる歴史の双方を貫通して否定することが必須、不可欠の論理、倫理になる。戦争を、いかなる理由においても否定し、軍事力を持たない、問題、紛争の解決は、徹底して非暴力、非武力で行なう、そう努力する平和主義が、当然の選択になる。なってふしぎはない。これが、多かれ少なかれ、はっきりとそう意識しているのであれ漠然と感じているのであれ、日本人の多くが考えて来たことではないか。私がそうだ。」

「平和主義は、変革と結合している。ただの現状維持の平和は、強者が弱者を力で押さえつけても成立するが、それは戦争を内包、前提とする平和であっても、平和主義が求める平和ではない。平和主義の求める平和は、強者が弱者を力で抑えつけることのない平和で、それは、いやおうなしに変革と結びつく。現状維持の平和が戦争を内包しているなら、平和主義の平和は変革を内包している。ただ、平和主義は、その変革をあくまで非暴力、非武力でやろうとする。その主張を原理的に、熱情を込めて法制度として書き記したのが、憲法――平和憲法だ。戦争否定と、軍事力を持たない、と書いた憲法九条は有名だが、これまでの歴史のなかになかったその画期的なことを、日本はただ、現状維持の平和のためにやろうとしていたのではない。戦争に充満した、さまざまに理由をつけては戦争をくり返して来たこれまでの世界を、戦争のない世界、真に平和な世界に変えようとしたのだ。そのような世界に変えないかぎり、戦争を否定し、無軍備、丸腰で生きて行こうとする国家の存立は危ない、いや、あり得ないのだから、日本が世界の変革を本気で考え、求めたとしても、ふしぎはない。今はもう、日本政府はそう考えていないし、もちろん求めもしていないだろうが、日本にはまだまだ、そ(二二九頁)

う考え、求めている人間は少なからず生きていて、それが、たとえば私だ。だからこそ、私はベトナム反戦運動を始めた、脱走兵支援の活動にも加わった。」（二三二―二頁）

小田実は、この平和主義の主張者について、「私がそうだ」とも、「それが、たとえば私だ」とも宣言する。その「私」は虚構の主人公であって、同時に作者自身でもある。小田は「ベトナム反戦運動を始めた、脱走兵支援の活動にも加わった」。

その詳細が『終らない旅』に語られているのだが、そこで強調されているのは、参加者の自発性である。参加者はすべて「ふつうの人間」であるが、彼らはだれからも強制されず、自分がしたいから、脱走兵支援というわずらわしい仕事もしたのだ。その脱走兵たちも皆「ふつうの若者」であって、人殺しをしたくないから、厳罰をおそれず脱走したのだ。

話は飛ぶけれども、平和憲法が志向する未来社会は、「だれもがしたいことができる社会」、すなわち「選択の自由がある社会」であると、小田実はこの小説の終わりの方で主張する。その実現は、いまだ程遠い。私はしかし読んでいて、小田実はそのはるかな未来社会から、現代社会に出現した、稀有の自由人であると思いあたった。

小田実は並はずれたエネルギーと抜群の才能を、生まれながらに兼ね備えた「ふつうの人」＝市民であった。アメリカのために死の世界と化した大阪に育ち、アメリカのベトナム戦争介入以降、右に言う平和主義を実践しつづけた彼はただ、したいからしたのである。飾り気のまったくなかった彼は、名誉欲も権力欲もまったくなく、まったく一人のオッさんとして、ドタドタ、ノッシノッシと、いまだ飢饉と戦乱に絶え間のないこの人間世界を、確たる未来を予言しつつ歩きつづけた。その旅が、彼が死んだところで「終らない旅」であることは、もはや説明するまでもない。ふつうの人間であれば皆、おなじ旅をつづけるのだと、小田実は遺言している。

（作家）

小田実さんの「夢」を見た

高史明

小田さんが亡くなった。その二日後ではなかったか。小田さんが現れた。私の脇をすり抜けて、私が身を入れようとした向こう側にいったのである。私は思わず声を上げげた。なんだ小田さん！　ずるいぞ！　向こう側に通じる扉は、私がたったいま開けたのである。大きくて、重い、にもかかわらず軽い手ごたえの扉だった。その扉が開いたと思った瞬間、するりと手の甲に気配を残して先に行った影があったのだ。

小田さんは、私が声を上げると顔を振り向けた。幽かに笑みを浮かべている気配があった。猪首で猫背であった小田さん。しかし、何も言わなかった。その向こうに消えてゆく小田さんの猫背は、白髪だったか、それともなお黒々としていたか。夢だった。それにしても、忌々しさの感じとともに、先を越された感覚は鮮明だった。

私は亡くなった人の夢を殆ど見ることがない。先に逝った子どもの夢は別だが――。いまも夢の黒い扉の向こうに消えた小田さんの猫背が、私の脳裏にある。消えそうに感じられるのに、消えて行かない。そして、その小田さんとは違うもう一人の小田さんとの記憶が、改めて思い返される。

何年前のことであろう。かなり古い記憶である。私は小田さんに連れられて、大阪の町を歩いたことがあった。地名はもう記憶にない。それほど広くない通りの両側には、木造の二階建ての家が建て込んでいたと思う。その通りの、とある角を曲がると、前方に高い高架線が立ち塞がった。小田さんは、そのガード下までくると、不意に立ち止まり、私の顔を見下ろした。彼は背丈が高かったのだ。私は上にある顔が、別人のものに変わっていることに気付いた。

「高さんーこのトンネルー」と小田さんは言った。「戦中には、なかったんだー。戦後になって掘ったんだね。このガード下に炎に追われた人間たちが、折り重なってね。みんな黒こげだった、人間の黒こげが、ごろごろ転がってー。それでこのトンネルを掘ったんだねー」そのトンネルの遠くの出口の廻りには、暗い影が重なっていた。

その日、私たちは、パレスチナからきた詩人との鼎談を予定していた。その会場にゆく途中、小田さんは、もう一箇所といい、細い陰気で妙に明るい曲がりくねった路地を案内してくれた。「こういう場所にくるときは、千円札一枚だけもってくるんだね。絶対安心だから!」と言いながら。

私たちは結局、鼎談の時間に遅れた。私たちの鼎談の相手は、パレスチナの詩人だった。その詩人のことが、小田さんと重なって、いま思い返される。私は『ハイファに戻って』の作家、ガッサン・カナファーニーの言葉を一つだけ胸底に刻んでいた。その詩人、ダールッシュは、カナファーニーたちと同じ悲しみと夢を持っていたのである。

『ハイファに戻って』は、第二次世界大戦の直後、突然イギリスとユダヤ人の銃口に町を追われた夫婦と一人っ子の物語である。生後五ヶ月で両親と引き裂かれた子は、父をアウシュヴィッツで殺され、十歳の弟をもドイツ兵に撃たれたユダヤ人に育てられ、軍人になっていた。その子は突然現れた、絶望と恐怖を生き抜いた実の両親に言う。

「あなたは、向こうの人だ」「父であり、母であったら、どうして生後五ヶ月の子供を捨てて逃げられるのー」と。母親のソフィアは、悲哀に震えた。

父親のサイードは、ソフィアの声のない慟哭を引き取って応える。「――人間の犯し得る罪の中で最も大きな罪は、たとえ瞬時といえども、他人の弱さや過ちが彼らの犠牲によって自分の存在の権利と後世を、自分の間違いと罪とを正当化すると考えることなのです。」「あなたは私達がこのまま誤りを続けると信じますか?」

パレスチナのガッサン・カナファーニーは、その後、ユダヤ人の暗殺者に爆殺された。そして、パレスチナの悲劇は今日、中東全体の悲劇と危機となっている。しかし、その恐るべき黒闇の前にはいま、かつてはなかった出口の明かりが見えるのではないか。

小田実さん、いま一度語り合って見たい。小田さん、あなたはまた先日、「『新潟中越』を『阪神・淡路』地震被災者として考える」を送って下さいましたね。そこであなたは言っていた。「なんだ、同じことをしている。このおよそ十年のあいだに何が変わったか――と十年前、一九九五年一月の『阪神・淡路大震災』の被災者の多くは、『新潟県中越地震』の被災と被災者のさまを見て考えているにちがいない。私自身、兵庫県西宮市での被災者だが、私もその印象をもつ」と。

小田実さん、この日本でも、歴史の地殻から変化しつつあるのではないか。その明かりが見たいものです。

（作家）

名刺とリアリズム

柴田 翔

一九七〇年三月から七三年三月まで、筑摩書房から季刊同人誌『人間として』が刊行されたが、その編集同人は小田実、開高健、高橋和巳、真継伸彦、そして柴田の五人だった。小田実との付き合いが深かったのは、とうぜんその前後数年間だったが、しかしその後も、ときどきの事情で会う回数などは減っても、付き合いが切れることはなかった。

改めて数えてみると、ほとんど四十年間の付き合いだった。

六十年代後半から七十年代前半に掛けての十年は、戦後史の中でも特別な時期だった。そして『何でも見てやろう』の作家小田実がその中でベ平連の中心的メンバーとして、日本の市民運動にまったく新しい方法を生み出したことは、既に歴史に刻まれている。

だが、それについては私などより、運動を現場で共にした大勢の人々が、さまざまに書き記すだろう。私はここでは、ある小さなエピソードだけを書いておきたい。


「柴田、すぐに東大の先生の名刺を作れや」

小田が、そう言った。

私たちの雑誌『人間として』は発刊間もなく、思ってもみなかった事態に直面することになった。高橋和巳が末期の癌であることが判ったのである。

小田が私に名刺を作れと言ったのは、その時のことだった。私はそのころ東大の助教授だったが、名刺を持っていなかった。

高橋和巳の病気について、ここで詳しく書く必要はないだろう。彼の体調はかなり前から芳しくなかったが、当時の状況下で彼は多忙を極めていたから、誰もがそれを過労による体調不良だと思い込んでいた。それが癌と判ったときにはもう遅く、転移も確認されて、一九七一年五月、彼は三十九歳で死去した。

彼の病気の事実は、七〇年暮れ、再入院の際にご夫人から筑摩書房の編集者へ伝えられ、私たちは編集会議の際にそれを知った。

身近な同年輩の仲間が、いま死の手に絡め取られつつあるとの知らせは、私たちを大きく揺さぶった。みな、まだ三十代後半だった。

一流の病院の判断が見込みなしというのであってみれば、もう何も打てる手はあるまい――。深い憂鬱と絶望的な気持ちの中で、私たちがそう思ったとき、決してそう思わなかったのは、小田だった。当時おそらく高橋以上に多忙だった小田だが、その翌日から高橋のために奔走し始めた。

末っ子の小田は誰よりも愛着していた母親を癌で亡くしていて、当時最新のあらゆる癌療法に精通していたようだが、高橋の病気を聞いて、更にさまざまな情報を集め、辿り着いたのが、医学界でまだ公認されてない免疫療法ワクチンの一つだった。

そのころ免疫療法では蓮見ワクチンが論議の的になっていたが、それとは別に、ある医大の教授が開発した新ワクチンがひそかに評判になっていて、末期癌の患者の家族たちが研究室レヴェルで造られた少量の試作品を求めて列をなしている、というのだ。

柴田、名刺を作れ、と小田は言った。ふつうに順番を待っていたのでは、高橋には間に合わない。医大の先生は、東大助教授の名刺などには弱い――。

私は名刺を作り、小田と一緒に医大の研究室に出掛け、沢山の家族が詰めかけている廊下を通り抜けて教授本人と面談した。私は名刺を出して自己紹介し、あとは小田が話を進め、十分後には何週間分かのワクチンを手にした。

　私は小田の行動力とその強靭なリアリズムに圧倒された。私は自分の名刺が効力を発揮したとは思わなかった。小田はそれ以前に、出版社かどこかの強力なコネを使って話をつけてあったに違いない。東大助教授の名刺は、いわばそれに添えての、形を整えるための付属品だったのだろう。

　その時の小田の決断と行動は率直に言って、彼の公的言説には背くものだった。多くの人が列を作る中で友人のためにコネを使い、更に東大助教授の名刺をお添え物にすることは、彼のもっとも嫌う権威主義のはずだ。だが彼は現実の社会の中では権威主義が効力を発揮することも熟知していて、事柄に応じては——たとえば友人の延命のためなら自分の主義主張に反してそれを利用することを瞬時も躊躇らわないリアリストでもあった。

　友人ということに関しては、もう一つ思い出すことがある。

　同人会議で真継伸彦が、彼らしい真摯な面持ちで「同人同士は互いに、もっとも厳しい批判者であるべきだ」と言ったとき、小田は正面から反対した。

「私はそうは思わないな。あいつがそう言うのなら、そこには何か理由があるはずだとまず考えてみるのが、仲間だ」

　小田はわがままな男だったが、それでも付き合いが四十年間、切れなかったのは、高橋のために奔走する彼、また時としてそうしたことを言う彼が好きだったからだと、今にして思う。

（作家）

「河」の運命

南條彰宏

一九九六年一月から一九九七年十一月に月刊誌『すばる』に堀田善衛「ラ・ロシュフーコー公爵伝説」が連載されている。パリ在住のわたくしは堀田氏のご依頼で、フランスでの文献収集のお手伝いをした。たしか、その連載が終わってまもなく、私は小田実から最初の手紙をもらった。計画中の小説のために広州その他の地誌についてのフランス外務省発行の資料を調査できないだろうかという質問だった。調査の範囲を適切に絞ることが困難で、わたくしは彼の期待を満足させることができなかった。しかし、それから、彼との文通がはじまった。やがて一九九九年三月号の『すばる』から長編小説「河」の連載が始まりわたくしはその愛読者になった。

わたくし自身不思議に思うのだが、彼とは一度しか会っていない。二〇〇五年の夏、パリ近郊の日高六郎氏のお宅でだった。夫人玄順恵氏、ロンドンに留学中のお嬢さん小田ならさんと彼をパリの北駅まで送った。彼はよく長文の手紙をくれた。私の手許には二〇〇五年に彼が『毎日新聞』に連載したエッセー「西雷東騒」、ラジオ・ドラマ「GYOKUSAI」のＤＶＤ、二〇〇六年三月にSF BAY AREA

INDYMEDIAから放送されたBRIAN COVERTによるインタヴューの記事、一九九九年講談社刊行のエッセー集『さかさ吊りの穴——世界十二篇』、また玄順恵氏が二〇〇六年に発表された著書『私の祖国は世界です』について、韓国インターネット新聞『PRESSIAN』および『OHMYNEWS.COM』が載せた書評がある。

今年（二〇〇七年）の四月、彼から来書とともに、彼が陪審員の一人として参加している「恒久民族民衆法廷」（PERMANENT PEOPLES' TRIBUNAL）が現在のフィリピン政府による「抑圧と免罪」の事態に対して下した「判決文」が送られてきた。彼はこの法廷への参加のために、オランダのハーグに出向いてゆき、さらにそのあと、「古代ギリシャの民主主義と自由、その繁栄をウラから大いに支えたのが、黒海沿岸のギリシャ殖民都市であったことを現地へでかけて確認」するために、また古代文明アジア・アフリカ起源説や人類の言語の複数起源説への関心のためもあって、トルコの黒海沿岸の古都トラブゾン（古代のトレビゾンド）を訪れた。その同じ手紙の中で、彼が帰国後判明した、健康問題についても書かれてあった。

彼とわたくしとは昭和六・七年の生まれ、七カ月あまりしか年齢の差はない。昭和二十七・八年頃の東京大学文学部で、門外漢のわたくしも呉茂一教授や高津春繁教授の講義を聴講したことがあるので、その頃、知らずしてすれ違っていたこともあり得る。わたくしが感銘を受けているのは、作家としてまた、反戦活動家としての彼はあまりにも有名であるけれども、同時にクラシシスト（古典研究家）として、すなわちアカデミシアンとしての小田実からでもある。

長編小説「河」は朝鮮人を父親とし、日本人を母親とする重夫という少年を主人公とする物語である。彼は父方によれば玄重夫（HYUN jung-bu）であり母方によれば木村重夫である。父親は一九二三年九月一日の関東大震災後に朝鮮人虐殺の起こった日本から姿を消して朝鮮独立運動に参加している。重夫は母親とともに中国で実業家として成功している母方の伯父のもとに身をよせ、香港の英国系の寄宿学校に入れられるが、彼の冒険は広東から上海、武漢に及び、その間に父親との再会も含め様々な人々と出会い、対話し、考え、記録する。彼は「歴史の目撃者」という自分の位置を自覚するのである。

今年（二〇〇七年）の『すばる』五月号では、「河」の連載は九十九回に達し、時代背景は一九二七年の蒋介石の北伐、武漢政府とのかかわり、さらにソ連邦での、トロツキーの失脚（一九二八年）に及んでいる。六月号に「河」が休載になったのは、やはり衝撃だった。七月号に小田実訳ホメーロス「イーリアス　第一巻」が掲載されたのは嬉しかったが、その後記に彼は読者に自身の健康状態を告知するとともに、「河」はいずれ再開、短時間で書き上げるつもりと書いていた。愛読者の一人として、わたくしも切にそれを希望した。しかし、七月三十日の彼の逝去により、「河」は未完で残されることになった。

小田実の年賀はがきはその年の抱負を、明確な問題意識とともに、ぎっしりと満載しているのを常とする。今年（二〇〇七年）の新春のはがきには、「リデル＝スコット希英中辞典」によれば、喜劇の本質は「反体制」にあることを述べた後で、「この混沌の世の中、私は今年も変わらず自分なりにこの本質的に『反体制』である文学の仕事をつづけて行きたい」と書いていた。そして、余白には手書きで、「ともあれ今年も、おたがい元気で！　『河』はいよいよ大詰めに来ました。」とあったのであるが。

（詩人・翻訳家）

長い旅をつづける作家の「旅愁」

宮田毬栄（まりえ）

小田実さんの死は、お嬢さんのならさんから知らされた。七月三十日、午前二時を過ぎた頃である。透きとおったならさんの声は「父が亡くなっていました」と、私には聞こえた。あるいは、「父が亡くなりました」であったかもしれない。

すぐにタクシーを拾って聖路加国際病院へ向かったものの、久我山から築地までの距離は果てしない長さに感じられた。台風一過の東京の街は、高速道路のオレンジ色の灯を通して妙に美しく見えた。

小田さんが旅立ったのがあの世ではなく、いつもの外国だったらよかったのに、と思った瞬間、不意に小田さんの手紙の一行が浮かんできた。『何でも見てやろう』以来、旅から旅をつづける小田さんが、七〇年代にどこかの国で投函したエアメールだったろう。クセの強い小田さんの筆跡でこう書かれていたのだ。

「いつか、私の「旅愁」を書きます」

「旅愁」はたしか一重のカギで括られていたと記憶しているのだが、小田さん自身の「旅愁」であるとともに、横光利一の『旅愁』を指しているのだろうと私は受け取った。「ベ平連」ほかの激しい運動を生きる小田さんは、根元のところでは、たえず文学を抱えていたのである。

死せる小田さんに会いに行くタクシーのなかで、なぜあの手紙の一行を思い浮かべたのかはまったく分からない。長い歳月、あの手紙も小田さんの「旅愁」という言葉も私は思い返すことはなかったのだから。小田さんとの時間は、つねに仕事や運動で忙しく、ゆっくり過去を遡行する機会には欠けていた気がする。

小田さんの「旅愁」は、どのような小説になるはずだったのだろうか。一九三六年のパリに暮らす日本の知識人の意識、異質な文化に向きあい、揺れ動き変化する意識を追った『旅愁』を、二十数年後のアメリカに留学生活を送った小田さんが近しい感覚でとらえていたのは、容易に想像できる。けれど、横光の難渋な重苦しい作品、痛々しくも思える小説『旅愁』を、小田さんはどのように読み解き、それを越えようとしたのだろうか。

あれから三十数年、小田さんの内部で「旅愁」はどのように意識されていたのだろうか。小田さん亡き後、それは小田さんの尨大な作品のうちに探すしかないようである。

中央公論社の編集者であった私は、六〇年代半ばには、時々社に立ち寄る小田さんと知り合っていた。『何でも見てやろう』の感想を廊下で話したのがきっかけである。人懐っこい小田さんは、わずかでも心が触れたら、もう友だちになれる大らかな気質を持っていた。「べ平連」の運動を始めた時期にあたり、行動する小田さんは明るく豪放で颯爽としていた。

過不足ない編集者生活を送っていた私は、一九七〇年六月、『週刊朝日』に掲載された韓国の詩人金芝河（キムジハ）の痛烈な諷刺詩『五賊（オジョク）』に出会い、魅了される。『五賊』一篇によって独裁政権を震撼させた金芝河が、「反共法」違犯で逮捕連行され、処女詩集『黄土（ファント）』も『五賊』も発禁処分を受けている事実があった。韓国で出版できないならば、日本で金芝河の作品を編集出版しよう、と私は密かに決意する。日本を通して世界に金芝河の名前を知らせなければ、東アジアが生んだ稀有の詩人は、朴正熙（パクチョンヒ）独裁政権のもと、闇から闇へ葬られてしまう怖れがあった。それから一年半後の七一年十二月、金芝河作品を網羅した『長い暗闇の彼方に』を中央公論社から編集刊行する。

しかし翌七二年四月、金芝河が諷刺詩『蜚語（ビオ）』を発表し、再び逮捕される事態となった。世界に金芝河の名前を広める出版活動だけでは十分ではない。彼を助けるための運動が必要であると私は痛感した。そこで私は、日本の文学者十数人に『長い暗闇の彼方に』を送り、危機にある韓国の詩人を助けるための協力をして欲しいと呼びかけた。

その結果、私の願いに応じてくれたのは、小田実ひとりだったのである。カラッとした電話の声は言った。「あなたの考えるとおりや、やろやないか」。私は大阪にいた小田さんを訪ね、新聞

″RONIN″を発行している英国人デイビッド・ボケットを誘い、三人で草案を作り、「金芝河救援国際委員会」を発足させたのが、七二年六月であった。

金芝河は肺結核の悪化を理由に馬山（マサン）国立病院に強制入院させられていたが、韓国に入国を拒否された小田さんと私に代って、鶴見俊輔さんらが軟禁状態の詩人と面会するべく馬山を訪れた。六月末から七月にかけてである。

救援運動における小田さんの多様なアイディア、求心力はめざましいものがあった。日本の文学者・知識人を初め、市民の間に金芝河の受難の状況が浸透していった道筋に、小田さんは非常な貢献をしている。

最大の危機は七四年にやってくる。四月三日、「民青学連」事件が起き、韓国の治安当局は「民青学連」関係者三十四名の逮捕を発表、指名手配された金芝河は、「反共法」違犯（反国家団体の讃揚・鼓舞）容疑により、二十五日、逃亡中の全羅南道黒山島（チョルラナムドフッサンド）で逮捕され、七月九日、非常軍法会議において死刑を求刑され、十三日に死刑の判決を受ける。日本では死刑求刑の翌十日に、「金芝河救援国際委員会」を発展させた「金芝河らを助ける会」を発足させ、世界に救援を呼びかけた。

「金芝河を殺すな！　釈放せよ！」という韓国大統領に送る署名の訴えは世界中に届き、日本では、大江健三郎、中野好夫、柴田翔、遠藤周作、松本清張、谷川俊太郎、金達寿、金石範ほか多くの人びとが、海外では、サルトル、ボーヴォワール、マルクーゼ、ハワード・ジン、ノーム・チョムスキー、エドウィン・ライシャワーほか多数の著名人が署名している。数々の集会、署名活動、韓国での裁判の傍聴、ハンガー・ストライキなどの運動により、金芝河救援運動は確実に韓国民主化闘争に連動して行くのである。小さな運動は世界的規模の救援運動に拡がっていった。国際的な抗議に屈し、七月二十三日、死刑は無期懲役に減刑されるが、金芝河が「刑執行停止処分」により釈放されるのは、八〇年十二月のことである。

小田さんが献身的な働きをした救援運動から離れるのは、七六年十月であった。「北朝鮮」から招待を受けた小田さんは、北京経由で平壌（ピョンヤン）行きを決めたというのだ。小田さんにとっては大切な「北朝鮮」行きであったとは思うけれど、「金芝河らを助ける会」の主要メンバーの「北朝鮮」行きは、「反共法」違犯の「罪名」のもと、獄中にある金芝河の生命を危険に晒す行為でしかなかった。七五年四月には、韓国政府文化公報部は「私は共産主義者である」に始まる金芝河の「自筆陳述書」（後に捜査官が口述する通りを書かされたものと判明するのだが）をふくむ百ページのパンフレット『金芝河に対する反共法違反事件関係資料』を公表し、金芝河を断罪しようと躍起になっていたのだ。忽ち非難の声があがり、私も強硬に反対したが、小田さんはあくまで「北朝鮮」行きに固執した。自由な〈何でも見てやろう〉の精神からすれば当然な旅であったろうが、そのような経緯で小田さんと私は気まずい離反を体験するのである。

小田さんとの長い関わりのなかでは、意見の対立や離反は幾度かあった。真剣であればあるほど、摩擦は避けられなかった。それを伏せたら、小田さんとの関係は濁ったものになるだろう。離反しても、いつの間にか友情が甦っているのは、小田さんの手紙のせいであったろう。小田さんの手紙は真摯で率直で、深い愛情にあふれている。今ではそれが私を涙ぐませる。

作家と編集者の関わりも太くつづいた。いろいろあるが、主な作品は、七四年の評論集『「ベトナム」の影』。私が文芸誌の編集長になってからは、長編小説『D』を一挙掲載している（『海』83年11月号）。大阪弁を縦横に駆使したダイナミックな饒舌体の諷刺小説『D』は、小田さんにしか書けない猥雑であり、滑稽であり、高貴でさえある人間たちがうごめく全体小説でもあった。それから、小田さんが愛着した『大阪シンフォニー』。三十年あまりの時間をかけて構想した「新・大阪物語」である。敗戦後の焼跡に出現した闇市を学校に、自力で生きるしかなかった少年少女たちの瓦礫のなかの幼い青春を描いている。小田式のユーモアと抒情性が溶けあった青春小説。阪神・淡路大震災の悲惨な廃墟のなかで、焼跡の瓦礫のイメージは一段とリアリティを増したという（『中央公論文芸特集』94年夏季号〜95年秋季号。後の三章は書き下ろし）。

小田さんは意識のある最後の日まで作品を考えていたという。四、五回お見舞いに伺ったが、言葉を交わせたのは、五月二十六日のみであった。『ガ島』『HIROSHIMA』『「アボジ」を踏む』『玉砕』『終らない旅』……の作家、日本文学の枠をはみだして行った世界的作家は、憔悴してはいたが、病床でも澄んだ明るさを失わなかった。小田さんを笑わせようと、私は話しかけた。

「小田さん、めっきり、愛を書くのが上手になりましたね。『玉砕』でも『終らない旅』でも、女の人を素敵に書いている」

小田さんの薄く開いていた目が、ぱっと開かれた。

「そやろ。うまいやろ。ベッドシーンなんかも凄いもんやろ？」

「さすがよ。モテた人にしか書けないのでしょうね？」

小田さんの嬉しそうな笑い声が病室に流れた。

小田さんはさらに新しい小説の構想を語った。

「あなたは猫好き。私も猫好き。それで、中東の猫を語り部に、黒海沿岸のトラブゾンという都市を舞台にした猫の小説を書いてやろうと考えとるんや。おもしろいやろ。『終らない旅』が長かったので、『トラブゾンの猫』は短い小説になる。もう、少しは書いてる。トルコは猫を大事にしているから、みんな丸々肥えてるのよ。そうだ、あの辺に、猫を見に行ってらっしゃい」

小田さんは時空を超えて行動する猫が好きだったとつねづね言っていた。猫みたいに自我のある自由な動物はいないと言い、二〇〇二年十月、一緒に招かれたソウルでも、路地を歩いては、「猫のおらん国やなあ」と嘆いていた。旅の過密な日程の合間に、小田さんと猫を探すのは楽しかった。小田さんの便りにはしばしば猫が登場したものだ。

強固な主張を譲らない運動家。独特の威圧感。その陰に、繊細で優しい小田さんがいた。不器用な動作で猫を抱く時、不思議に猫は軀を柔らかくした。どこか響きあう感覚があったのだろう。『トラブゾンの猫』が描かれる時間はもはや残されていなかった。

小田さんの死顔は口もとが今にも何かを語りかけるように思えた。病苦のあとを留めないすべすべした皮膚。安らぎはあったが、さまざまな問題に闘い疲れた人の顔でもあった。旅する人の愁いがあった。

死後、聖者であるとか英雄とかいう声が聞かれたけれど、小田さんは全身で恥しがるだろう。旺盛な生命力をもって、ありとあらゆる事態に過敏な視線を投げかけた小田さんはまた、極端な矛盾を孕んだ人間でもあった。矛盾の坩堝でもがき苦しんだ人だと思う。小田さんの孤独や崇高もそうした坩堝から生まれている。時に人を射る小田さんの崇高さは、それだからいっそう切実に感じられるのだろう。

私が中央公論社を辞めた九七年五月、小田さんから届いた手紙の言葉が、やはり私を射る。

「(……)何ごとをなさるにせよ、私はあなたの背後にいます。頼りになるかどうか判りませんが、このことだけは、今、申し上げておきます(……)」

私の背後にはどでかい小田さんが立っていたのだ。無意識に守られていたのかもしれない。私ばかりではない。多くの人びと、見知らぬ人びとの前に後ろに、小田さんは立っていたのだった。私たちはみな、その大きな小田実を失ってしまった。

(文芸エッセイスト)

静寂の記憶

竹西寛子

今年も川崎にいて、八月六日の朝はよく晴れていた。誠実な良心の回顧と嘆き、彼我を問わぬよき未来を願う新たな声の行き交うこの時期。六日という日に記念日としてなど繋りようのない一被爆者には、雲のない夏空の下での静寂がいつまでもかなしい。

閃光と轟音、風、震動に続いた無気味な静寂。朝なのに、黄昏の暗さの中で、声も出ないほど変貌した視界のながめを目にするまでの長かったのか短かかったのかも分からない静寂の時間に、今もなお締めつけられそうな記憶で繋る。

秋葉忠利広島市長の「広島平和宣言」の中に、「辛うじて生き永らえた人々」の「死者を羨むほどの「地獄」」という文言を読む（二〇〇七年八月六日『朝日新聞』夕刊）。市長は戦後生まれと聞く。「平和宣言」は核兵器廃絶のための単なる理念と願望の羅列ではなかった。市長の理念、勇気と想像力は、世界の一六九八都市が加盟するという「平和市長会議」の、核兵器廃絶を目指す何よりも具体的な活動報告と、唯一の被爆国である日本国政府への毅然とした要望に示される。

政府には「まず謙虚に被爆の実相と被爆者の哲学を学び、それを世界に広める責任があります」と述べ、続けてこうも訴えられる。「国際法により核兵器廃絶のため誠実に努力する義務を負う日本国政府は、世界に誇るべき平和憲法をあるがままに順守し、米国の時代遅れで誤った政策にははっきり「ノー」と言うべきです」。

唯一の被爆国の被爆の「事実」、核兵器使用による、未だにその影響の見定められぬ被害の「事実」が、日本の政界、財界の然るべき人達に、いったいどれほど知られ、どれほど感じられているのか。残酷無残な「事実」を「事実」として認める知性、「事実」を「事実」として感じる感性、そのいずれが欠けてもこの悲劇の克服は望めないと思い重ねる者としては、広島市長の宣言における理念の確かさと勇気のある実行、謙虚な学びと想像力の尊重には聞き入らざるを得ない。

あの日の静寂を忘れようもなく生きてきた歳月。むろん悲嘆と憂欝にだけ沈んできた歳月ではないけれど、自分が上向いて生きてゆくにも、静寂の記憶をなし崩しにはしたくない。それでなくても記憶は持続しないもの。むしろ消さぬエネルギーをたくわえようとする。他に求めるよりもまず己ひとりの記憶への意思を恃む。

もうその時期はとうに過ぎているはずなのに山梔子が咲いて香りになごむ。山梔子ばかりではない。今咲くの？　と私をびっくりさせたあとで、運行についてのこちらの浅知恵を知らしめる小さな植物も少なくない。蝉が鳴いている。そういえば、今年は蝶も蜻蛉も見ていない。生り物にはよくない年だという声はあちこちで耳にした。去年は線路の土手や多摩川の川岸まで出かけなくても住まいの近くで揚羽蝶や蜆蝶を見かけたし、蜻蛉にも声をあげた。何という変化。飛蝗(バッタ)も目にしない。この頃ベランダの小鉢の繁みに気づいたのが、細身の蟷螂だけとは。

避暑地の別荘に出没する熊の映像をテレビが放送している。人間の都合の伐採などで本来の生活を維持できなくなった動物が、食べ物を求めて里に下り人命を脅やかすニュースも稀ではなくなった。人命といえば、近頃のテレビやラジオの報道で、聞き流し難いのが「命に別条はありません」という文言である。事件や事故の件数がとみに多くなっているせいもあろう。火事に遭った某さんの命に別条はありませんでしたとか、襲われた暴漢にピストルで肩を撃たれた某さんは、救急車で病院に運ばれましたが、某さんの命に別条はないということです、などという文言。

命に別条なしと聞いて、とりあえずの安堵はあるものの、そして矛盾していると思いつつも、一瞬水を浴びたような感じにもなるのである。これは私だけなのか。事実を知らせて何が悪いと言われれば、口ごもりながら、事実ではあってももう少し違った言い方はできないものでしょうか、とか、それで一件落着のような印象を与えられるのがいやなのです、などと、とかくいきのよくない異議の唱え方しかできないが、要は人間の見方としてどうなのですかと言いたいのである。

一人の人間のそのような状況に対して、ためらいもなくそう言える人もいるが、同じ状況に対してとてもそうは言えない者もいると。人間を即物的に見るのは、戦後の一群の若者にとっては長い間の心情主義からの解放という意味でも斬新な見方であり、表現の条件として重んじられるようにもなった。私自身「心理」も「事柄」という仏文学者の発言に大層心動かされた一人である。

しかし、即物的なものの見方が偏重されると、人間の温もりが失なわれがちになる。これは偏重というよりも、過大評価あるいは思考の怠慢による誤解と言うべきかもしれない。人間を即物的に見るというのは、本来人間の温もりを否定することではなかったはずで、結果として温もりを否定するようでは即物的表現とも言えないのではないか。何故なら温もりのない人間を人間とは言わないから。たとえば複雑さで曇った物事の本質を見きわめるのに、物事をできるだけ単純化してながめ直すのはよい方法である。これも又有力な見方のひとつであって、物事自体の単純をはかるものではない。物事を整理して認識し直すことは、物事そのものを単純に変えることではないし、第一、単純に変えることは不可能である。今なお即物的表現を重んじたいばかりに、私はテレビ報道の文言にこだわり過ぎているのか。

自民党が民主党に大敗した平成十九年（二〇〇七）七月二十九日の参議院議員選挙の翌日、小田実氏の死去を知る。昭和二十七年（一九五二）から五年間、私は河出書房の編集部に勤めていたが、後半、小田氏は度々書房を訪れ、議論が始まると一歩も退かぬ甘みのある大音声で相手を説得しようとされた。相手は決まって私の上司、今は亡き坂本一亀氏。

小田氏はたしか私よりも三つ年下なので、当時はまだ二十代のはず。詰襟金ボタンの学生服姿の記憶もある。坂本氏とは随分親しい間柄らしい物言いであったが、言葉数の少ない坂本氏に対して、大阪弁の速射砲のような小田氏の発言は、坂本氏を更に寡黙な人にさせるのが常であった。けれども不思議に威圧感がなく、時々笑わずにいられない明かるいおかしさもあって、そのまるみに聞く者も救われた。速射砲を浴びながら坂本氏も決してひけをとらない対応であったのは、小田氏を頼もしく見ていられた気持の強さと、失礼をかえりみず言えば小田氏をひとかたならず可愛いく思われていたせいであろう。外国紀行の既成概念をくつがえした小田氏の『何でも見てやろう』がベストセラーになる前の話である。

平成九年(一九九七)の夏、ホテルオークラで小田夫妻に挨拶した。盛装は、小田氏に似合うような似合わないような感じで私は戸惑った。氏の『「アボジ」を踏む』がその年の川端康成文学賞を受賞した。坂上弘氏の『台所』との同時受賞である。その式場で初めて、小田氏が「一生の同行者」と呼ばれている夫人の画家玄順恵氏に紹介された。見るからに賢明そうで美しい夫人は、私を直視すると即座にこう言われた。「小田の短編小説の大きさを言って下さった方ですね」。

私は当時この文学賞の選考委員の一人であった。夫人の言葉は、私の選評の一節だった。学生服の小田氏を見ているからといって、この四十年余の間に小田氏と直接話した機会は、ほんの二、三回あったかどうか。『「アボジ」を踏む』は、ロータス賞を受けた『HIROSHIMA』を初めとして、小田氏のことを大長編を書き続ける日本では稀な作家だと思い込んでいた私には強い衝撃であった。夫人への愛着がいささかの厭味もなく、手厚く、客観の目を周到に行使して差し出されたこの短編小説の大きさは、短編小説の未来をも明かるくするものであった。まさしく男性の小説だとも思った。

直接話した二、三回のどの時であったかはもうはっきりしない。ただ、作家であると同時に、「難死」

「棄民」の不当に抗い続ける市民としての運動家でもあった小田氏から、私の「儀式」に対して「あなたはあのやり方でええんや」と、ぼそっと言われたのを忘れかねている。心からご冥福を祈る。

（小説家）

スタンフォード大学での小田さん

ドウス昌代

一九九三年二月五日。スタンフォード大学にちかい拙宅で、数名の同大学関係者と、小田実さんを囲んだ。

半年前からニューヨーク州立大学で教鞭をとる小田さんに、スタンフォード大学とカリフォルニア大学での講義を依頼する最初の連絡は、わたしがとった。何事でも事務的な第一歩に時間がかかる教授連にまかせては、多忙な小田さんの時間を、滞米中におさえられない。米西海岸の代表的大学に学ぶ学生たちに、文学者であると同時に、国境をこえた市民運動指導者の顔をもつ、この稀な日本人を紹介する機会をと気があせった。小田さん招聘は、近代日本史の学者である夫の仕事にわたしが立ち入った、最初で最後の出来事となった。顧みるまでもなく、小田さんにもっとも会いたかったのはわたしである。

小田さんと学者たちとの会話が一段落したときだった。わたしは自分でも思いがけない確信をもって、小田さんに言った。

『『何でも見てやろう』は、わたしの人生のターニングポイントでした！」

小田さんの一瞬虚をつかれた表情は、すぐ照れくさそうな苦笑いに代わった。そして、言葉を投げ返してくれた。

「そんなこと言われても、オレは、責任とれないよ！」

明治初頭に北海道開拓使として招聘されたクラーク博士が、北の地の青少年におくった言葉「少年よ、大志を抱け」。

それを「少女よ」と置きかえ、わたしは北海道で育った。小田さんの『何でも見てやろう』に出合ったのは、安保騒動渦中の大学時代である。

ある日、本屋の店頭でそのタイトルに即、ひきつけられた。一日一ドルという経済的ハンディを背負いながら、二十二カ国を見て歩いた世界旅行を、小田さんはのちに、「その後の思考、人生に大きく風穴をあけた」と位置づけている。

「山の向こうはどうなってるか。気になったら行きたくなる」。

これも小田さんが残した言葉である。もって生まれた似たような性向として、彼の本を読み終わらないうちから、わたしの心はすでに船出している。

二年後、初等教育から教えこまれた男女同権の本家アメリカをまず見たいと開始したわたしの旅は、結婚という寄り道をへて、世界を回るまでには七年を要した。

その後、ノンフィクションの書き手となる第一歩も、『何でも見てやろう』との出合いにはじまる。地を這う姿勢で何事もみきわめると同時に、鳥瞰図の視点をおしえてくれたこの一冊で、わたしの人生行路は決まった。小田さんはわたしにとって、ノンフィクションの元祖なのだ。

小田さんは四日間にわたる、前記の両校大学滞在で、ざっくばらんな人間的魅力をいかんなく発揮して、学生たちと向きあった。アクセントのある英語でも、それをハンディとせず、日本語で論じるとき同様に国際間の諸問題を論じた。反対意見に耳をかたむけつつも、自分が信じる論を展開した。あいまいに言葉をにごすことがなかった。その勇気と率直さこそ、国籍、民族、人種をこえてつねにもっともアメリカ人の心を摑む。

小田さんは、この訪れでまた、「日本の平和憲法」の意義を、丁寧にアメリカの若い世代に説明した。それに応じる学生たちの熱のこもった拍手から、かれらがあらたな観点から日本への関心をいだいたことが確認できた。

小田さんの苦笑いをみたあの日から十三年。決着のつかない戦争をはじめ、世界の不穏な動きがあいかわらず圧倒的なニュース量となっておおいかぶさってくる。そのアメリカから、危篤状態と知りながら、小田さんに宛て、わたしは最後の便りを書かずにはいられなかった。

「小田さん

長い外国生活をとおして痛感するのは、地球の人間として通じる言葉と、諸国にむけて行動力をもつ日本人がいまなおあまりにも少ないことです。いまの日本、そして世界の各地で一人でも多くの『小田実』のクローンを必要としてます。」

（ノンフィクション作家）

小田さんの「優しさ」

黒古一夫

学生時代、べ平連ではなく、ついに小田さんが最期までその果たした役割を認めることがなかった「全共闘」の側に身を置いていた私が、小田さんと親しくなったきっかけは、全くの偶然であった。

一九八一年の晩秋からヨーロッパと連動して始まった「文学者の反核運動」（正確には「核戦争の危機を訴える文学者の署名」運動とその後の講演会や『日本の原爆文学』全一五巻の刊行、等）に、駆け出しの批評家として加担するようになっていた私は、小田さんや大江健三郎氏たちと『日本の原爆文学』の編集を行いながら、翌々年の八月に開かれた「アジア文学者ヒロシマ会議」の事務局員として忙しい日々を過ごしていた。多忙な小田さんは毎回事務局会議に出てきたわけではないが、「ヒロシマ会議」に対しては友人が来日するということもあったのか、私たち若い事務局員と一緒に広島に先乗りして、会議の準備を行っていた。会場となるホテルにおける参加者の部屋割りを担当していた私は、その部屋割りのことでリーダー格の文学者とぶつかった。彼は、いったん事務局会議で決まった部屋割りを大物文学者が来日することになったからと言って、勝手に変更してしまったのである。私は怒り、「官僚的じゃないか」「横暴だ」と彼の提案に反対したのだが、いかに民主主義を標榜していた反核運動であっても、旧左翼の権威主義がまかり通っていたその当時、件の文学者のごり押しが通ってしまった。その時、ふて腐れていた私に、会議の時は終始沈黙を守っていた小田さんが「ちょっと外へ出て、飯でも食おうや。腹が減るといいことないから」と声をかけてくれ、夜中にもかかわらず閉店間際の寿司屋に誘ってくれたのである。怒り心頭に発していた私はその時何を食べたのか覚えていないが、「ああ、これが小田さんの優しさか」とじわっと胸に迫ってきたことだけは、よく覚えている。

その後の付き合いの中で、同じようなことを何度も経験した。一般的には「強面(こわもて)」と思われていた小田さんであったが、それはあらゆる「権力」を嫌っていた小田さんが権力を振りかざす者に対してとった態度が増幅された結果であって、小田さんの本質はいつでも「シャイ」で「ナイーブ」であり、権力を持たない「タダの人」＝庶民に対しては、一貫して優しかった。小田さんは、求められると色紙などによく「人間みなチョボチョボや」と書いていたが、これは生涯にわたって「お偉いさん＝権力者」を嫌っていた(拒絶していた)小田さんの思想、つまり民主主義の根幹は「対等＝平等」であると考えていたことの如実な現れに他ならなかった。

小田さんはベトナム戦争の終結(一九七五年)に伴ってべ平連が解散した後も、「日本はこれでいいのか市民連合」（日市連）や「日独平和フォーラム」などの市民運動や韓国民主化運動などを組織し、また阪神淡路大震災後は被災者の側に立って「公的援助」を引き出す運動を続け、時の政府や権力に対して多くの「異議申し立て」を行ってきた。が、その本質はやはり「作家」以外の何者でもなかった。親しくなって市民運動や反核（反戦）運動に関わるようになって知ったのだが、どこへ行くにも持参していた大きなバッグの中には、連載中の小説に関する資料やら新しい作品の構想などを書き込んだ分厚いノートが詰まっており、同宿したホテルの部屋で遅くまで今書いていることや考えていることを聞かされたものである。その時の小田さんは市民運動家でも反戦運動家でもなく、紛れもなく「作家」であった。口癖は、「批評家の黒古さんよ、〇〇のことについて、俺の考えは△△だけど、君の考えを聞かせてくれないか」、であった。周知のように、そうは言いながらしゃべるのは、もっぱら小田さんだけで、私はずっと聞き役であった。そんな作家と批評家との関係で言えば、「コンテンポラリー・ジャパン」という国際学会の基調報告者であった小田さんと過ごしたシアトルでのことは、今でも忘れることができない。小田さんは、昼夜の区別なく、延々と日本の現代文学について、作家仲間の近作について、世界文学について、そしてフルブライトでやってきたアメリカについて、語り続けた。

そして、もう一つ忘れてならないのが、小田さんが一〇年の歳月をかけて書いた約七五〇〇枚の長編『ベトナムから遠く離れて』（九一～九三年刊）で、ベトナム戦争以後この世界・社会に「正義」がなくなったという根源的な世界認識に基づいて、「われ＝われの哲学（生き方）」はどうあるべきかを問うたことである。この小田さんの問いかけが如何に正鵠を射たものであるかは、この混迷・混乱する現代社会・世界の在り様を見ていれば歴然とする。小田さんが『ベトナムから遠く離れて』を始めとしてその全ての著作で指摘してきたこの社会や時代の暗部・欠落は、依然として解消していない。私たちは、小田さんの問いかけに対してどう応えていけばいいのか。今更ながら小田さんがいなくなった欠落感を、様々な思い出と共に痛覚している。合掌。

（文芸評論家）

われわれに遺された膨大な著作

ロマン・ローゼンバウム

「崇高であることの第一で、極めて重要な源泉は概念を構想する力である」

（ロンギノス）

二〇〇三年、ドナルド・キーン氏の英訳小田実著『玉砕』の書評を頼まれた時が小田実先生を知った初めてでした。不思議なことに、先生のことは私の学部・学院生の時に聞いていなかったのです。英訳の『玉砕』の一字一句に惹かれ、一気に読み通しました。その後すぐに原作を読みました。小田先生の力強い言葉は心を打ち、その人をもっと知りたいと思いました。インターネットのオダマコト・コムで、戦後日本の社会状況を変えたという神話的人物、小田実氏に画面で会うことができました。ネットから先生の膨大な仕事を知りました。私にとっては、まさにパンドーラの箱すなわち玉手箱を開けたことになります。年譜を一望するだけでも小田先生が世界の全大陸を歩いたことが分かります。本当に「世界市民」です。膨大な出版物が部門毎にきちんと分別されているのには驚かされました。小田先生は生きた図書館というのが私の第一印象でした。その週のうちに私の書いた書評についてコメントをいただきたいと思って、返事は期待していなかったのですが、手紙を投函しました。驚いたことに、手書きの長い返信がすぐにファックスで送られてきたのです。その後の文通にも必ず返信が届き、あのように多忙で多作な活動家が見知らぬ一研究者に時間を割いてくださることに感激しました。自称、「風来坊」、世界のどこにでも登場する先生は「人生の同行者」玄順恵夫人とともに、何でもやればできるという態度を次の世代に伝えました。それは若い時にアメリカからアジア経由で帰国したことからも知ることができます。小田氏の海外での生活は、例えば、研究員として西ドイツ滞在中、一九八五―一九八七年、お嬢さんの誕生の頃についての話によく描かれていると思います。

さて、小田先生の著作を一冊ずつ読むにつれ、世代の離れた私にとっては経験はないものの、歴史の衝撃の深さを感じざるをえませんでした。子供の時に体験した爆撃の生の現実は先生の言葉から爆発音そのものに還元されています。その爆発された言葉は地球をめぐり、私の元へも大波となって押し寄せ、感情が高ぶるのを抑えようもありません。小田実の遺産は彼の二十世紀の中における最もトラウマ的歴史に関する執筆を通して一番力強く伝えられていると思います。太平洋戦争、広島、ベトナム戦争も真正面から取り組んで、日本政府に対しても、また、同胞であるアメリカに対しても、決して、批判の矢をゆるめることはありませんでした。今こそ、先生の厳しい言葉を讃歌し、次世代の将来のためにその言葉の持つ可能性を解きたいと思います。

小田先生はまた、社会評論家であり、数多くの座談会、セミナーに参加されていました。日本の社会に関する仕事の成果を考える時、先生がその生涯を通して好んだ古代ギリシャのロンギノスをもって説明できるかもしれません。先生の卒論は「崇高について」であり、それから数十年を経た一九九九年に共著でその翻訳、評論を出版していることからも分かります。ロンギノスの「崇高について」は世界で最初の文学理論と言われ、先生の人生の活動の動機を包みこんでいると思います。小田先生は今や日本の学識者のパンティノンに殿堂入りし、生涯にわたる著作は崇高という概念の探求に捧げられ、それはロンギノスの言葉を借りることができれば、書き方のスタイルがそれ自体によって「普通であること以上」に高められていると、一般に理解されているそのものです。

ここ数年、私の小田先生の著作への知識が増すにつれ、Eメールやファックスのやり取りを楽しみました。こちらからは論文を送り、先生からは新刊書を送っていただきました。二〇〇七年七月開催のオーストラリア日本研究学会と、それに続くメルボルン大学への客員教授着任の機会をもって、小田先生に初めてお会いする予定でした。学会の日が近づく頃に、ご病気である旨が知らされました。この書面をもって、私がご報告できることは、学会での小田先生のパネルは会議室は満席、ドア近くの床に座られた年配の研究者もあって、恐縮しましたが、論文発表も討論も活発でまことに盛会でした。その席で、入院中の小田先生の写真の載った新聞の切り抜きも回され、先生を偲び、その業績を賞賛しました。

七月三〇日ご逝去の報は、小田先生との共通の友人から知らされました。世界は戦後の焼け跡世代を代表し、日本の民主主義運動の力強い推進者の一人である社会評論家を失ってしまいました。彼は日本の現代史に比類をみない社会参加を果たしました。例えば、ベ平連確立、良心的軍事拒否国家日本実現の会、九条の会、そして、アメリカのフィリピン介入を告発する二〇〇七年三月の世界人民法廷での会議など。ですから、病床でのインタビューは驚くにはあたりません。そこでは、大方の人は過去を語るのでしょうが、先生は九条改正後の日本の将来を思い、彼にとっては崩壊寸前のワイマール共和国の政治体制と同様な安倍政権論を熱情をこめて語ったそうです。ご自身の信ずることにこのように熱心でありました。彼が逝ってしまったと思う人々に、今一度、小田先生の本を一冊手にとって、先生が我々に遺したものがそこに満載されていることを考えてほしいです。

瞑目合掌

（シドニー大学）

夏終る柩に睡る大男

黒田杏子

二〇〇七年八月四日、青山葬儀所での小田実さんの告別式の司会進行を担当させて頂いたことは、私の人生の中のもっとも光栄な役割だったと思い感謝している。ゆくりなくもご縁を得た私には、この時以来小田さんと本当に親しかった方々との出合いがつぎつぎともたらされ、得がたい方々との新らしい交流の日々がはじまっている。終りは始まりなのであった。

はじめて小田さんにお目にかかったのはなんとことしの二月二十二日。『玉砕／Gyokusai』『9・11と9条』『終らない旅』刊行記念・小田実講演会「『小さな人間』の位置から」の案内が新潮社の冨澤祥郎さんから届いた。私は友人八名を誘って出かけて行った。会場は神保町の岩波セミナールーム。先着六十名余の聴衆。参加した友人のひとり榎本好宏さんは父上をアッツ島で亡くされていた。『玉砕』を読んで、ドナルド・キーンさんがアッツ島に上陸されていた事実を私は知り、榎本さんにその事を伝え、小田実という作家のすごさを語り合っていたところであった。ドナルド・キーンさんは昔から存じ上げていた。芭蕉、とりわけ『おくのほそ道』に関連して、各地でのトーク・ショウにもご一緒していた。さらに、私は若い時から鶴見俊輔さんのファンであった。鶴見さんとキーンさんおふたりへの敬意と親近感から、その日まで直接会ったことのない小田実さんの現在に興味を抱き、敬愛する仲間を誘って講演会に出かけようと思い立ったのだった。

二時間半。この日、最前列で小田さんを目のあたりにし、その話術になじんだ。自分はこういう物の見方、発想、生き方の人をずっとさがし求めていたのだと気付き、共感を深めた。話は分りやすく、知的であり、何よりも具体的で明快だった。『終らない旅』を読んだとき、「ああ、私はこういう小説が読みたかったのだ。」と感動したことも思い出し、その小説家のたたずまいをまじまじと眺めた。実物の小田実とその作品がぴったりと重なって感じられ、こういう人は信頼できるとの結論を得た。

四月下旬のある朝、突然小田さんから自宅に電話。末期の胃ガン。手術はもう出来ない。何とか仕事をまとめるのに、六ヶ月間は欲しい。国立がんセンターは満員と断られ困っていると。私は「頼りになる友達がいますから」と聖路加国際病院の細谷亮太（俳号喨々）さんに連絡をとった。「黒田さん、その六ヶ月はご本人の意志ですか。本当に六ヶ月でいいんですか。それなら先端医療はさけて、緩和ケアで頭脳が使えるように、余命を生かしきるほうがいいんじゃないかなあと……」。ここで細谷医師に小田さんとの直接電話連絡をたのみ、私は仕事に出かけた。その日の晩は私の俳句事務所で同人誌「件」の定例の句会。団塊の世代のメンバーが多いので、小田さんの話題でもちきり。すこし遅れて同年代の細谷喨々も到着。椅子に坐るやさっそく彼は小田家に報告の電話。

「小田さんのレントゲン写真ほかすべて私あてに直接届くことになりました。日野原（重明氏。聖路加名誉院長」も必ずお目にかかります。私のできる手配はすべてやっておきます。黒田さんに代ります」

「ほんとうにありがとう。たのしい句会の皆さんによろしく。何より俳人は話が早くて助かるなあ。市民運動とスピードがちがう。感謝します」

数日後、自宅にまた小田さんより電話。元気な声で
「五月六日入院。午後四時に病室でお目にかかりましょう。あなたには娘を紹介しておきたいので、彼女も連れて女房と三人で上京します」

その日、小田さんの病室で大勢のすばらしい方々と私は出合い、そののち急速に親しくなった。夫人の玄順恵さん、一人娘のならさんをはじめ、小田さんを支えとりまく、新聞社・出版社・通信社の方々。ベ平連その他市民運動家、作家・ジャーナリストの皆さん。

ある日、病室で小田さんが言われた。「中学生の頃、大阪で僕も俳句少年だった。生意気で句会のオッさん連中に議論吹っかけたり。でも句会はいいね。ともかく面白い。俳句はすごいと思うな」

その頃、俳人の金子兜太さんは春頃から顔面に神経麻痺が発症。一日も早い回復を希って、私の知り合いの中国鍼灸医院その他にお連れしたりしていた。兜太さんに、小田さんの入院までのいきさつとその後の状況をお伝えしたところ「おまえさんなあ、オレと同じように小田にもあんたのこの慈愛を注いでやってくれ。世界的スケールの人物、二人といない小田のためにな」と。句帳に私は「慈愛」と書きつけた。七月三十日。暁け方の二時。「小田ならです。小田実が息を引きとります」と。「はい」と答えて、私は睡ってしまった。

その日は早出の仕事で京都に。ホテルに夜、古藤事務所からメッセージ。「あす三十一日通夜。八月四日告別式。この両日の司会進行をすべてお願い致したく」。真夜中の部屋で、「いいですよ。お引受けしますよ小田さん」とつぶやいて横になる。

ともかく青山葬儀所には早めに出かけた。葬儀委員長鶴見俊輔さん。弔辞は加藤周一、ドナルド・キーン、チョウ・グンテ、山村雅治、吉川勇一の皆さん。弔電は三浦哲郎、ハワード・ジン、ノーム・チョムスキー、高銀、金大中さん。その他世界中のご友人から寄せられた弔電は数え切れないが、司会者としてその一部をしっかりと読み上げた。すばらしい弔辞ばかり。八百名にのぼる献花者の列。かなりの人々が鶴見さんを先頭に街頭追悼デモに参加。桐ヶ谷斎場に向う小田さんを載せた霊柩車を旺んな蝉しぐれと立ち尽くして見送る市民の万雷の拍手が包んだ。そして誰かが、たしかに「小田実万歳」と叫ぶ声を私は聴きとめたのだった。

（俳人）

世直しの覇者

いわたとしこ

五月。「小田実さん末期ガンで闘病」の新聞記事に、小田ファンの私は言葉を失った。誤報であって欲しいと祈るような気持ちで友人の玄香実さんに電話をした。玄さんとは、阪神・淡路大震災を契機に知り合った。被災者への国の対応の冷たさを、見るに見かねた小田さんが「被災者に公的支援を」と市民立法を立ち上げ、被災者の方々と国会陳情に通っておられた頃、東京の支援グループを纏めていたのが玄さんで、聡明で行動的な女性である。私とは共通する点も多く、その後もお付き合いが続いている。

小田さんとほぼ同世代の私は、ベ平連に首を突っ込む前から、行動する作家小田実のお名前を知り畏敬してきた。戦前の国家中心の教育から容易に抜け出せないでいた私には、小田さんが、将来を期待される若者の代表フルブライト留学生として、何でも見てやろうと日本を飛び出し、既に地球規模での人種と人権、国家の有り様に正義感をたぎらせていたのは驚きだった。

それを実践したのが「ベトナムに平和を」で、当時市民運動という言葉さえ定着していなかった日本で、いち早く反戦運動を主導、脱走兵支援を始めとして、戦争の愚を訴えてこられた。既成社会へのアンチテーゼとして、小田さんは日本の高度成長とベトナム戦争という、国家と個人を背景にした社会の矛盾にいたたまれなかったのだろう。私にとってそんな小田さんは神様のような存在だった。

小田さんと親しく話すようになったのは阪神・淡路大震災がきっかけである。私たち家族は芦屋市に住んでいたことがあるので、関西には親しい友人も多い。友人の安否が気掛かりで、夫は被災一週間めに明石経由でやっとの思いで被災地にたどり着いた記憶は今も新しい。死者六千人以上、数十万の被災者という空前の惨事にも関わらず国の見舞金は皆無。物的支援とボランティアの義援金に委ねられていた。それだけに小田さんが「災害被災者支援法」を発議、国会審議の場に乗せ、成立させた功績は並大抵のものではない。

市民立法運動の拠点芦屋市からのメッセージが届いて以来、私たち夫婦もこの運動に没頭した。「人間の国へ」のスローガンを掲げ小田さんと歩いた雨中のデモ、国会前での座り込み、寒中のビラ配り、審議会傍聴と、止むに止まれず行動する老夫婦を、小田さんはいつも、「やあ！」と笑顔で迎えてくれたが、小田さんの丸くなりかけた背中に被災者全員の期待がかかっていたのだ。体力的にも限界だったと思うが口には出されず、握手した時の手の暖かさ大きさに、小田さんの死を予想する人はいなかったと思う。

阪神・淡路大震災をテーマに描かれた小説『深い音』には、小田さん自らがモデルと思われる黒川老人を中心に、想像を絶する苦渋から這い上がろうとする被災者群が、フィクションと現実の相関の中で書かれ、最後に新しい命の復活となって結ばれている。市民立法という前代未聞の偉業は、小田さんなしには成しとげられなかったのだ。

その後も「良心的軍事拒否国家日本」への提言。「市民の意見30・関西」の起案。「九条の会」の呼びかけ人。更にはフィリッピンの人権抑圧を糾弾する法廷の判事。その人権と平和にかける情熱は計り知れない。横浜で開催の「九条の会・神奈川県民の集い」でも小田さんは、五千人を超す聴衆に「我々は非暴力、非武力を基本に、それぞれの味を発揮できるサラダ社会を作ろう」と呼びかけ、その平和への執念に会場は沸いた。東奔西走の彼は体調不振を知りながら、病院へ行く暇も惜しんでおられたのだろう。

六月、玄さんの案内で伺った都内の病院は面会謝絶だったが、夫人の玄順恵さんにお目にかかれた。噂に違わぬ才色兼備の素敵な方だった。「小田さんこんなに素敵な方を残して逝ってはいけません」と心底思った。

小田さんの凄さを痛感したのはお通夜の席である。痩せてはおられたが、お顔は神々しいまでに美しかった。これまで拝顔した故人の誰よりも穏やかで気品に溢れていた。私には今も小田さんは天が遣わした世直しの覇者としか思えない。

告別式の後、小田さんの遺影を先頭にデモ行進しながら、参加者の胸に去来したのは、彼の遺志を引き継ぐ決意と同時に、一つの時代が去ったことへの哀別ではなかったろうか。

悔やまれるのは、小田さんをノーベル平和賞候補にしたかったことと、猫キチの私が、大の猫好きだったという小田さんを知らずにきてしまったことである。

（詩人）

『HIROSHIMA』のこと

高橋武智

べ平連運動、とくに米脱走兵援助運動での小田さんとのかかわりについては、作品社から出版されたばかりの小著『私たちは、脱走アメリカ兵を越境させた……』でも触れているので、ここでは、作家の側面、とくに長編のなかでも最高傑作、『HIROSHIMA』（一九七九〜八一）に話を限る。

半ばちぎれた慶応大学からのファクス送信データから判読すると、二〇〇五年の春浅い頃だったが、小田さんから英語で書かれた小田実論のコピーが送られてきた。ロマン・ローゼンバウム（シドニー大学）の『戦後を異化する——小田実という謎』というタイトルだが、出典も、筆者紹介も書いてなかった。小田さんらしい送り方ではある。一読して、『何でも見てやろう』『HIROSHIMA』『玉砕』の三作に焦点を当てた、本格的な小田文学研究論文と思われた（今インターネットで調べると、この論文は二〇〇五年九月発行の『日本研究』に掲載されており、http://www.informaworld.com/smpp/content~content=a723856398~db=all でアクセスできる）。つまり、このコピーは、『日本研究』誌に発表される以前の草稿ともいうべき貴重なものだった。伝記的説明の箇所では、小田さんの手によるものだろう、若干訂正が入っている。

なぜ小田さんはぼく宛にこれを送ってくれたのか。それはリュブリャナ大学文学部の日本研究講座で、ぼくが彼の『HIROSHIMA』をテクストに採りあげていたことを知っていたからだろう。それも、二〇〇〇年と二〇〇二年の二度にわたって、学生と一緒に講読した。

受講者は日本語をゼロから学んで四年目の学生たちと言えば、実力のほども察しがつくであろう。幸い『HIROSHIMA』には、今英国で教鞭をとっているH・ホイッタカーさんによる英訳があって日本語原文の読解が助けられるが、学生のより積極的な参加を促すため、あらかじめぼくは二十四の設問を出して学生に選択させ、教室でレポートするよう求めた。

そこには、先住アメリカ人の世界創造伝説にはどんな意味が込められているか、作品中のⅡが非常に短いのはなぜだと思うか、ⅢはⅠおよびⅡと比べ、どのような特徴があるか、のような嫌でもテクストを読み通さなければ答えられない問いが含まれていたが、同時に、日本は「唯一の被爆国」という表現は正しいか、広島に原爆が落とされたとき、アジアの民衆が喜んだのはなぜか、などの挑発的な問いも忍ばせておいた。なぜ広島と長崎は原爆投下の標的に選ばれたか、のような専門的知識を必要とする問いはぼく自身が説明した。代わりに、スロベニアにおける原発といった問題について、学生から教えられたことも多かった。

表題に、「言葉」「詩」を表す含蓄の深いギリシア語の logos が、目立たないが同格的に付せられていることは、『叙事詩・HIROSHIMA』を語りたいという小田さんの並々ならぬ野心を物語っている。事実、作品のⅠでは、小田さんの最も重要な思想的達成である「被害者が加害者に転じ、その逆もまた真」という関係が、単に言葉の上の議論としてでなく、太平洋をまたぐ日米両国――ウランの採掘現場コンゴとそれをとりしきるベルギーの会社も含めれば世界中――を舞台に、植民地支配、社会的差別、原爆の実験・製造・運搬など戦争の諸側面、それらの複雑なからみあいとして、みごとに文学的に形象化されている。

原爆投下時の広島を描いたⅡは、当日に限れば加害者側であるはずの米国兵捕虜が、被害者の日本人・朝鮮人に虐殺されるシーンに凝縮され、両者の立場の転換が鮮やかに提示される。しかし、小説は広島の場面で終わるわけではない。

Ⅲに移ると、慈善病院ガン病棟で放射能による死を待つアメリカ先住民二人と「アトミック・ソルジャー」（原爆実験の爆心地（グラウンド・ゼロ）まで二キロ地点から突撃させられた兵士。米国内に五〇～六〇万人いる）のあいだのほとんどうわごとのような会話は、にわかに超現実的・黙示録的なスタイルを帯びてくる。そのなかで、ともに「絶対的」加害者にほかならぬ二名が、原爆投下の最高責任者として米国大統領、戦争の最高責任者としてヒロヒトがはっきり名指しされる。まさしくHIROSHIMAのヒロはヒロヒトのヒロと韻を踏んでいるのだ。そして、

……タダ、世界ノ順番ガ変ルンダヨ。順番ガ逆ニナル。上カラ誰カガ誰カヲ殺シ、ソイツガマタ誰カヲ殺ス。ソノ順番ガ逆ニナルンダヨ。下カラ殺サレタヤツガ殺シタヤツヲ殺シテ行ケバネ、……

という言葉が三人のあいだで、変奏曲のように繰り返される（適切にもホイッタカーは「順番」を、「秩序」とも解せるorderと訳している）。

この瞬間、平和主義者小田は、われにもあらず、「絶対的」被害者による復讐と革命的変革とを肯定する台詞を登場人物に吐かせたことになる。このように作者自身の思想を裏切り、かつ越え得たところにこそ、作品の偉大さがあり、全体小説としての完成度の高さがある。この作品とともに、HIROSHIMA, あるいはヒロシマは、核状況の広がりに見合う、より普遍的な意味を有するにいたった。

（二〇〇七年九月四日）

（翻訳家）

柔軟な剛直さ

鎌田 慧

肩を怒らせた前かがみ、速射砲のようにしゃべりつづけ、書きつづけた小田実さんも、病床からたち返ることなく逝った。七十五歳だった。小田さんにはまだまだ書いてもらわなければならないこと、やってもらわなければならないことが多かった。

ペン先のふとい萬年筆で書かれた小田さんの手紙は、なかなか判読に苦しむところが多かった。かれの葬儀委員長をつとめた鶴見俊輔さんのフェルトペンの筆蹟もまた、おなじように判読に難儀するのは、ご両人が芯のやわらかなペンで、力を抜いて書かれているからだ。

おそらく、アタマの回転にペンがついていけないからだろうが、やわらかな発想が、原稿用紙のうえをなめらかにすすんでいるのを感じさせる。小田さんもその筆蹟にあらわれているように、剛直なようでいて繊細なひとだった。

これは、かれが亡くなった翌日、東京新聞のちいさなコラムに書いたことだが、五、六年前、ベトナム訪問団の一員として同行したとき、小田さんは、毎日、三回でも四回でも、訪問先で倦まず弛(たゆ)まず、こころをこめて「団長挨拶」を繰り返した。その律儀さにわたしは驚かされていた。

小田さんが亡くなったあと、書棚にあるかれの本を引きだして（新書以外は、そのすべてが浩瀚な大著なのだが）、かつて線を引いた箇所をひろい読みしながら、文章の丁寧さは啓蒙家の呼吸なのだ、ということにあらためて気づかされた。

かれは割腹自殺した三島由紀夫の死にたいして、「生きつづけること」を対置した。あるいは、三島の「武」と「文」にたいして、「作」と「商」を置いた。それはひとを殺す武士道に、ではなく、ものを作る側、商う側、「たつきをたてる」側に自分の位置をたてる、という「決意表明」だった（『べ平連――回顧録ではない回顧』一九九五年）。

そのあとに、運動とたつきとの相矛盾するのふたつの統一について、つづけてこう書いている。「ジャン・ポール・サルトルは『参加』の問題を論じたことはあっても、市民にとってさらにかんじんの『参加の継続』の問題を論じたことはなかった」

「生きつづけること自体にかかわっての問題だが、そこには、当然くらしがかかわり、くらしの場としての家庭がかかわり、くらしを成り立たせる土台としてのたつきの問題にかかわり、たつきの場としての会社、企業がかかわる。」

日常のごく当たり前の生活をつづけるなかで、どう運動への参加を継続しつづけるか、これは、「職業的革命家」ならいざしらず、生活者としての「市民」にとって、いつの時代でも大きな命題であり、なかなか折り合いをつけるのはむずかしい。しかし、それなくしては運動は成立しない。

小田さんが代表をつとめた、「ベ平連（ベトナムに平和を！市民連合）」は、日本ではじめて、政党や労組とは関係のない、市民ひとりひとりが責任をもつ「市民運動」だった。それをささえる論理と論理は、「ちょっと痛いくらい」くらしに食い込むほどの物質的犠牲が必要だ、というものである。

小田さんのあふれるような、知力と体力の発露というべき膨大な量の文章は、そのときどきの時評であり、論説であり、運動方針だった。が、かれは運動家、評論家というよりは、小説家として全（まっと）うしようとしていた。その小説とは、「アンガージュマン（参加）」の小説だった。

というと、きわめて単純なオチになってしまうのだが、しかし、小田さんがこだわっていたのは、ギリシャ語と漢語との両方をつかって読者を説得しようとする「文（ロゴス）」による参加だった。かれのいう「文」は、市井の言葉であるが、「理性（ロゴス）」の言葉でもある。その「文（ロゴス）」によって、なにを書くのか。

二〇〇二年九月号の『新潮』に発表された「『文（ロゴス）』の『アンガージュマン』」は、米国の作家、フィリップ・ロスの新作長編『人間の汚れ』を、「今、現在のアメリカについてのアメリカ社会のもろもろの問題に正面きって対して書いた小説だ」と紹介しながら、それがアメリカについてのたんなる「成績通知表」ではなく、「アメリカについての虚構の作品としてあるためにはどんなふうなものとしてあるべきか」としてロスの言葉を、つづけて引用している――「現代の歴史的な『全体崩壊（debacles）』が登場人物のなかに入り込んで通過する。それでどうなるかを見つけ出したい。」

米国社会の根幹にある差別の問題、ベトナム帰還兵の「ＰＴＳＤ」、幼児への性的虐待、それらのひとつひとつの問題に正面きって対し、懸命につきつめ、みきわめ、書こうとして、書いた。そのロスに、「同世代作家として、きみはどう、日本にもある、あるにちがいない同種の問題にたいし、書こうとするのかね」と根本的なことを訊ねられているように思えてくる、と小田さんは書いている。テーマ主義という批判は、承知のうえである。文(ロゴス)で「全体崩壊」を書き砕く、「文(ロゴス)のアンガージュマン」文学、小田さんは剛直なまでにそれを主張してきた。

現代にたいして、「文」はどうたちむかえるか。最近では、忘れられ、あるいは冷笑されてきた小説の課題である。『何でも見てやろう』の精神をかれは一生をかけて実践してきた。小田さんの訃報に接して無念に思ったのは、評論だけ読んで、かれのアンガージュマンの小説をさっぱり読んでこなかったことだった。それがわたしに遺された課題である。

（ルポライター）

「ただの人」でありつづけようとした小田実さん

山口幸夫

この六月二日は小田さんの七五歳の誕生日だったが、まさにその日、出版社から『中流の復興』が届いた。深い感慨を抱きながら私はそれを熟読した。

まったく思いがけなく、小田さんから四月二五日に冊子小包を受け取った。表書の字は小田さんの字とは違って、綺麗な楷書である。インフルエンザにとりつかれ高熱を出して寝込んでいたところに届いたのである。封をきると、くせのあるあの読みにくい字でA４判一〇枚の手紙と英文で二二枚の印刷物が入っている。手紙の中身はコピーで、しかし、鮮やかな青色インクの太字の万年筆で「山口幸夫さん」というあて名と「小田実」の署名は肉筆である。六枚目の「これまで、この手紙をお読みくださったことを感謝します。」まで読みすすんだところで、薬が効きだして私は眠り込んでしまった。

その四日後、吉川勇一さんから、あの手紙を読んだか、という電話をいただいて、小田さんの病状を詳しく知らされた。ちょうどその夜、信頼をおいている医者が現われて、小田さんの病状を相談出来た。小田さんの回復の見込みはあるまい、おすきなように残りの日々を過ごすのがよい、という判断だった。

一九七二年夏、神奈川県相模原市にある米軍相模総合補給廠からベトナムに向かう米軍戦車を阻止しようとする大きな運動が起きた。私は大学時代からの友人の梅林宏道くん（現・ピースデポ代表）と相談し、二家族四人で「ただの市民が戦車を止める」会をつくって参加した。この相模原の戦車阻止闘争はベトナム反戦運動の最後の大きな大衆運動となったもので、約一〇〇日間にわたって、戦車の搬出を阻止した。ずっとあとになって判明したことだが、米軍も南ベトナム政府軍も日本から戦車が来なくて作戦上に支障をきたしたという。

小田さんやべ平連の人たちと相模原のわたしたちが知り合ったのはこの戦車阻止闘争を共にたたかったからである。一九七三年に相模原で大きな集会をひらいたとき、小田さんに基調演説をお願いした。じつに迫力のある演説だった。体の大きな人で、集会後、私が運転して都内までお送りしたが、普通の乗用車が窮屈そうにみえた。

「ただの市民」という言葉を私たちは素直な気持ちで、しかし或る種の決意をもって使った。おおむね好意をもって迎えられたが、批判もあった。おまえたちがただの市民であるものか、というのである。六〇年安保のおり、国会をとりまいたデモ隊は特殊な連中であって、ふつうの市民は野球場で野球を見物しているさ、と岸信介が言ったという話がある。小田さんの『日本の知識人』を読んでいた私には、この言葉に違和感はすこしもなかった。小田さんは、「書いたことも、えらい人のことではなかった。そこらにいるふつうの知識人のことであった。つまり、私自身のことであった。」と、あとがきにしるしている。いま手元のそれによって確かめると、一九七一年刊の筑摩叢書で初版第三刷である。沢山の書き込みがある。この本の初出は一九六四年で、小田さんはまだ三十二歳である。なんと早熟なおひとかと、いまにして思う。

戦車闘争から三〇年の歳月が流れ、小田さんを団長に旧べ平連の人たちがベトナムを訪問することになった。日本のベトナム反戦市民運動の記録をホーチミン市の戦争証跡博物館に寄付するという。二〇〇二年四月末の訪問のおり、相模原からも参加しないかと私に誘いがあった。若い日、力をつくしたあの闘争は何だったのか、いまのベトナムから見たらどういうことになるのか、ぜひ知りたいことでもあり、心が動いた。しかし、三里塚闘争に深くかかわった身なので成田を使うわけにいきませんと、吉川さんにことわりの返事をした。すると吉川さんは「関空から行けばいいじゃありませんか」と、こともなげに言う。往きも還りも羽田から関空へ、関空からベトナムへという経路で訪問団に参加したのだが、同じ経路を吉川さんは採ったのである。

その年の七月、ベトナムから三人の代表団を相模原に招いて戦車阻止闘争三〇年記念の行事を持った。小田さんなしにはうまくいかなかったと思う。人間みなちょぼちょぼや、と小田さんは言いつづけたが、私から見ると、小田さんは「ただの人」などではなかった。

原発には本心から反対していた。小田さんがきもいりだった慶應義塾大学での講義に呼ばれて原子力の話をしたとき、司会の小田さんは原子力の本質を見抜いた発言をしていた。こんなひとが「ただの人」であるはずがないと私は思った。文明の行く末を見通していたと思う。もう語りあえないとおもうと、まことに淋しいかぎりである。

（原子力資料情報室共同代表・元「ただの市民が戦車を止める」会）

七四年九月の集会のこと

和田春樹

小田実さんと私とは、ベトナム戦争のことで一緒になったのではない。私はベ平連の参加者ではなく、自分の家の屋根の上をベトナムで傷ついた米兵をはこぶヘリコプターが飛ぶのに反応して運動をはじめた者だからである。小田さんと一緒に運動をするようになったのは、韓国民主化の問題でである。

一九七四年春韓国で民青学連事件の大弾圧があった。韓国の詩人金芝河が学生たちの背後操縦者の一人として逮捕され、私たちを驚かせた。当時私は生まれたばかりの日韓連帯連絡会議の事務局長をしていて、当然にこの事態に取り組んだ。そこで小田さんと一緒になったのである。小田さんは一九七二年「蜚語」で逮捕された金芝河氏を支援するために、鶴見俊輔、中井（宮田）毬栄氏らと動いたことがあった。だから、小田実さんの動きはすばやかった。まず、大江健三郎氏らとともに知識人の声明を出した。この最初の声明にチョムスキー、サルトルとボーヴォワールの署名をえたのは、小田さんが進めたことだった。小田さんの国境を越える姿勢が大きな意味をもった。

七月九日、金芝河ら七人に死刑の求刑が出たという知らせが入り、翌日、小田、大江、鶴見、中井

(宮田)、真継伸彦、日高六郎、青地晨氏らが集まった。これが死刑の判決になると、作家たちは数寄屋橋公園でハンストをはじめた。小田さんは世界同時行動を提案し、それを実現するために働いた。これは小田さんしかできないことであった。八月八日には、金芝河らをたすける国際委員会訪韓団が一万七〇〇〇人の署名簿をもって羽田を出発した。日高六郎団長のこの団にアメリカからノーベル賞受賞者の化学者ジョージ・ウォールド氏が加わってくれたが、彼をくどいたのは小田さんだった。

小田さんがこのとき提案したもう一つの重要なことは日本の国内で運動の統一をつくりだすということだった。そのことで私は小田さんの意をうけて働いた。小田さんは社会党、共産党、公明党の党首に直接電話をかけ、一緒に会うことを約束させた。八月八日の午後、金大中氏が拉致されたホテル・グランドパレスで、成田知巳社会党委員長、宮本顕治共産党委員長、竹入善勝公明党委員長と青地晨日韓連帯連絡会議代表と小田さんの五者会談がひらかれた。五人は小田さんの書いた共同声明にサインし、全政治犯の釈放、対韓援助の根本的再検討を要求していこう、その共同活動の第一歩として、集会とデモをやることで合意した。小田さんと青地さんの代理として、この集会を準備する折衝は私に任された。社会党と共産党の国民運動の責任者と困難な協議を行った末に、九月一九日に明治公園で国民大集会が開催された。約三万人のデモ隊の先頭を三党首と小田、青地両氏が歩いた。後にも先にもこのような組み合わせの行動はなされたことはない。それはひとえに小田さんの存在と熱意が可能にしたことであった。

小田さんの葬儀に参加して、私は志位委員長以下の共産党の人々、福島委員長以下の社民党の人々の顔をみた。竹内好はあの『魯迅』の冒頭に「彼の死がその無意味な対立を救い、そのことによって、生前啓蒙主義者としての彼の何よりも欲したであろう、……文壇の統一が、彼の死後に実現を見た」、「彼の葬儀は、数千の参会者を得て図らずも中国最初の『民衆葬』（巴金）の形で営まれた」と書いている。私は魯迅の葬儀のこと、そして小田さんが実現した七四年九月の集会のことを思い出していた。

四月に小田さんから最後の手紙をもらって、返事を書くのが苦しかった。小田さんが最後まで心に掛けていた朝鮮半島の人々とわれわれの関係について、希望の光が見えなかったからである。しかし、小田さんが亡くなった日に明らかになった選挙結果は、希望の手がかりと大きな課題を私たちに与えた。去っていった小田さんが残したことを私たちは深く考えなければならないと思う。

（歴史学者）

市民主権への情熱

早川和男

一九九五年、阪神淡路大震災のあと、地元テレビ局の討論番組で一緒になったのが最初の出会いだった。その夜、自宅に電話があり、被災者救済の法律を市民主導でつくりたいが、協力してほしいという。二つ返事で引き受けた。二人で土井衆議院議長、村上参議院議長、創価学会の副会長、そのほか各政党の幹部や議員に手分けして会い、協力を要請した。

田英夫さんが世話役になった議員会館会議室での会合にはいつも超党派議員が集まり、市民集会には多数の市民が参加して下さった。

政党への要請活動や数え切れない程の集会で私が感動したのは、彼が毎回「被災者救済は国家の義務であること」を、端折らないで丁寧に繰り返し説明されることで、私には真似ができないと思った。市民＝議員立法は「被災者生活再建支援法」として実を結んだが、支援金は住宅に使えず、彼は第二弾「生活基盤回復法」の必要性を提起した。原案作成はいつも伊賀興一弁護士で、私たちは伊賀さんのことを〝法制局長官〟と呼んでいた。

その他、小田さんとの交流は多岐にわたり、ラジオ・雑誌での対談、韓国人作家、黄晳暎・玄基榮と小田・早川による日韓文化交流誌『識見交流』の共同編集（創元社）、慶應義塾大学客員教授・小田さんの講義へのゲスト講演、「日本居住福祉学会」準備会や二〇〇一年一月東京大学での設立総会での小田さんのパネリスト参加（他に暉峻淑子、片山善博さん）。同学会の英文名〝Academy of Housing and Well-being〟は小田さんの命名である。

二〇〇七年七月三〇日、私はソウルにいた。朝、ホテルの衛星放送で小田さんの訃報に接した。その前々日、新著『権力に迎合する学者たち』を校了して日本を発ったのだが、すぐ「あとがき」を追悼文に変えた。そこで私が書いたことは、彼は反戦・平和運動でよく知られているが、市民主権の社会、そのための法案づくりにも情熱を傾けた、ということである。

二〇〇一年一月一二日、「二一世紀市民が都市構想を提言する」というテーマの集会が神戸でもたれた。その折り、私に代表になること、「哲学・思想のある人」を招くように依頼された。それで、都市計画にも見識のある京都国際会議場設計者の畏友・大谷幸夫東京大学名誉教授をお招きした。この集会で小田さんはこんなふうに挨拶した。

〝これはただの「都市計画」ではない。市民の暮らしは都市の政治・経済・文化のあり方にも深くかかわっている。その全体がどうあるべきかを、市民が決める。それが市民による「都市構想」だ。私たちが今、そう考えるのは、被災地で「行政」の手によって計画され強行されてきた「復興都市計画」は、あまりにも市民を無視しないがしろにして来たからだ。「復興都市計画」はかっての市役所の「再開発計画」を焼き直し、それに「復興」の二文字を冠したものだ。市民よ、ともに動こう。「都市構想」は、市民自らの動きをふくめての「都市構想」だ〟と。

このとき私は「市民都市構想計画」（試案）を発表したのだが、この構想をまとめる宿題は未だ果たしていない。そのあと彼は、教育、福祉など多分野にわたって市民法案づくりを提起した。「市民の意見30・関西」（代表・小田実、事務局長・北川靖一郎）による「市民・教育の権利宣言」（二〇〇六年十一月一四日）はその一例である。

宣言は「教育の目的」として、

「①感性、想像力、思考力を備え、世界に開いた文化を創造しようとする市民をつくる、②自主的であると同時に他者を尊重し、平等と人権感覚に富んだ市民をつくる、③平和的、民主的な社会を形成し、かつ維持しようという意志を持つ市民をつくる、④自由、真理、正義を愛し、圧政、虚偽、不正に与せぬ市民をつくる」などを掲げた。政府の教育再生会議にこのような理念はない。

小田さんとの交友はほとんど震災に関わるものであったが、雑談の中で文学論・作家論に触れることもあった。

例えば、彼はしばしば「文史哲（ぶんしてつ）」という言葉を口にした。「文」はひろい意味の文学、「史」は歴史認識、「哲」は哲学・思想のこと。この三つが土台にあって人間のまともな「知」は成立するという考えで、韓国の思想である。小田さんの目標だったのであろう。

右に述べた都市構想シンポのあと、小田さんは「大谷さんは文史哲だ」と言われた。僅かな時間の討論の中での印象で、評価される方もする方も、〝さすが〟というのが私の印象であった。大谷さんは二〇一三年一月亡くなり五月「偲ぶ会」が持たれたのだが、大谷さんの哲学者・思想家としての側面にふれた挨拶はなかった。

またあるとき「早川さんは全体小説家だ」といわれる。何のことかわからず、帰って事典を見た。気がついたことは、これも彼自身が目指している作家像ではないか、ということであった。

「全体小説とは、サルトルが主張した小説の方法論。人間のそれをとりまく現実とともに総合的全体的に表現しようという試み。サルトルの『自由への道』はその実験的作品。日本では野間宏がこれを独自に発展させた。『全体』とは社会的、生理的、心理的なものの一元的統一を目指すものとしてたち現れ、そこでこそ作中人物の自由と作家の創造力のぶつかりあいが問題になる。『青年の環』はその実作化という。この『力業』を継承しようとする若手を見出すのは難しい」（『ブリタニカ国際百科大事典』ブリタニカ・ジャパン）

小田さんは、数々の市民運動と作家活動を両立させてきたが、それは全体小説家としてのジャンルへの挑戦だったのだなあ、と今になって思う。彼の中では市民運動・社会改革と文学は一体化していたのである。私小説の伝統の長い日本では、そのような作風の作家は少ない。小田さんは〇一年九月から慶應義塾大学経済学部特別招聘教授に就任し「現代思想」を担当、私は連続対論六人のゲストの一人として招かれた。そして、対論の総括の中で私のことを次のように紹介された。

「早川さんはいろんな面をもっている人で、全体小説家みたいなもんだな。都市工学が専門ですが、都市の問題をやっていると、『住宅』や『老い』や『政治』の問題にぶつかるでしょう。私が彼から学んだのは『居住は人権である』という考え方ですね。彼は、誰がどんなところに住んでいるのかを、足で調べて、そのうえで『居住福祉』という考えを打ち出したんです」（飯田裕康・高草木光一編『ここで跳べ――討論「現代思想」』慶應義塾大学出版会、二〇〇三年）。こんな評価をして下さる方は仲々いない。

そういう意味では、今まで意識しなかったが、現場にねざし現実と密着して研究するという「社会と取り組み合う様な」（私の師の西山夘三京大名誉教授の評価）私の研究スタイルは「全体研究者」とでもいえるのかもしれない。

小田さんは卓越した「文史哲」であり「全体小説家」であった、と思う。

小田一家が毎年、正月を「奈良ホテル」で過ごされるのを機会に、私の家族と一緒に春日大社に案内した。私は生れも育ちも奈良市内で、親しい宮司が歓迎して下さった。本殿の前でお祓いをしてもらった小田さん、〝これで今年一年は安泰だ〟と喜ぶ茶目っ気もあった。私が近年関心を寄せている行基菩薩が、奈良朝に開基したという〝嫁いらず観音院〟（岡山県井原市）や、愛知県知多半島に点在する行基の足跡を、夫人らと一緒に訪ね歩いたことも懐かしい思い出である。

最後に、私の好きな漢詩（曹操の詩の中の句）を捧げたい。

「老驥伏櫪志在千里」

〝老いた馬は櫪（うまや）に伏していても千里の道をかける志を失わない〟

という意味だが、小田さんの志は今も世界を駆け抜けているだろう。

（神戸大学名誉教授）

市民運動と文学と

小中陽太郎

小田さんの逝去の直前、四五年前小田さんと作ったテレビドラマ『しょうちゅうとゴム』のフィルムを作曲担当の高橋悠治さんの演奏とともに、東京の内幸町ホールで上演した。このところ、放送局や脱走兵運動のなかで撮影したものを上映してきた一連の運動の集大成である。

このドラマのために小田さんが、名古屋の駅に降りてきた夜明けの光景を昨日のことのように覚えている。ぼくは狭いスタジオにあきたりず、なんとか現実そのものをテレビカメラに収めたいと考えた。工業化に突き進む東海地方をめぐりあるき、四日市を訪ねた。小田さんはコンビナート建設の政治的駆け引きの舞台裏とそれに追われる農民をコミカルに書いてきた。ぼくは近代化をパイプラインとモダンダンスで象徴した。

小田さんの名前をはじめて耳にしたのは、大学の先輩の言語学の千野栄一さんから、同級生が小説書いたよ、と聞かされたときである。読んでみると、大阪の高校生と在日朝鮮人との交流を描いた熱っぽい小説だった。小田さんは、のちよく、「あの作品を読んでくれた男は信用できる」とうれしそうにいった。小田さんには、世界大の題材を掴み取るエネルギーとマイノリティにこだわる人生観の両面があった。その振幅が、ベトナム戦争と阪神大震災の被災者支援をつないでいる。

ぼくは、小田さんのテレビドラマを演出したあと、旅への誘いもだしがたく、パリまで出かけ、結局、NHKをやめてしまった。当時のNHKドラマはすべて消滅したが、ぼくは和田勉がとったキネコフィルムを大事に抱え続けた。

一九六五年米軍がダナンに上陸した。

四月二四日の第一回デモのために小田さんが、書いたビラ。

「ぼくたちは、ふつうの市民です。ふつうの市民ということは、会社員がいて、小学校の先生がいて、新聞記者がいて、花屋さんがいて、小説を書く男がいて、英語を勉強している青年がいて、つまりこのパンフレットを読むあなた自身がいて、そのわたしがいいたいこととは、ただひとつ〝ベトナムに平和を〟」

いまでこそ、気楽に市民というが、六〇年代半ば、まだこの言葉は市民権を得ていなかった。赤坂の会社の寮を改造したプレハブ小屋で、毎日寄せられる『ニューヨーク・タイムス』紙への意見広告のカンパを、開高健さんを車座にして開封しながら、市民について議論した。いいだもも、武藤一羊など論客にはことかかなかった。ぼくは失業保険を受け、小田さんの口利きで予備校教師で食べていた。市民とは、抽象的な、階級上の定義ではなくて、ひとりの人間にすぎず、組織や企業や政党は問わない、ということを、小田さんやぼくたちは、手探りで主張し続けた。いまも、市民の組織化はむずかしい。それは組織化した途端に市民ではなくなるという宿命を持っている。雪片は無限定に舞うから美しいので、凝固して氷となったとたんに固まって冷凍庫におさまってしまう。

都知事候補に擬せられ、社共統一か、小田さんを押す社会党路線かで対立しそうになったが、あやういところで、市民のままでいられた。

小田さんが時流を見抜く鋭い勘をもっていたとしても、小田さん一人で、ベトナム戦争反対の大波を起こすことはできない。小田さんは「天地と星輝く天の子」でソクラテスを描いた。ソクラテスが偉大なのは、プラトンやクリトンを育て民主主義を貫いたことである。マルクス主義者もキリスト者も、プレイボーイもいた。冒険好きの女性もいた。鶴見俊輔は「指導者小田を発見した」とよく話し、小田さんは「おれは海辺の石か」とおこったが、かれの方こそ多くの人々を発見し、集め、自由にその特技を発揮させた。

小熊英二さんと、テレビドラマ上演の後話し合ったが、小田さんの文学の夢は達成したのか、しなかったのか。ちょうど小田さんの運動が世界大とマイノリティで揺れたように、執筆生活は運動と文学に橋を架けるものだった。

『玉砕』にいたり、文体もしまって緊迫感があるし、沖縄、朝鮮の兵士の描き分けも、戦後生まれの女性も見事で、戦争文学の古典足りうるとおもう。ドナルド・キーンが感心しただけのことはある。『終わらない旅』は、ロータス賞をこえる世界からの評価が待っているだろう。ぼくも同行した現代のベトナムを実によく取材し、アメリカ兵の妻と主人公の父との恋愛がなまなましく描かれ、その若さに胸をときめかした。

テレビドラマの上映に小田さんの来場を心待ちにしたが思いのほか病状が進んだ。ベンヤミンは、『複製技術時代の芸術』のなかで映画やレコードのような複製技術がうまれると、芸術は民衆にひろがるが、オリジナルの持つオーラが消える、と論じたが、ぼくは脱走兵の記者会見や写真を上映しつづけ、複製であろうと、志あるところオーラは発すると確信している。

追悼文（『東京新聞』七月三一日付）にこう書いた。

「ぼくは小田さんのどこにあこがれたのか、旅か、文学か、市民運動か、いまではその三位一体だったとおもう。これからのたびは一人一人だとしても。」


（作家）

P. S. 七回忌の七月、ぼくはまた『しょうちゅうとゴム』をとり出し、小田さんの最後の話を聞いた岩波セミナールームで、高橋悠治さんを迎え、キネコそのままを上演した。解説の四方田犬彦は、「運動の前に、芸術の動があった」と主張した。
小田さんの小説がまさにそれだった。（二〇一三年七月追記）

四十年前の私の原点

山口たか

私にとっての小田実さん。はじめて、お会いしたのは一九六七年だった。赤坂・清水谷公園、そこに「小田実」さんがいらした。ベトナム戦争が激化する日々、高校生の私にとってひとりでも参加できる唯一のデモが「ベトナムに平和を市民連合」（ベ平連）であった。定例デモは、ある時は、五〇人くらいだったし、ある時は一万人もいた。一人一人の意志のみ、組織の動員とは無縁の草の根の市民の活動だ。「ひとりでもやる」ことは、ある時には、孤立をも覚悟する決断だ。ともすれば「みんなでやればこわくない」だったり「和をもって尊しとなす」という日本の風土に異議を突きつける新たな価値観の提起であったと思う。

しかも、日本の米軍基地が、ベトナム攻撃の出撃拠点であった。日本は、まちがいなく加害者であった。小田さんは、加害者になることを拒否するという新たな視点を日本の平和運動に持ち込んだ。私にとって、小田さんは行動する作家というだけでなく、まさに自分の生きる道しるべであり、判断の規範になった。

その後、結婚して子どもが生まれて、札幌で暮らすようになり、食品添加物や農薬、水などの環境問題に関わった。一歳の子どもをおんぶして、デモをした、ピースボートにも乗った。毎日毎日署名を集めて歩いた。そして反原発運動に参加する中から、一九九一年札幌市議会選挙に挑戦することになった時、本当に久しぶりに小田さんに連絡をし、支援をお願いした。小田さんにとっては、私は数いる学生べ平連のひとりでしかなかったと思うが、推薦人を引き受けてくださり、以来選挙のたびに力になっていただいたのだった。

二〇〇三年に、戦争終結後のベトナムをあなたは見ておくべきだとの、小田さんのことばを受け、私は、ベトナムに同行させていただいた。ハノイ、フエ、ホーチミン。激戦のあとはなく、街には、アオザイを着て颯爽とバイクに乗っている女性もいたし、なにより生き生きとみえた。しかし、一歩路地裏に入ると日本軍による強制徴用で餓死した二〇〇万人の碑があった。爆撃をうけた病院に被害者の名前が刻まれていた。平和村には、米軍の散布した枯葉剤の影響で今も先天的に障がいを負って生まれてくる子どもたち。戦争の傷跡は、ベトナムの各地に深く残っている。ソンミ村の虐殺は世界を震撼させたが、遺族はいまも、癒えない傷を抱えて生きている。戦争は、最大の環境破壊であり、人権破壊であり、弱いものたちに最大の被害を強いるものであった。ベトナム滞在中、自分が平和のためにできることは何か考えている時、小田さんから「日独平和フォーラム」のことを伺った。ドイツではナチスの軍国主義をどう克服するかが最大の課題であったが、良心にもとづく徴兵拒否を人権として認めて、ドイツ基本法に明確に規定した。高校卒業後九ヶ月間兵役に従事するが、良心的兵役拒否が認定されると、代替に、社会奉仕に従事することが義務づけられている。そこで、徴兵拒否のドイツ青年の受け入れを大きな活動の柱として日独平和フォーラム北海道はスタートした。身近な場から若い人たちが平和を考えるきっかけをつくることをめざした。幸運だったのは、二〇年前に小田さんが日独平和フォーラムを結成した時に、ドイツ側の通訳であった、ビアンカフュルストさんが、札幌の姉妹都市ミュンヘンから国際交流員として来日し札幌に住んでいることだ。ビアンカさんは、日独平和フォーラムベルリン事務所との事務的な連絡、翻訳などを引き受けてくれた。一年目は、知的障がい者施設で二名、二年目は三名、三年目は六名、四年目の今年は、児童養護施設や保育園で四名の青年が活動をする。在日外国人に日本語を教える日本語ボランティアサークルとの連携もはじまった。外交官になって日本に戻ってくると言う青年、日本語スピーチコンテストで準優勝をする青年もいる。平和学を学ぶ日本人大学生との交流も実現した。

私は、他にも脱原発の運動、北海道ピースネット、女性のための労働組合等、様々な市民活動に関わっている。今日までの人生を振り返る時、まぎれもなく、あの、四十年前の赤坂・清水谷公園が私の原点だ。小田さんと歩いた、「ベトナムはベトナム人の手に」「アメリカはベトナムから出て行け」と叫んだあの日。あれからいくつのデモに参加しただろうか。小田さんの後ろ姿を励みに今日まで歩き続けてきたことを誇りに思う。小田さんはいつまでも多くの人々の心に生き続けるにちがいない。

小田さんが求めてやまなかった世界の平和、憲法九条を生かした「人間の国」をつくるために、これからも歩き続けたい。

（元札幌市議会議員・日独平和フォーラム北海道代表）

〝市民〟と〝議員〟の同時体験

本岡昭次

急逝された小田実さんのご冥福をお祈りするとともに、「これが人間の国か」と叫び続けた小田実さんと阪神・淡路大震災被災者生活再建の「市民＝議員立法」を闘った一〇年前を想い起こし、その記録の一部を添えて追悼の一文を捧げます。

あれは一九九六年一一月二九日のことでした。小田実さんは、阪神・淡路大震災被災者の生活再建をめざす被災者の市民グループを代表して「市民＝議員立法協議会」を参議院議員会館で開かれました。私は、「被災者に公的援助」を求める市民グループの法律制定運動賛同者として参加しました。会議室の正面にいた小田実さんが、あの大きな体を半身に構え、独特の上目づかいで集まってきた衆参議員を睥睨していた姿は、今も私の脳裏に焼きついて離れません。私にとって、これが小田実さんとの初めての出会いでした。

小田実さんたちの提案は、「被災者の生活再建法案」を基に、国会議員と共同で法律案をつくり「市民＝議員立法」として成立をめざす「市民＝議員立法協議会」を結成したいというものでした。

すでに、被災地出身議員として「被災者公的支援」の立法活動を展開していた私は、小田実さんたちの運動に敬意を表しつつ、極めて困難な立法闘争であるが連帯して闘う決意を表明しました。

市民グループと議員の代表による「市民・議員立法研究会」が作られました。五回～六回と会合を重ねますが、市民案を議員立法として作成していく作業が進みません。一九九七年三月下旬になって、立法作業を参議院で引き受けざるを得なくなり、私が責任者となって参議院の法案作成チームを結成しました。

私は、市民グループが作成していた「生活再建援助法」という独立した新しい法案作成でなく、現行法の「災害弔慰金支給法」を改正して、被災者の死亡・障害といった身体的被災に、住宅損壊への公的支援を一本化した「災害弔慰金支給法の一部改正法案」として「災害被災者等支援法案」の作成を提案しました。

小田実さんとは、掴みかからんばかりの激しい議論を重ねました。「本岡さん、現実に妥協することは認めない」「小田さん、妥協ではない。国会の立法制定上の戦術として理解してもらいたい」「駄目だ、なんとしても市民グループの原案で立法してくれ」「そこまでおっしゃるなら私は法案作成から降ろしてもらう」

四月二五日になってやっと法案骨子について小田実さんとの合意ができました。その骨子は、「今後の自然災害に対する公的な社会的安心システムの重要な柱となる恒久法であるとともに、阪神・淡路大震災の被害者にも遡及適用させる」内容です。最大の難問は、阪神・淡路大震災被災者への遡及適用でした。

「災害弔慰金の支給等に関する法律の一部を改正する法律案」（災害被災者等支援法案）を完成させた私たちは、五月二〇日参議院に「災害被災者等支援法案」を提出しました。市民から発議された法案を議員が共同して完成させる「市民＝議員立法」を参議院の舞台に登場させた感動的な瞬間を経験させてもらいました。

小田実さんとは「闘いはこれからだ」と抱き合い感激の握手をしました。小田実さんの眼も少し潤んでいました。被災者の皆さんと法案提出の確認集会を参議院会館で開き、国会への法案成立請願デモを実施しました。社会党本部のある社会文化会館から衆参の議員面会所を経て日比谷までのコースです。

小田実さんと私はデモの先頭に立ち、「災害被災者支援法案の早期成立」のスローガンをシュピレヒコールして歩きました。参議院議員面会所前に来ましたが、議員が誰もいません。私は、とっさにデモから離れて、面会所の石段に立ち請願を受ける参議院議員としての任務を果したのです。前代未聞のできごとでした。後々、小田実さんはこの出来事を、「まさに市民＝議員立法だ」と話されていたと聞いています。私は、市民として参議院に請願デモをし、議員として面会所で請願を受けたのですから。

銀座有楽町での法案早期成立を訴える街頭リレートーク、神戸新湊川公園での決起集会、日曜の銀座歩行者天国での無届デモ、自民党参議院村上幹事長への法案審議の直訴、兵庫県知事や神戸市長への要請行動、参議院で法案審議された後の秋の臨時国会法案継続審議、臨時国会から一九九八年通常国会へ再度継続審議、この一年間、小田実さんとは人間対人間の真剣勝負をさせていただきました。五月に内容が大幅後退した「災害被災者等支援法」が成立した時、残念ながら小田実さんの怒りに触れ、私との縁が切れました。それは、一〇〇%を求めて妥協なく闘う市民運動と時には現実的な解決を求める政治というお互いの置かれた立場の違いであったろうと冷静に考えています。

私の参議院議員二四年間の政治活動において、小田実さんとの出会いによって体験した「市民=議員立法」の闘いは、私の人間的成長を促す実に貴重なものでした。

小田実さん、ありがとうございました。安らかにお眠りください。

（元参議院副議長）

気持ちのよい、実りある共同

志位和夫

「市民=議員立法」のこと　私が、小田実さんと初めてお会いしたのは、阪神・淡路大震災の被災者支援の立法運動をつうじてでした。一九九五年の大震災の被災者のみなさんが最も強く求めたのは、住宅を再建するための公的支援——個人補償の実現でした。これにたいする国の回答はこうでした。

「日本は私有財産制の国だから、個人財産の補償はできない」。

この冷たい「壁」を打ち破るために、私も国会議員の一人として取り組みをすすめていましたが、被災地で苦闘しながら、市民と議員が共同して被災者支援の立法をつくろうという運動の先頭にたっていたのが小田実さんでした。一九九六年に入って、小田さんから「いっしょにやりましょう」という手紙が届き、私はすぐに「すぐやりましょう」と答えました。九月に入って小田さんが国会の議員会館の私の事務所にみえて、共同をすすめることで意気投合しました。

この年の一一月には、小田実さんは山村雅治さんとともに、個人補償の法案を具体的に作成し、超党派の「市民=議員立法」としてすすめたいと、再び国会に訪ねてこられました。すでに、私たちとしても個人補償の法案を発表していましたが、小田さんの案を見せていただいたら内容がほとんど一緒なのです。全壊の場合は五〇〇万円の補償、半壊の場合は二五〇万円と、相談したわけではないのに、額まで一緒でした。そこで、部分的にはいろいろな違いもありましたが、党の独自案にこだわらず、「共同のとりくみに参加しましょう」と、私も一人に加わりました。小田さんは、非常な熱意と気迫をもって運動にとりくみました。他党の議員も、小田さんの迫力ある働きかけで、ずいぶんと共同の輪が広がっていきました。私も、私たちなりの努力をつくしました。

この共同は、被災者生活再建支援法の実現に実をむすびました。住宅本体の再建は公的支援をおこなわないという不十分なものですが、ともかくも市民と議員の共同で、政治を一歩動かした。それはとても気持ちのよい、実りある共同となりました。また私個人としての実感をいえば、小田実さんと心が通じ合える友人となれたことが、この運動をつうじての大きな収穫でした。

慶應義塾大学・特別招聘教授　二〇〇一年のことですが、当時、慶應義塾大学の特別招聘教授として、「現代思想」という講座を担当していた小田さんから、「ゲスト・スピーカーの一人として講義をやってくれないか」という話がありました。テーマは「議会制民主主義の諸問題について」。かなりいかついテーマですし、政党の代表である私が大学の講義をおこなって大丈夫なのかと、とまどいもありましたが、「小田教授」から与えられた課題にとりくみ、小田さんとの出会いの思い出もまじえ、市民運動と政党との関係、日本の議会制の問題点など、私が考えていることを広い教室をうめた学生のみなさんに語りかけました。

講義がおわったあと、小田さんは、大学の一室で、私を食事に招待してくださいました。慶應義塾大学経済学部の教授のみなさん、そして小田さんが「人生の同行者」とよばれていた玄順恵さん、娘さんともご一緒の食事でしたが、食事をしながら、ご家族にたいする小田さんの深い愛情を感じたことが、強い印象として残っています。

いくら豪放磊落な小田さんでも、日本共産党の委員長である私を、大学の講義によぶというのは、ずいぶん思い切ったことだったと思います。慶應義塾大学の若いみなさんの前での講義という、私にとって忘れられない出会いを作ってくださった小田さんに、心から感謝しています。

「憲法九条、いまこそ旬」　小田さんとは、平和をまもる運動でも、ずいぶんご一緒しました。二〇〇二年五月三日の憲法集会でならんでスピーチをしたこと、二〇〇二年一二月一三日に小田実さん、鶴見俊輔さんたちがよびかけたイラク戦争反対の「戦争はイヤだ　これが市民の声だ　一二・一三集会」で、ご一緒にスピーチをしたことなどが、思い出されます。

小田さんは、「九条の会」の呼びかけ人の一人としても、大活躍されました。小田さんは、繰り返してご自身の戦争体験を語られました。太平洋戦争の末期、大阪が受けた都市焼き尽くしの八回の大空襲のうち三回までを体験したこと、昼なのに暗黒のなかに炎がふきすさぶ地獄のなかにいたこと、その体験を生々しく語りながら、九条を守り抜くことの意味を語りかけました。その話は、私たちの心を揺さぶるものでした。そして「憲法九条はいまこそ旬」といわれた。「いまでも」でなく「いまこそ旬」といわれたことは、九条を世界の大きな平和の動きのなかでとらえた名文句だと思います。

小田実さんが、精魂こめてとりくまれた憲法九条をまもりぬくたたかいを、さらに発展させたい。いまその決意をあらたにしています。

（衆議院議員・日本共産党幹部会委員長）

「お前はアホや、勉強せえ」

辻元清美

「勉強せえ。おまえはアホやから勉強せなアカン」

いつでもどこでも、私の顔を見たら、小田さんは開口一番、そう言った。入院されていた時、残念ながらお会いできなかった。お目にかかれたら、きっとベッドの上から「勉強せえ」と言われたにちがいない。いつまでも小田さんに「勉強せえ」と叱られ続けたかった。

私が中学三年生の時ベトナム戦争が終わった。その年に悪友（中学三年間同じクラスで、後にピースボートを一緒に立ち上げた吉岡達也君）が「この本オモロイで」と貸してくれたのが、『なんでも見てやろう』だった。

「このオッサン誰や？」

私は小田さんのこともべ平連のことも知らなかった。ところが、本を読んで私のすべてが変わったくらい衝撃を受けた。そして「このオッサンと将来、きっと会うなぁ」という漠然とした予感を感じた。

私は関西から名古屋に引越した。そして、名古屋の高校を卒業した年、名古屋駅前の「代々木ゼミナール」で小田さんが英語を教えるという話を聞いた。浪人中の私は早速、小田さんの英語の授業に申し込んだ。

授業の初日、「どんなオッサンか、早く見たい」と講師室におそるおそる小田さんを訪ねていった。十八歳の時だった。

当時、愛知県の管理教育が問題になっていた。高校を退学になった内藤朝雄君（『「ニート」って言うな！』の著者）と予備校で知り合ったのだが、小田さんに悲惨な教育実態を知ってもらおうと二人で小田さんの前に立った。

「怖そうなオッサンや」

私の第一印象だ。ところが、私たちが訴えを始めると「後で、喫茶店でコーヒーでも飲みながら聞こう」とにっこり。笑うとかわいい。やさしい顔になる。

初対面の日、名古屋駅前の喫茶店で三時間、小田さんは私たちの話に耳を傾けてくれた。

「よっしゃ、わかった」

そう言った小田さんはその後、吉岡忍さんらジャーナリストを次々に名古屋に連れてきて、愛知の教育現場を取材させた。このことがきっかけになってさまざまなメディアでも報じられるようになった。早稲田大学に入学し上京。その直後、高田馬場の歩道でばったり吉岡忍さんと再会した。「今から小田さんに会う。一緒に行こう」という。小田さんと東京で再会したその日は私の二十一歳の誕生日だった。

「誕生祝いに焼肉おごったろ」と小田さん。「やっほー」私は大喜びで焼肉屋へ。ひとしきり盛り上がった後、「おまえ、焼肉食べたんやから、おれの仕事手伝え」

私は小田さんに「仕事手伝え」と言われて舞い上がった。一九八一年の四月のこと。

韓国での光州事件の翌年で、小田さんたちは韓国民主化支援の国際会議の準備をしていた。私は翌日からその国際会議のボランティアスタッフになった。そしていきなり徹夜、徹夜の連続。翌五月、国際会議には世界中から論客が集まった。私の仕事は資料のコピー取りやゲストのお世話。私は情けないことに会議の内容にはまったくついていけなかったのだ。

小田さんはしっかり見抜いていた。

「おまえはアホや。勉強せえ」

国際会議の打ち上げで大騒ぎして、みんなの前で小田さんに怒鳴られた。私は頭から水をぶっ掛けられた思いでシュンとなった。

私は小田さんの後をついて回った。いつも小田さんの話を一言も聞き漏らさないようにしていた。それが何よりも私の勉強だった。小田さんは誰とでも自由に大阪弁でしゃべる、しゃべる。そしてよく食べる、食べる。

「人生の同行者」の玄順恵さんとの結婚式の後に私たちはバスツアーを企画した。そのバスの中でも「新郎」は世界情勢についてしゃべる、しゃべる。

「香住に蟹を食べに行こ。おまえ運転せえ」

小田さんからの電話はいつも突然だ。思い立ったらすぐ実行。大雪の日なのに小田さんが住む西宮から日本海までチェーンを巻いて数人で蟹食い決行。免許取立ての私の運転にみんなはらはら。途中で車を降りて電車に乗り換える人まで出る始末。

「こいつしか免許持ってないから、ガタガタしてもしゃーない」

小田さんは悠然としている。なんとかたどり着いて、小さな民宿で温泉に入り、蟹をほおばる。身がぎっしり詰まった松葉蟹は絶品。小田さんは食べる、食べる。

「命がけで来たから旨いんやゾ」

確かに私の人生の中で一番おいしい蟹だった。

小田さんは歩く、歩く。それも歩く速度が速い。北京、ベルリン、ニューヨーク。小田さん一家が暮らしている町に私は出かけた。どの町でも一緒に、ひたすら、えんえんと歩いた。それも夜中まで。それも何日間も。小田さんのいう「虫瞰」の実践。地べたを歩いて考えろ。

小田さんは船が好き。ピースボートで一緒に太平洋を横断したこともあった。小田さんは睡眠時間が短くって、船の中で若者たちと夜中まで議論していても朝日が出るころには船のデッキで海を眺めていた。

小田さんに会っていなかったらピースボートもなかったし、国会議員にもなっていなかった。私の細胞のひとつひとつで小田さんが「勉強せえ」と今も言っている。

（衆議院議員）

小田実さんと〝栗原サロン〟

栗原君子

二〇〇七年七月三〇日、小田実さん（七十五歳）が逝かれました。

以前、小田さんについては、作家でベトナム反戦の運動家というイメージしかありませんでした。それが直接出会うことになったのは、私が参議院在職中に起きた九五年一月一七日の『阪神・淡路大震災』がきっかけでした。小田さん自身も被災され、「震災は自然災害であると同時に人災でもある、国や自治体が被災者の救済をしないうえ、支援法すら無いのは政治の怠慢だ。これが〝人間の国〟か」という怒りと共に九六年五月に小田さんの行動が開始されました。

「行政が動かないなら市民と超党派の議員で『災害被災者支援法』をつくろう」と支援法の必要性を訴えて東京や神戸で集会やデモ、署名集め、街頭宣伝など三桁に近いほど、何十回やられたことでしょう。それには、なぜか参議院会館の新社会党という小会派の栗原事務所が活動の拠点でした。小田さんは「栗原事務所は永田町のオアシスのようだ」といって〝栗原サロン〟と命名され、常に〝栗原サロン〟には支援法の関係者が出入りして、毎日が大変にぎやかでした。

小田さんをはじめ市民＝議員立法実現推進本部事務局長の山村雅治さん、東京・事務局長の玄香実さんを中心に、被災者の皆さんや東京の支援者のみなさんが超党派の国会議員を動かしました。市民運動の方々は、国会に来られたら〝栗原サロン〟に荷物を置いてお茶を飲み、一服してから要請書を持っては議員事務所を回られるなど、様々なロビー活動をされました。そのころ、神戸市民の中では「なんで栗原は自分たち被災者の問題に一生懸命なのかしら？」「それは広島の出身だから原爆の惨状と震災の惨状が重なるからであろう……」などと囁かれていたと後で聞きました。

参議院法制局のアドバイスも受けて法案の骨子を固め、法案作りにはいりました。法案はできても、いざ国会に提出するには、与党の中心である自民党の村上正邦参議院幹事長（当時）を説得しなければなりません。果して、市民側の法案説明を聞いてもらえるものか不安もありましたが、当たって砕けろと勇気を出してお願いすると何のことはない、会ってもらえることになり、小田さんをはじめ市民代表五人と自民党幹事長室に入りました。私は村上さんと小田さんが意気投合され、村上幹事長から参議院先議での委員会審議の約束をとりつけた時のことを覚えています。委員会での法案審議では、小田さんたち大勢の傍聴者の前で本岡昭次議員（民主）や山下芳生議員（共産）、田英夫議員（社民）、島袋宗康議員（無所属）、片上公人議員（公明）たちと私も法案提出者席で議員の質問に受け答えしました。

小田さんたちの行動が始まって二年近く経過したでしょうか。結果は市民と議員で作った「災害被災者支援法（案）」とはかけ離れた、使い勝手の悪い政府案＝与党案（自民・社民・さきがけ）の「被災者生活再建支援法」が成立しました。市民案が成立できなかったことで気落ちしていた私に、小田さんは「市民と議員で支援法を作らせたではないか」「栗原サロンがあったからここまでやれた」と言ってくださいました。政府案の『被災者生活再建支援法』の成立後も被災者や東京の支援者たちは「一番良いのは、災害被災者支援法！」「市民案の成立を！」と国会前での座り込みを会期末まで続けました。小田さん自身の市民案に近づけるための闘いも病魔によって中断されるまで続けられました。

九八年に参議院議員を引退してからも節目、節目の護憲集会で小田さんに無理な講演依頼をすると、いつも快く引き受けて下さり、こちらの甘えもあって何度も広島までご足労いただきました。特に被爆地ヒロシマの活動家に対して、反戦、反核、平和、憲法九条を守るため先頭に立って頑張って欲しいという特別な想い入れがあったようです。それは著書『HIROSHIMA』で述べられていることからも理解できます。小田さんの早口な講演に参加者は一言も聞き逃すまいと懸命に聞き入り、身近なところから社会を変えることができるというその主張は解り易く、皆さんを勇気付けるものでした。

不十分と思われる現在の『被災者生活再建支援法』も、この間の地震や水害など大型災害による多くの被災者が恩恵を受けているのは、市民と超党派議員で法案作りに奔走したからであるというのが、私にとって救いでもありました。小田さんは「いくら何でもひどい時、市民は立ち上がる」と言っておられ、自身が市民の立ち上がりの火付け役であり、先頭に立つ人でした。

現在『被災者生活再建支援法』をもっと使い勝手の良いものにすべきだという声が政府内からでています。二度目の改正を来年に控えた重要な時期に小田さんは逝かれました。もっと生きて、鋭く書き・語り、行動していただきたかったのですが、憲法九条まで変えられようとしているこの時代、小田さんが残された課題に向けて頑張ります。

ご冥福をお祈り致します。

（元・参議院議員）

人間の国へ、市民＝議員立法

今村　直（すなお）

はじめに　「阪神・淡路大震災」から十二年七ヵ月余、「その日その時」を知るものはなかった。一九九五年一月十七日、早朝五時四十六分、マグニチュード七・二の直下型地震が発生、死者六四三四人、被災住宅六三万九六八六棟、大地動乱の時代のさきがけである。その時、流された血と涙は大地を浄化し、被災市民の心には深い悲しみと涙痕を刻んだ。

作家小田実さんは自らの被災体験からこの国は「人間の国」ではないと痛感し、生活再建への公的援助を求め「市民＝議員立法」の法制化への市民運動に献身された。小田さんは無名の若者、市民を運動の主人公（主体）へ導いた。その運動の結実が「被災者生活再建支援法」（一九九八年五月十五日、衆院本会議で可決、成立）である。

一九九六年初夏　小田実さんから一通の手紙をいただく。万年筆の太字の書体で便箋七枚、「阪神・淡路大震災の生活基盤回復のため公的援助、公的資金を導入可能にする市民＝議員立法の実現に協力、参加して欲しい」という主旨で切々たる祈りにも似た内容であった。手紙をすぐ栗原君子議員に読んでもらい、小田さんに承諾の返事を書いて送った。この一通の手紙を介して小田さんと私は出会った。当時、私は栗原君子議員の政策担当秘書をつとめていた。

一九九六年初秋　国会の前庭に小菊の花が香り、萩の花が風に揺れて咲く頃、小田さんは参議院議員会館五階の栗原事務所（五三五号室）を訪ねて来られた。九月一九日（木）の昼下がり、事務所で参議院法制局（第二課）国民生活・経済調査担当の長野課長と、小田さん自身が起草された「被災者生活基盤回復支援法案」の立法化の可能性について相談、協議された。この日から法制局の指導助言を受けながら法律案づくりが始まった。

〝栗原サロン〟のこと　東京へ、国会へと被災市民たちはマイクロバスで上京してきた。市民に開放された議員会館五三五号室はサロンのようなにぎわいをみせた。お茶を飲み、歓談し、ロビー活動の準備や打ち合わせなどで市民たちの顔は輝いていた。市民議員立法実現本部（代表・小田実）の東京事務局長であられた玄香実さんも毎日のように見え、陣頭に立って奔走された。

小田さんも上京のたびに必ず事務所に立ち寄られた。「ここは議員の部屋というよりはいつきてもくつろげる談話室、サロンのような場所だね」と小田さんはよく言われた。院内記者会見の原稿などは全部ここで書かれた。それからは誰彼となくみんなが親しみをこめてこの部屋を〝栗原サロン〟と呼ぶようになった。

『神戸新聞』、『朝日』、『毎日』、『読売』の阪神支局の記者たちも集まるようになり、サロンは情報交換や取材の発信基地ともなった。

栗原サロンでの小田さんとの出会いは深い絆で結ばれた。〇二年九月一一日のイラク戦争反対声明とイグナチオ教会での記者会見と集会、慶應義塾大学経済学部・特別招聘教授として小田さんが担当された「現代思想」講座、〇三年夏のベトナム平和の旅でのグエン・チ・ビン女史との再会と平和の訴え、〇四年の日越市民交流など小田さんと行動を共にしてきた日々のことがいま、きのうのことのように鮮やかによみがえってくる。

こうして「一期一会」の出会いは一通の書簡で始まり、この春の惜別の便りで終る。そこには末期ガンであることが告白されていた。手紙の行間からは小田さんの生きるたくましさと同時に深い悲しみの肉声が聞こえてきた。惜別の涙が頬を濡らして止まなかった。『私の祖国は世界です』（玄順恵）――民族・国家を超えて思考し、生きることを小田さんから深く学び体験させていただいた。

私はその感謝への思いをこめて「聖母の月」とよばれる五月に聖路加国際病院に入院された小田さんへ「ルルドの聖水」を届けた。

二〇〇七年夏――惜別の時　小田さんとの出会いから十数年の時が流れた。地上での別離がこんなにも早く来ようとは……。「人生の年月は七十年程のものです。すこやかな人が八十年を数えても得るところは労苦と災いに過ぎません。またたくまに時は過ぎ、わたしたちは飛び去ります。」（旧約聖書、詩篇第九十篇十節）。

蝉時雨の酷暑、文月（ふみづき）三十日未明、小田さんは地上での七十五年の生涯を終えられた。八月四日、東京・青山葬儀所での告別式が終り、追悼デモがあった。西宮の切畑さん、東京の鈴木美紀、岩田利子両姉、杉原君たちが「市民＝議員立法ありがとう」のプラカードを掲げ小田さんを偲んだ。私は桐ヶ谷斎場へも同行させていただいた。

荼毘に付すその一瞬の厳粛さ、玄順恵さんは泣き崩れ、慟哭された。流された涙には天使ガブリエルに導かれて天国へ飛翔する小田さんの姿が映ってみえた。

小田さんは在りし日、無垢に、ひとすじに平和を追い求めて旅をした。その口（くち）には「市民の文（ロゴス）」があり、その舌には理性と静謐が蜜のしたたりのように流れた。その生涯は人間の不条理とたたかい、永遠のいまの時を生きた。この人こそまことに神と人とに祝福される人であった。

小田実さんのこころと魂はずっと永遠に生き続ける。

「小田実死すとも死せじ蝉時雨」

（二〇〇七年八月三十一日　記す）

（「小田実の文学と市民運動」を考える会・代表世話人）

「市民の意見」とともに

北川靖一郎

実は、五月七日、東京に向けた出発のお手伝いで、新大阪駅に出向き、小田実さんを見送った後、記憶の新しいうちに、二〇〇〇年代の「市民の意見30・関西」の足跡を、整理しておかねばならないと思い、その作業を開始し始めた（「市民の意見30・関西」は、「日本を変えよう、強者の政治から弱者の政治へ」を実現するため、三〇項目の提案を、一九八九年一月一六日付けの朝日新聞に掲載した政策等を具体化することをめざし、小田さんを代表者にしてその年に関西地域を中心に結成した。そして、一九九九年一二月二三日の、小田さんの「ゆう（ほころび）がきた日本」での、二一世紀の市民の提言の提起以降新たな歩みを始めた）。始めてみると、小田さんの七〇歳の誕生日を記念した「古希を祝う会」を行った二〇〇二年以来のこの約五年間だけを取り出しただけでも、とてつもない小田さんの「仕事量」を確認することとなった。

「古希を祝う会」前後から、「西宮」の自宅を一人又は複数で、訪問する回数も増えた（その度に、小田さんの人生の同行者の素敵な手料理の夕食のお相伴にありついた。一度は、ステーキは自分で焼くに限るということで小田さんの手料理も頂戴した）。「市民の意見」関連の月一回のペースの会合の主宰は言うに及ばず、市民＝議員立法運動での八面六臂の活躍、二年間にわたった慶應義塾大学の「現代思想」の講座や大阪大学での講座など大学関係の講座への関与、本業である著作においても、月一回連載の「河」や「西雷東騒」、そして、多数の「小田実」著にとどまらず、間接に関わられたものを含めれば、膨大なものになる、おまけに、「九条の会」関連を含めた全国への講演の行脚、さらに、団長として、ベトナムへの四回の訪問（うち二回は日越市民交流で）を始め、数え切れないほどの外国訪問等々、それらの超過密な忙しさの中で、いつ勉強し、いつものを書き、いつ意表をつく提案を考え出してくるのか、訪れるたびに驚かされたことがつい昨日の出来事のようによみがえる。

たまたま私が参加した、西宮市での会合の壁に、集会名称の一部として、「今でも憲法は旬」と張られていたのを見た小田さんは、「今こそ旬」にすべきであると指摘され、それが、後日結成された「九条の会」のメインスローガンに採用されたように、言葉に魂を吹き込む指摘をたびたび行い、また、巧みな「造語」も再三再四見られた。

「思い出」は尽きないが、大御所的存在にも拘わらず絶えず挑戦心を失わず、また、いついかなる時にもそして誰に対しても、一対一で、対等な人間として（それゆえ、なかには重圧を感じて不平をこぼす人も多々いたが）真剣に向き合っていたことは印象的である。

「偲ぶ会」で、「小田さんが蒔いた種を枯らさず、咲かせるよう努める」と、大見得を切ったものの、その大きさをしっかり理解していたのか、はなはだ心許ない（目の前の木だけを見て、森を見なかった故に、臆することなく向きあえていたと手前味噌的に思っていたにすぎなかったのでは）。

人類の原典である「ギリシア文明」への共感を絶えず念頭に置き、主張と実践を行ってこられた（イリアスのギリシア語そのものからの翻訳の試みなど）。「河」で試みられた、孫文や中国国民党左派の「五権憲法」の主張や、「民主主義」と「自由」の新しい概念形成の試みなど、引き継ぐには到底手に負えそうにもない課題が沢山残されている。

一方で、病床にありながら、様々なメッセージを残された。現状が、ワイマール憲法下のナチス台頭と酷似していることや市民が「市民の政策」を持つ意味など、である。

「八月一四日」にこだわった、「絶対平和主義」の内容とその運動潮流を内外に形成すること及び「市民の政策」づくりの柱として、当面福祉基本法の理念確定に向けた努力などを両輪としながら、小田さんが主張と実践を行ってきた全体像と向き合いながら、一歩でも前進させるとの誓いを述べることを、小田さんへの手向けの言葉にしたい。

小田さん、ありがとうございました。

（「市民の意見30・関西」事務局長）

節目のひとこと

金井和子

高校生時代に先生と出会ったことは私の人生を根本的に変えました。人生の節目節目で、先生が語られた声とことばがいまも耳に残っています。

「これからみんなでお茶でも飲みにいこう」（一九六二年）

小田実先生は予備校での授業をおえると、受講生に声をかけられ、私たちは近くの喫茶店に場所を移して、先生を囲んでのおしゃべりに時間を忘れました。ちょうど、日本の高度成長が始まる直前の時期で、いまから思えば、戦後日本政治の大きな転換点となった「六〇年安保」という大きな政治の季節の余波が去り、次の大きな政治季節の「ベトナム反戦運動」が始まる前の、エアーポケットのような平穏な時期でした。日本は経済の時代に突入しようとしていました。経済的高度成長期の助走がすでに始まっていて、小田先生は前年に『何でも見てやろう』を出したばかりでした。

「こんど、ベトナム戦争反対のデモをするんや」(一九六五年)

一九六五年四月二四日、東京・赤坂の清水谷公園に出かけて、ベ平連の集会に参加し、集会後、生まれて初めてデモ行進をしました。一人で参加したので、周りは知らない人ばかりでしたが、最後まで歩き通しました。その後、私はベ平連が主催・共催したさまざまな集会やデモに積極的に参加するようになり、一九六六年の日米市民会議では裏方も手伝い、ベ平連の事務所があった神楽坂によく通いました。

「初めて行く外国が韓国だなんて、いいことだ」(一九七二年)

韓国の詩人・金芝河氏が「五賊」という強烈な詩で朴正熙体制を批判し、馬山の結核療養所に軟禁されていたときのことです。「金芝河救援国際委員会」を組織した小田先生は、詩人を日本に紹介した宮田毬栄さんとともに渡韓し、救援を求める全世界から集まった署名簿を政府に渡して、詩人に会うつもりでした。ところが、二人に入国ビザが出なかったため、鶴見俊輔さんと真継伸彦さんと私が代わりに渡韓することになりました。私が療養所の受付をすきをみて「突破」したことで、病室にいた詩人に会うことができました。このときの訪韓では、前年の大統領選で惜敗した金大中氏を始め、反体制活動をしている多くの人びとと会いました。私にとって初めての外国になった日本の旧植民地、韓国とのかかわりは、私の近代史認識の蒙を啓き、韓国民主化運動支援、金大中氏救命運動への参加につながりました。

「いい仕事をしたね」（二〇〇四年）

〝ホメーロスはふつう、「ヨーロッパ、西洋文学」の父とされる詩人だ。しかし、ホメーロスが生きていたころ、私たちが考える「ヨーロッパ、西洋」は存在したのか。……ホメーロスが生きていた紀元前八世紀に、その名の文明があっただろうか。当時の「ヨーロッパ、西洋」はただの黒い樹林のひろがりの土地としてあっただけではないのか〟――小田先生が長年抱いていたこの違和感と疑問を解いたのは、マーティン・バナール著『黒いアテナ』（一九八七、一九九一）でした。この本を是非日本に紹介しなければいけないと思われた先生は、私に翻訳を持込まれました。その翻訳（『黒いアテナ――古典文明のアフロ・アジア的ルーツⅡ　考古学と文書にみる証拠　上・下』藤原書店、二〇〇四年、二〇〇五年）が完成したとき、めったにないことでしたが、先生は私を褒めて下さいました。『黒いアテナ』シリーズの翻訳がまだ残っています。先生から託された宿題と思ってとり組むつもりです。

「今年の秋はドイツに行こう」（二〇〇七年）

二月中旬、今秋予定されていた日独平和フォーラム二〇周年のドイツ訪問について、先生と一緒に旅行社の担当者と打ち合わせをしました。これまでも私は小田先生とご家族、友人・仲間たちと一緒に、何度も旅をしてきました。車で、バスで、列車で、船で、飛行機で。広島、香住、新潟、小浜へ行きました。バンコク、シンガポール、ソウル、チェジュ、ハノイ、ホーチミン、ディエンビエンフーへも行きました。ナホトカ、ハバロフスク、北京、天津、平壌へも出かけました。いまでもそのときの街角の光景が、道をゆく市民の表情や話し声とともにありありと浮かんできます。ドイツへも一緒に旅するはずでした。ところが、七月三〇日、小田先生は帰らぬ旅に旅立たれました。

十代のときから四五年という長い歳月を小田実先生とともに歩くことができて幸せでした。感謝は尽きません。しかし、もっと一緒に旅をしたかった、おしゃべりしたかった、歩きたかった、笑いたかった、叱られたかった——。悔しいです。

（翻訳家）

「脱走兵が来た」時に始まった

坂元良江

一九六七年一二月一七日、当時住んでいた団地のダイニングキッチンで新聞を開いた時の衝撃と高揚感を今も鮮明に思い出す。イントレピッド号からの脱走米兵をべ平連が助け海外に出した記事だった。記者会見の中心に小田実さんがいた。それから間もないある夜、一歳児だった息子も寝静まった後に連れ合いの本野義雄が「話があるんだけど」といつになく改まった口調で話し始めた。その緊張した面持ちにいったい何事かと私も身構えたことをよく覚えている。

「脱走兵を家に匿いたい」という提案だった。親友の高橋武智さんからの話でそれも池袋駅の改札口で待ち合わせそこで立ち話をしてきたという急な話だった。翌日には脱走兵は我が家にやって来た。べ平連の小田実さんたちが佐世保でエンタープライズの米兵たちに脱走を呼びかけているのを脱走兵と一緒にテレビで見た。

それから一九七四年のベトナム戦争終結まで六年、最後に脱走兵を国外に送り出した一九七一年まではわずか三年だったのが不思議なくらいそれは私にとって長い長い月日だった。その後四〇年の私の人生は「脱走兵が来た」時に始まり現在に至っている。国を捨て、家族を捨て、自分の将来まで捨てて脱走した兵隊たちに突きつけられたものは大きかった。小田実さんが提起したべ平連の運動論、組織論は普通の左翼少女上がりだった私の価値観を大きく変えた。身軽になったしラディカルになったとも思う。

脱走兵援助活動に深く関わるようになった私はその中で小田さんとお会いする機会もあったが、私にとって小田さんはやはり当時べ平連の若者たちが冗談で言っていた「小田天皇」という感じはまぬがれない存在だった。脱走兵援助に直接関わる者はあまり表立ってべ平連の事務所に出入りしたりデモに参加しないという暗黙のルールもあった。小田さんと会うのは脱走兵を匿ったり、作戦会議をする都内某所といった隠れ家のような場所だった。小田さんは問題を解決するとさっさと去っていった。

テレビプロデューサーとして私が小田実さんにお会いしたのはベトナム戦争も終わった後で、小田さんが教えておられた代々木ゼミナールの講師控室だった。教育問題を語っていただいたり、宇都宮徳馬さんと対談していただいたりといった程度で恒常的なお付き合いとは言えなかった。「小田実結婚」のニュースに驚き、ベルリンに住む小田さんの様子や長女が生まれたとの新聞記事を読んだりの八〇年代は小田さんと私の距離は普通のファンのそれと同じだった。

一九九三年、NHKが新しい紀行番組を始めることになりその制作を引き受け、小田さんにご出演をお願いした。大好評だった「世界わが心の旅——小田実のベルリン　生と死の堆積」はその後もたびたび再放送されている。

その番組制作を機に小田さんと私の再度のお付き合いが始まった。「小田実のわが友アメリカと語る戦後五〇年」「小田実対論の旅　正義の戦争はあるのか」「小田実・井上ひさし　新春対談　人間の国を求めて」などいくつものテレビ番組を制作した。アメリカ合州国の各地、ヨーロッパを一緒に旅した。番組にはできなかったが小田さん、娘さんのならさん、金井和子さんと四人で北朝鮮へも行った。ならさんの伯母様、いとこたちに会う旅だった。小田さんを団長とするベトナム訪問団にも参加した。小田さんが人生の同行者とよぶ玄順恵さんとも親しくお付き合いさせていただくようになった。出演者とテレビプロデューサーという関係以上のお付き合いをいただいたのには、四〇年前の脱走兵援助活動の仲間という近しさがあったからだろう。その間に『となりに脱走兵がいた時代』（思想の科学社、関谷滋・坂元良江編）のために小田実さんと久野収さんの対談をお願いして原稿にまとめるという仕事もさせていただいた。小田さんを通じて私が得るものは大きかった。

身体もスケールも大きな小田さんが「小さな人間」の立場からいつも物事を考え発言することに私は同感し共鳴し気がついてみるといつも小田実さんの近くにいた。なかでも「ひとりでもやる、ひとりでもやめる」という小田さんのポリシーは私にとって人生の大きな指針だった。

七月三〇日未明、ならさんからお電話をいただいた。病室に伺ったのは二時二〇分、小田さんが息を引き取られた一五分後だった。小田さんの大きな手は暖かかった。私の人生を大きく導いてくださった方とのお別れだった。

今日も編集室で朝から夜まで小田実さんの映像を見た。小田さんが、ご自分が病気であること、余命は限られていることをお知りになってから語り残された言葉と、病院で最期まで原稿を執筆されるご様子などを撮影させていただいた。撮影することは小田さんご自身の提案だった。感動的だった告別式後のデモの様子もあわせて、小田実さん最後のテレビ番組「小田実　遺す言葉」は一二月初旬にNHKから放送される。

（テレビプロデューサー）

弔辞

山村雅治

小田実さんに九〇年代はじめに出会い、最晩年に至るまでつねに身近にともに歩いたものとして、感謝の言葉を捧げます。

私は少しだけ生まれてくるのが遅れ、小田さんの本はたくさん読んでいたものの、べ平連はおろか、一切の学生運動・市民運動の体験がありませんでした。だから、私が小田さんの前に現れたとき、私はまるで「カラマーゾフの兄弟」の登場人物でいえば、コーリャのような少年として映っただろうと思っています。

一九八六年、こつこつと一人だけで市民文化をつくる活動を始めました。芦屋に山村サロンという場をつくり、誰もが対等、平等な地平において、借り物でない自分の言葉で、自由にものごとを語りあう。文化はそこからしか生まれない。やがてはそこから生まれる平和の思想を全地におしひろげる力も生み出せるかも知れない。

そんな考えをこめて、はじめて小田さんに手紙を書いたのは、すでに西宮に移られてからです。山村サロンの自主イベントは、私の好きな音楽家を呼んで音楽会を開くことが主でした。至近の距離に住まれる小田さんに文学講座を開くことをお願いしたのです。

初めてお会いした小田さんは、やはり大きな人でした。しかし人懐っこい笑顔で「私はサロンが好きや」とおっしゃいました。中村真一郎さんや久野収さん、そして韓国の文化人たちをゲストに招き豊穣な文学講座は続いていました。

そして一九九五年一月一七日。

阪神淡路大震災に遭い、小田さんは西宮で、私は芦屋で被災しました。そこから先のことは、小田さんご自身が膨大な量の評論と一冊の長編小説『深い音』のなかで書かれています。

小田さんと私は、政府・自治体への怒りを共有していました。義援金配布のみに頼り、市民は棄てられていました。

まず「市民が市民を救う」という考え方で立てられた「市民救援基金」活動を一年やり、その後、それでも被災者の支援を義援金だけで済まそうとしていた政府と自治体に支援金を要求する「被災者からの緊急・要求声明」を神戸の市民たちとともに発し、九六年五月からは「市民＝議員立法実現推進本部」の活動が始まりました。

「私が代表をやるから、事務局長はあんたがやれ。事務局は山村サロンや」と即刻決まり、ほかに場所を借りる余裕もない私たちの市民活動の拠点が、私の職場でもある山村サロンになったのです。半壊の修理に半年間を費やし、再オープンしても仕事はありません。スタッフも被災者ばかりで、書類づくり、国会議員全員への宛名書き、袋詰めなどの作業を繰り返す時間はたっぷりとありました。

同じ怒りを共有する市民も超党派の議員もがんばりました。その活動は九八年に「被災者生活再建支援法」として結実し、それは財産の個人補償にあたるから住宅本体には適用されない等、私たちが成立後もたびたび衝いてきた制限に満ちたものでしたが、小田さんが亡くなったこの七月三十日、まさにその日に、同法の検討会で、ようやく「住宅本体への拡大」が国として検討課題として明記されたのです。

小田さんは、だから、なお生きておられます。小田さんの意志は地上に残り、なお世の中に働きかけています。

不可能だと誰もが思っていた「震災被災者に公的援助を」という運動で、世論を動かし、国会を動かしたのは、まず小田実さんの言葉の力でした。古代ギリシャを通じてロゴスとレトリックを知り抜いた小田さんの政治の現場を動かす言葉を、論破できた国会議員はいません。

学問も、芸術行為としての文学も、小田実さんは最期の病床にあっても続けておられました。小田実さんと何度新幹線で往復したか数え切れませんが、車中での話は政治の話はお互い避けて、文学や音楽、芸術の話ばかりをしていました。小田さんは、そういう人でした。人は日頃は生業に打ち込むが、これはいくらなんでもひどすぎるというときに、決然として市民運動をやる。少年時代の空襲体験という原点を見据える眼が震災時にも輝き、自然災害ではなく人災として、無駄に人を死なせていく政府の罪を糾弾し抜いたのでした。これは人間の国か、と。

市民が安心して生きていける国。人間の国であることを求めて、ネット上にメッセージを掲げる「良心的軍事拒否国家日本実現の会」を、小田さんと二人で立ち上げたのは二〇〇〇年の秋でした。そのあたりから小田実さんは市民運動の集大成に向かわれます。運動の原理においていささかの矛盾もなく同じだから、私も「市民の政策づくり」をめざす、小田実さんのライフワークになるはずだった「市民の意見30・関西」の集会に合流し、新しくつくられた「日本・ベトナム市民交流」にも参加し、イベントも共催が常態になっていくことになります。そして、ご病気の発覚。

この四月の終わりに、小田さんは大阪と芦屋の運動の要になっている私たちを西宮の病床に呼ばれ、あらゆる市民運動の代表を辞任されることを告げられました。

小田さん。小田さんは死んでも死なない。

小田さんはすでに、私のなかに生きていて、みんなのなかにも生きていて、ひとりで歩くようになっても、つねに前には大きな小田さんの背中があり、横にも小田さんが歩いていて、急な坂では小田さんに背中を押されている気がするはずです。

安らかにお眠りくださいとは、いいたくありません。

小田さんは、あなたの魂、あなたの言葉は、なお平和を求めてやまない地上に生き続けているからです。

ありがとうございました。

二〇〇七年八月四日

山村雅治

（山村サロンオーナー）

「文（ロゴス）」以前の小田実

齋藤ゆかり

その日は朝から風が吹き荒れ大雨だった。建物越しに途切れ途切れのぞく江ノ島の海は、七月末なのにどす黒くて白波が立っていた。

「台風が来ているようですが、十時半に小田原に着く新幹線に乗ります」

前々日に届いたこのファックスの予告どおり、小田さんは十一時半ごろ藤沢のわが家に現れた。マンションの廊下をゆっくり歩いて来るその姿に、私は思わず動揺した。すっかり白くなった髪は写真で見ていたものの、歩調の心もとなさと、猫背でも大きかった人の見上げずにすむようになってしまった背丈にショックを受けたのだ。が、視線が合うと、戸惑いがお互いさまであるとわかった。

「やあ、お久しぶり。あれ、昔はこんな小さかったのに……」と、小田さんは困ったような笑顔で片手を腰の高さにかざし見えない子どもの頭をなでた。「昔」の私というのは幼稚園の終わりから中学に入るまでぐらいの年齢で年のわりに小柄だったのだから無理もない。三十余年ぶりの対面だった。

悪天候のなかを西宮からわざわざ訪ねて来てくださったのは、その十日ほど前に他界し密葬を済ませた母のためである。居間のピアノの上に飾られた遺影と遺骨に無言でゆっくりと歩み寄り線香を焚く氏の後ろで、私は二人の久々の再会を邪魔しては悪いような気がして床に視線を落とした。

『何でも見てやろう』の出版直後から十年余りにわたって多くの歩みをともにした二人。ずっと途絶えていた文通や著作の贈呈を老いてから再開したのは、減り始めた同世代の連帯ゆえか、昔懐かしさからだったのか。

簡単な昼食を用意する間、私は小田さんに古い木箱を供した。べ平連を煙に巻いてどこかを旅行中と思しき二人が互いを撮りあったスナップや、学校をさぼって彼らに連れられ東北や信州、伊豆、関西に遊ぶ私の写真などがいっぱい詰まった箱である。

あの弔問からちょうど三年目の今年の七月三十日、今度は小田さんの訃報に接した。寄る辺なき身となった者の心細さ。でもその孤独感がどこからくるのか、不思議だった。

たしかに、あちこちへの旅やおいしいご馳走、珍しい体験をもたらしてくれるこのおもろいオッサンが私は大好きだった。でも、大阪弁は母の通訳なしにはチンプンカンプンだったし、時々くれる手紙の筆跡もお手上げだった。白状すると、印刷された著作でさえ、母の部屋の片隅に積み重ねられた埃まみれのごつい本を手に取ったのは人より遅かったように思う。私の馴染み親しんだ小田実はおよそ「文（ロゴス）」とは関係ない人だった。

それでも今振り返ってみると、根本的な人間形成の過程で無自覚のうちに受けた影響の多大さを痛感せずにはいられない。十代初めに触れた公害のニュースで社会問題に関心を抱くようになったのも、思い立ったことは一人でも躊躇せずすぐ行動に移したがる性急さも、早くから遠い世界に惹かれて外国に飛び出したのに、やっぱり日本のことが気になって仕方ないのも、みな人生のごく自然な流れだったように勝手に思い込んでいたけれど、おそらくこのオッサン抜きにはあり得なかったことなのだ。好奇心旺盛でけったいな子猫をちょっと離れたところで見守る親猫さながら無言のうちに励ましてくれる小田さんの存在がなかったら、私はきっと無関心の壁の手前で行き詰まっていただろう。

そしてこの三年間、日本に身寄りがいなくなった私がイタリアから帰国するたびに自宅に招いてくださる傍ら、共通する課題をいくつも抱えた日伊両国の市民レベルの情報交換をサポートしようと始めた資料センター《雪の下の種》の活動の顧問的役割も買って出てくださった。

そんな最近のおつきあいもあって、昨二〇〇六年春、NHK出版に勤める友人からインタヴューをもとに語りおろしの新書を出す企画の相談を受けた時、私はすぐに小田実さんを提案した。もう一度、今度は「文(ロゴス)」を通じてこの人と向き合ってみたいと思ったからだ。

インタヴューは、『終らない旅』が出て間もない十二月、二日にわたり行なわれた。ベ平連時代に展開するこの小説が呼び起こしてくれた懐かしさも手伝って話は弾み、古代ギリシャから古今の日本、現代のアメリカまでの政治だけでなく生活と文学を網羅する小田実の思想のコンパクトな集大成になるはずだった。執筆中の著作やこれから書きたい素材も話題になった。さすがに最後の晩はお疲れの様子が見えたものの、まさかこの『中流の復興』が生前最後の著作になろうとは……。

突然の入院と治療でゲラの校正もままならぬ著者に代わって原稿の最終的な整理を一任された私は、再び腰の高さの子どもに戻ってしまったような気がした。その未熟な仕事を苦笑いしつつ甘受してくださった小田さん、心からありがとうございました。

(翻訳家)

エッセイ頭と小説頭

中山千夏

六〇年代の小田実を知らない。若い芸能人だった私には、べ平連ははるか遠くの世界だった。七〇年代前半、ウーマンリブの流れに加わってからも、小田さんの像は見えなかった。名前だけは時々、聞いた。小沢遼子さんなどの口の端に登っていた。

なんとなく像ができてきたのは、七〇年代も後半に入ってからだ。一九七六年、私は革新自由連合（革自連）の発足に加わった。主要なメンバーに、久野収さんがいた。当時はなにも知らなかったが、あとになってみると、久野さんと小田さんはごく近い関係だった。革自連を続けるうちに、吉川勇一さんや福富節男さん、渡辺勉さんなど、べ平連のひとたちと知り合ってゆく。彼らの話の断片が、私のなかの小田実像をはっきりさせていったのだろう。しかし、当時、聞いたなかで最も印象に残っているのは、矢崎泰久さんの話だ。雑誌『話の特集』の編集長と執筆者、という関係を軸にして、矢崎さんは小田さんと親しかった。それはこんな話だ。

小田実はステーキが好きである。ある日、思わぬカネが入ったので、ステーキを食おうや、ということになって、六本木の高級店へ行った。うまいうまいと食っていたら、石原慎太郎が来て、挨拶をかわした。後日、慎太郎がなにかにこう書いた。小田たちがこそこそとステーキを食っていた。彼らが堂々とステーキを食えるようにしてやりたい。「ぼくらは真ん中で堂々と食べてたんだよ！」。

この話を聞く前か後かは忘れたが、そのころ小田さんの実物に会っているはずだ。しかし、まだ像はぼやけている。

急速に親しくなったのは、一九八三年初夏、参院選への出馬を勧めにいってからだ。その三年前、私は、革自連から出馬して、すでに参議院議員をやっていた。矢崎さんといっしょに会った。小田さんは、出馬の意義をあっさり認めた。しかし、出ない理由をいろいろ並べた。議論の様子から、誰ともタイで話すひとなのだな、とわかった。

詳細は忘れてしまったが、それは小田さんが、市民運動で働こうとしない有名な作家や学者の実名を挙げて、口だけで行動しない、もしくは自分の手を汚そうとしない、という意味の批判をした時だった。私は、まだ少し小田さんが怖かったが、いやタイで話せるひとだ、たぶんだいじょうぶだ、と勇気を出して、言ってみた。同じ批判を小田さんに対して、今、持っている、と。即座に小田さんは、わかった、と言った。わかった、出るよ、でも今年はだめだ、三年後、あなたの再選のとき、必ずいっしょに立つ。

これで一挙に小田さんは、信頼できる友人になった。その信頼は、三年後の選挙シーズンに、小田さんが妻子と共にドイツへ移住してしまっても、変わらなかった。私の信頼は、約束を守るかどうかではなく、誰とでもまっすぐに議論して、自分への批判が正論だと思った時には、きっぱり認める、という人間への信頼だったからだ。約束のほうは、もしかするとどうしても選挙に出たくないのでドイツへ逃げちゃったのかも、と考えると（今でも多分にそう信じている）、その国際的かつ絶対的な逃げ方に、むしろ誠意を感じてしまった。何人もの作家や学者を口説いては逃げられていたけれども、こんなに誠実に逃げたのは小田さんだけだった。

ドイツから戻った小田さんと再会した時、きれいなブローチをお土産にもらった。狙いをつけているジャガーの形で、毛皮の模様の白い部分には光るガラスの粒がはめ込まれていた。玄さんの選択に違いなかった。選挙の話は、約束以来、まったくしなかったが、たぶん小田さんはずっと気にしていたのだと思う。それがブローチになったのだし、以後もそれで、過分に大切にしてくださったのだと思う。

特にふたつの励ましは、本当に嬉しかった。国会活動について、よくこう口にされた。「ようやった。ほんまにあなたはようやったよ。入っても変わらんかったのは中山さんだけや」。小説について、これは一回だけ、編集者たちに向かって。「中山さん、なかなかええ小説書いとるで」。本気とは思えなかったが、ご自身の小説集の解説を書かせたことを考えると、少しは信じられる気もして、嬉しかった。身勝手な話だが、小田実の死は私にとって、大きな応援団の喪失である。心細いかぎりだ。

エッセイ（論文）を書く頭と小説を書く頭とは違う、切り換えて書く、という小田さんの教えは、実感を伴って心に深く残っている。ほとんどが公の付き合いだった。市民運動家としての小田さんだった。いわばエッセイの小田さんとばかり付き合って終わった。けれども、私がずっと身近に感じていたのは、そして今も懐かしいのは、小説の頭の小田実だ。

国会活動は、市民運動以上に、小説の頭を阻害する。市民運動に充分尽くした小田実の人生を考える時、出馬しない、という小田さんの選択は正当だったと思う。

（作家）

小田さんの素晴らしい大家族

ブライアン・コバート

小田さんに大きな影響を受けたと言う人は数知れない。彼等が小田さんについて語る時、多くの人が、ただ小田さんについていくのではなく、小田さんの呼びかけに応えて、自分にできる方法で実際に行動する事を学んだ、と言う。そのように小田さんに影響を受け、行動を起こした人々は、大きな意味で小田さんの家族と言ってよいのではないかと思う。

一九八〇年代の半ば、初めて日本にやって来て新聞記者として働き始めた頃、私は小田さんのことを知った。ずっと、小田さんに会って話を聞きたいと思いながら、なかなか機会はやって来ず、思いはかなわずに時間が過ぎた。

二〇〇四年になってようやく、兵庫県芦屋市の山村サロンで開かれた小田さんと、ベトナム戦争に参加する事を拒否した元アメリカ兵との話を聞く会で、私は小田さんに会い、話をする事ができた。その後、小田さんと年賀状やファクスのやり取りが続いた。

昨年、私は小田さんにインタビューをお願いし、西宮のご自宅でお話を伺った。書き上げた記事をインターネットに載せ、小田さんにファクスでＵＲＬを伝えた。

小田さんは、インタビュー記事をどう思われているのだろうか、と思いながら二日が過ぎた。二〇〇六年三月一六日午後二時三分、見慣れた小田さんの手書き文字のファクスが入って来た。

「インタビュー記事を読み終えた。とても感謝しているし、楽しんでいる。すばらしい出来だ。ありがとう」そう書かれたファクスを読み、胸をなで下ろした。小田さんの試験にパスしたような気分だった。

約八時間後の同じ日の午後一〇時七分、新たなファクスが小田さんから入って来た。「今、インタビュー記事を読み返したところだ。もう一度お礼を言いたい。私が受けたインタビューでおそらく最高だ。あなたはこの仕事を誇りに思うべきだし、私も誇りに思う。この事が言いたくて、もう一度ファクスを送った。またいらっしゃい、話をしよう。」

この二枚の小田さんの言葉ほど、これからもこの仕事を続けていく上で、私を勇気づけたものはない。そして、小田さんの暖かさを深く感じ取った。

八月四日の葬儀で、加藤周一さんが「彼の呼びかけは格別の説得力をもっていた」と述べられたが、この二枚のファクスは私に呼びかけ、なにものにも替える事のできない力を与えてくれた。

この時のインタビューは、二〇〇六年一一月に出版された『九・一一と九条　小田実　平和論集』に、金井和子さんの手で日本語訳され収録された。また、イタリア語にもなった。

そして、昨年六月には、私の同志社大学のクラスで小田さんに話をしていただいた。私は英語で授業をすることにしていたので、小田さんにも英語で学生達に話をして欲しいとお願いしたところ、小田さんは快く引き受けてくださった。私は、「実際の戦争を体験した人」の話を学生達に聞かせたかった。テキストやニュースで読む戦争ではなく、実体験を聞く事で、学生達に現在と未来を考えさせたかったが、果たして小田さんの講義は学生達に大変な衝撃を与えたようだった。その講義の時の様子を小田さんはホームページのweb版「西雷東騒」の第一回に書いて下さっている。

講義が終わり、別れ際に私と小田さんは握手を交わした。普通の西洋式の握手ではなく、アフリカ系アメリカ人の社会で「soul shake、魂の握手」と言われる方法で手を握り合った。その時にお会いしたのが最後になってしまった。

講演会などで見せられた、聴衆に挑みかかるようなイメージではなく、暖かく、心の中に迎え入れてくださるような、そして、こちらの心の中にも入り込んでくださるような方であった。

小田さんには日本のみならず、世界中に兄弟、姉妹がいらっしゃる。直接、小田さんと行動を共にされた方、交流をもたれた方、そして著書や講演から影響を受け、自ら行動を始めた大勢の方々がいる。それは、愛と、尊敬の念に満ちた素晴らしい大家族である。私もその家族のメンバーに加えてい

鶴見俊輔氏を先頭に，告別式の後に行われた追悼デモ
（写真提供＝古藤事務所）

＊二〇〇七年七月三一日、小田実告別式実行委員会を代表して、古藤晃氏が、左記のような小田実氏の訃報を世界に広がる小田氏の友人たちに送った。寄せられたメッセージの一部をここに紹介する。

二〇〇七年七月三一日

親愛なる友人のみなさん

深い悲しみと哀悼の念をもってお知らせしなければなりません。二〇〇七年七月三〇日、私たちの敬愛する小田実氏が永眠されました。六月初め、ご家族と友人たちとともに七十五歳の誕生日をお祝いされたばかりでした。

小田氏はオランダのハーグで開かれた恒久民族民衆法廷に参加されたのち、四月に帰国されましたが、その後ずっと、癌のため東京の病院に入院しておられました。

告別式を次の予定で執り行います。

日時　二〇〇七年八月四日（土）一三時〜一五時

場所　東京都青山葬儀所

故人との長い友情に感謝いたします。告別式にあたり、ご弔辞をいただきたくお願い申し上げます。

謹んで。

古藤　晃

小田実告別式実行委員会を代表して

勇気を与えることば

ジェローム・ローシェンバーグ　ダイアン・ローシェンバーグ

小田実が亡くなったという知らせを受け取りました。たいへん悲しい気持ちと心温まる追憶がない交ぜになっています。彼から来た手紙で、この数カ月間の彼の状況は分かっていました。私たちは二度とふたたびこれまでのように彼とは話ができないだろうし、抱擁もできないということが分かっていました。彼と彼の家族は私たちの大切な友人でしたし、いまも友人です。しかし、それ以上に、彼は偉大な精神をもった作家でした。他の偉大な作家と同じように、人間の自由と権利を擁護し弁護しました。私が返事を書くことができたのは五月でしたが、私はそのなかで、彼にたいする私の称賛と愛、彼が人生の最後の最後まで続けたすばらしい仕事にたいする私の称賛と愛を書きました。そのとき私が書いたことばを繰り返します。「実さん、あなたはお手紙で〝生きているかぎり、お元気で〟と書いていています。このことばは私たちに勇気を与えます。人生最後のときまで、よく生きることができると信じることができます。」

このような精神のなかで、彼は私たちのなかに生き続けています。このような精神のなかで、順恵(スンヒェ)さん、ならさん、そして彼の友人たちすべてに、私たちの愛と熱い思いを送ります。

（ジェローム・ローシェンバーグ　米国　詩人／ダイアン・ローシェンバーグ　米国）
（金井和子訳）

ユーモアと政治的関与の見事な結合

マーティン・バナール

小田実が亡くなったという知らせ受け取りました。実に悲しいです。私たちは一九六七年の春、一緒に過ごしてたいへん親しくなったのですが、その後連絡が途絶えていました。ところが、去年それが復活したので、彼が亡くなったことは特別に悲しい。ほぼ四〇年間の空白を経て、私たちは連絡をとり始めたところでした。今春、京都で開かれたシンポジウムで、彼と再会できるのをたいへん楽しみにしていました。ところが、健康上の理由から、私は日本に行けなくなり、再会はかなわなかった。小田は巨人でした。肉体的にも巨人であり、道徳的にも巨人でした。彼の自発的創造性、温かさ、親切、ユーモアは、彼のエネルギーと政治への積極的関与とみごとに結合していました。私たちは地理的に隔たっていましたが、私は、彼が政治的同志であり個人的友人であると、いつも思っていました。

すぐにお知らせいただいてありがとう。ご遺族に私からの哀悼の意をお伝え下さい。（米国　歴史家）
（金井和子訳）

使命への献身

尾島　巌

小田実さん

あなたが亡くなられたことを知りました。陽子と私は悲しみにくれています。大切な友人で、人間性と平和を推進するリーダーを失ったという喪失感に押し潰されています。人間性と文明にとっての様々な危機に抗して闘い抜こうという強い決意の持ち主だったあなたは、ご自身のガンと闘う準備はなさらなかった。困難な状況にある人びとにあまりにも献身的だったあなたは、ご自分の健康に多くの注意を払ってこられなかったのかもしれません。このことは、私たちにとってきわめて悲劇的と思われます。同時に私たちは、ご自分の使命にたいするあなたのこのうえない献身に深く感謝します。私たちは、いまあなたがこの世の戦争と暴虐との闘いを終えて、神の優しい御手にゆだねられ、永遠の平和のうちに憩われていると考えて、試練に耐えています。

この四月、あなたから手書きのお手紙をいただきました。胃ガンと診断され、残された時間はあと二、三カ月だというお知らせでした。同じ手紙のなかで、あなたはフィリピンの重大な状況を書いておられました。そしてその原因は、大部分が、九・一一以後の米国がテロリズムにたいして狂気の沙汰の国内政策と外交政策をとっているからだと述べておられました。フィリピンでも世界の他の地域でも、民衆にたいするおびただしい数の信じられないような人権侵害が起きていることを知って欲しいと、あなたは私たち（と世界）に警告なさいました。ご返事を差し上げるつもりでしたが、研究と教育、大学と研究所の運営その他にかかわる活動で動きがとれず、あなたが亡くなられる前に差し上げられなかったことを悔やんでいます。どうぞ許してください。にもかかわらず、私たちと世界中のその他多くの人びとは、あなたのメッセージとあなたの指し示す方向を受け止めています。私たちは、人間性の擁護と世界平和という、あなたが残された使命の重要性を十分理解しています。あなたが終生使命に献身されたことは、私たちの心を打ち、魂にふれました。あなたのことばは私たちの脳髄に永久に刻まれました。あなたの使命は、確実に、あなたとヴィジョンを共有するおびただしい数の人びとに受け継がれます。どうぞ、天上の永遠の平和のうちにおやすみください。この地上に、あなたがもはや私たちと一緒にいないということは本当に悲しい。しかし、あなたが献身と人間への深い愛情を通じて、ヒューマニズムと世界平和の推進に関する卓越した業績に満ちた、立派な人生を送られたことを私たちはたたえます。

（米国　ニューヨーク州立大学ストーニー・ブルック校日本研究センター所長）

（金井和子訳）

客員教授として迎えた喜び

村田幸子

小田さんの最後の日々とご葬儀をお知らせ下さってありがとうございます。残念ながら留守をしており、今日初めてあなたからのメールを拝読しました。ご自宅の順恵(スンヒェ)さんとならさんにお花をお送りしました。

小田さんが一九九三年から一九九四年にかけて再びストーニー・ブルック校で教えられたとき、あなたがして下さった支援にもう一度心から感謝いたします。小田さんを客員教授に迎えたことは、私たちにとって喜びでした。小田さんも喜んでおられたご様子でした。共通の友人が話してくれたのですが、ストーニー・ブルックでの二年間から、彼は執筆のエネルギーを補給されたそうです。

お元気で。

（米国　ニューヨーク州立大学ストーニー・ブルック校教授）

（金井和子訳）

複雑なことをシンプルに

ハンス＝ペーター・リヒター

親愛なる日本の友人のみなさん！

小田の死を聞いてたいへん悲しい気持ちです。私にとって、彼はエネルギーに満ちあふれ、深い思想と企画力があり、ヴィジョンのある人物でした。二度と彼に会えないとは信じられません。友人のみなさんに共感と哀悼の意を表します。

小田は私の人生とドイツの平和運動にとってたいへん重要でした。歴史について、政治の発展についてて、べ平連のような大きな運動をどうまとめていくかについて、政治運動をどう続けていくかについて、私たちは彼から多くのことを学びました。最も複雑なことがシンプルなことばと短い文章で語られました。

最近、私は妻アネッテを亡くしましたが、妻を偲ぶ会で、私は彼女の数枚の写真を集まってくれた人びとに見せました。その写真には小田の姿も写っていました。小田の姿に私は胸が熱くなりました。ドイツで、日本で、ニューヨークで、私たちはすばらしい時間、元気が出る時間を過ごしました。小田がいなくなってたいへん残念です。しかし、彼に出会えたことをありがたく思っています。

小田さんが引き受けた「仕事」

ヴォルフガング・シャモニ
（ドイツ　独日平和フォーラム）
（金井和子訳）

小田実さんがお亡くなりになったことを知って、大変悲しい思いです。大きな心、大きな想像力をもった愛すべき人間がついに息をとめたということです。最後の最後まで、戦争の論理に対抗して、人間の論理を立てようとした小田さんに心より敬服しています。課題があまりにも大きいために、多くの人があきらめて引っ込んでしまった現在でも、小田さんはまけずに自分がひきうけた「仕事」を続けてこられました。今ももっと弱いわれわれを励ましてくださっています。小田さんを失って、日本は又一段とさびしくなりました。

（ドイツ　ハイデルベルク大学教授、同大学東洋研究センター）

〔原文日本語〕

『玉砕』のこと

ティナ・ペプラー

小田さんと一緒にした最後の仕事は忘れません。彼の小説『玉砕』をもとに、彼と私が〔『玉砕』の英語版 *The Breaking Jewel* を訳したドナルド・キーン氏を加えて、三人で〕共同で作りあげた『玉砕／Gyokusai』の出版がその仕事です。この本には、私がＢＢＣワールド・サービスのラジオドラマのために書いた脚本テクストが収録されました。脚本テクストのほかに、この本に収録する一文を書いてくれないかという小田さんの依頼で、私がどんなに苦心してそれに取り組んだかということも忘れません——私はそのなかで、少なくとも私にとって、『玉砕』が伝えるメッセージの精髄と思われるものを公平に抽出しようとしました。その一文をもう一度読んだとき、ある文章で涙があふれました。私の大切な友人、小田さんのこと、そして、彼が表現しようとしたことが思い起こされたからです。ここにその文章をもう一度書き留め、彼を偲んで捧げます。私がここでふれているのは『玉砕』に登場する金（こん）という人物です。彼はかろうじて戦争を生き延び、物語を語りますが、私は小田さんのメッセージに胸を衝かれました。

「金（こん）は『わたしら』、同志の交わり、友愛、人間のつながり——この気持ちを忘れずにいた。あの段階の戦争を戦った恐怖や、当時、彼が仲間に感じた深い悲しみと疎外感にもまして、彼はこの気持ちを忘れずにいた。こうして小説は最後に、愛について、赦しについて、人間のきずなについて語る。……これは、以前には無理解と疑惑しか存在しなかったかもしれないところで、私たち自身のなかに思いやりが必要であることを――必要なら――あらためて教えてくれる。そしてまた、平和が貴重であること、その平和を得るために払われた代償を、思い出させてくれる。」（小田実／ティナ・ペプラー／ドナルド・キーン『玉砕／Gyokusai』、岩波書店、二〇〇六年、二六九―二七〇頁）

小田さんの仕事と彼の精神は、小田さんの著作のなかと彼を知っていた人びとの心と胸のうちに生き続けると、私は信じています。

（英国　放送作家）

（金井和子訳）

「私の大切なカメさんへ……」

マリオン・ナンカロー

尊敬する小田実さんがどんな人間だったのか。私がそれを知ったのは私の一番最初の手紙によってでした。広島に原爆が落とされて六〇年目の年〔二〇〇五年〕に、彼の驚くべき小説『玉砕』をドラマ化したいとBBCが依頼しましたが、そのことを彼に知らせるのがなかなかできずに遅くなりました。

私は遅れをお詫びし、もしもドラマ化を許可してくださるのなら、今後のやりとりは、カメでなくウサギになっていたしますとメールしました。すると、彼から来た返事は、「私の大切なカメさんへ……」で始まっていました。小田さんはそういう人でした。その後、カメは彼に会って、ＢＢＣのためにインタビューするというすばらしい幸運に恵まれました。私は彼とのインタビューが終わって欲しくなくて、ずっと続けばよいと思いました。彼にはすばらしくまた小生意気でもあるユーモアのセンスがあり、ヴィジョン、洞察力、霊感あふれる着想の持ち主でした。彼はすばらしい勇気と人を魅了する純真さをもってものを書き、大きな魅力がありました。私は彼から多くのことを学びましたが、そのひとつに「イチゴ・イチエ」（ワン・チャンス　ワン・ミーティング）ということばがありました。私が彼と出会ったことはよろこびです。ワン・チャンスがあったことはよろこびです。彼は希有な人でした。彼の真実を生きた希有な人でした。大切な小田実さんに恵みと愛がありますように。彼の生涯はこれからも世界に影響を与え続けます。愛する夫人、お嬢さん、おびただしい数の友人のなかに彼は生き続けます。彼の仕事は、平和、誠実さ、愛、理解、親睦という彼が大切と考えていたことを証言するものとしてありつづけます。

（英国　ＢＢＣプロデューサー）

（金井和子訳）

世界中の人々を鼓舞しつづける

グンナー・ガルボ　ルギット・ブロック＝ウトネ

小田実さんが亡くなられたというお知らせを送っていただきまして感謝します。悲しいお知らせでした。小田さんと知り合いになり、彼の考えに耳を傾け、平和と人間理解をめざす彼の重要な仕事について学び、彼の作品 *The Bomb*〔『HIROSHIMA』（講談社、一九八一年）の英語訳。一九九〇年に D. H. Whitaker の訳で Kodansha International から出版されたが、その後、*H: A Hiroshima Novel* という表題でペーパーバック版になった〕と *The Breaking Jewel*〔日本語の原題は『玉砕』（新潮社、一九九八年）。この英語版が二〇〇三年、Donald Keene 訳で Columbia University Press から出版された〕を読むことができたことは光栄でした。

小田実さんが成し遂げた仕事と彼が生み出した作品は、平和のために働いている世界中の人びとを確実に鼓舞しつづけます。私自身は、ノルウェーでいろいろな新聞に記事を書いて、彼のことをもっと知ってもらおうとつとめてきました。最近は、恒久民族民衆法廷の判決文との関連で記事を書きました。実際に実さんから聞いたはなしでは、彼が『何でも見てやろう』のなかで見事に描いた旅の途中で、オスロにはほんのわずかのあいだ来ただけだそうです。

私も妻ビルギット・ブロック＝ウトネ教授も、小田実さんと知り合い、彼と友情を感ずることができたことを感謝しています。実さんのご家族と友人のみなさんと悲しみをともにし、深い哀悼の意を表します。（グンナー・ガルボ　ノルウェー　ジャーナリスト／ルギット・ブロック＝ウトネ　ノルウェー　大学教授）

（金井和子訳）

夢を求めるかぎり彼は私たちのなかに生きている

ジャンニ・トニョーニ

みなさん

私は恒久民族民衆法廷（PPT）の事務総長として、一九七九年のPPT創設以来ずっと、PPTの創設者の一人で副議長である小田実さんと親しくしてきました。二〇〇七年三月に開廷したフィリピン民衆にかかわる最近の法廷に至るまで、長年の協力関係とすばらしい友情を通じて私が数々の機会に知ったのは、彼の豊かな知恵であり、民族民衆の権利擁護のためのきわめて新しい組織化と提案にたいして、創造的に貢献できる高い能力でした。一般社会の諸個人の全員が、PPTの民族民衆の全員が、彼から受け取ったものを短いことばで言い表すことは困難です。フランソワ・リゴー教授（ベルギー）、リチャード・フォーク教授（米国）、マルトーネ上院議員（イタリア）、サルバトーレ・セネセPTP議長（イタリア）、アドルフォ・ペレス・エスキヴェル氏（アルゼンチン　ノーベル平和賞受賞者）からメッセージが寄せられています。これらのメッセージは彼への称賛と感謝を示すほんの一例です。

ＰＰＴは将来に向かう野心的なプロジェクトの企画に長時間没頭して作業に取り組んでいました。特に力を入れたのは、とりわけ戦争反対の私たちの憲法を守ることであり、日本・韓国・ヨーロッパのあいだで平和のための共同学校をつくることでしたが、そのあと、私たちはハーグで会いました。

小田さんは現実の変革を求め続けました。私たちがその夢を追い求める限り、彼は私たちのなかに生きています。彼の作品のイタリア語訳が計画されていますが、これはささやかな感謝のしるしです。彼は最後の数カ月にわたって、この仕事のために私たちと時間を共有しました。

小田さんは昔からの大切な友人でした。小田さん、ありがとう！

（イタリア　恒久民族民衆法廷事務総長）

（金井和子訳）

正義を求める責任感

マリア・アルギラキ

たいへん残念な思いで、小田さんが亡くなられたというお知らせを受け取りました。彼のご家族と友人たちに心から哀悼の意を表します。

彼の魂は、彼が愛し、彼に先だって鬼籍に入った人びとの魂のなかで、安らかな休息についていることでしょう。小田さんの社会正義を求める責任感、勇気、情熱は、彼に助けられ、元気を与えられた人びとの心のなかに、いまなお生きています。

（ギリシア　通訳ガイド）

（金井和子訳）

平和と自由のためのたたかい

マルチン・ムーイ

小田実さんのご家族へ

夫であり、父であり、私たちの愛する大切な友人、小田実さんが亡くなられたということを知って、深い悲しみに沈んでいます。小田実さんと私は長年の知己であり、友情は年々深くなっていました。この四月、小田さんがオランダに来られたとき、私たちに会いたいと思っておられたことは、妻と私にとって大きな名誉でした。小田さんは夫人とともに私の家を訪ねて来られましたが、この訪問は彼にとってつらいものだったことが見てとれました。彼は疲れていましたが、同時に幸福そうでした。口数が少なかったけれど、やさしく、そしてしあわせそうに、私たちが話すのを見守っていました。道路が修理工事中だったため、近くの小さな鉄道駅から私の家までの往復はかなり困難でしたが、彼はなんとか耐えました――夫人が最善の方法で介助されました。私たちは彼を晩餐に招待しましたが、彼にとっても私たちにとっても、残念なことに晩餐はかないませんでした。私たちが一緒にいるのはこれが最後であり、彼は私たちにさよならを言うために来たのだということがはっきりしてきました。私たちは寛大で大きなこの行為にたいへん感動しました。

実さんと私、つまり私たちが親友になったのは、彼が平和と自由のために闘い続けてきたからです――彼の人生最後のときまでずっと。彼が闘ってきたのは、私たち世界中の人間がよりよく理解するためでした。彼はそれを彼の方法で闘ってきました――著者として、ものを書く人間として。体調がたいへんよくないあいだもずっと、よりよき人類のための闘いをやめませんでした。私が初めて京都と大阪を訪れたのは、ヨーロッパとアジアで第二次世界大戦がもたらした結果についての会議があったときでしたが、そのとき、二人はともに会議の参加者でした。私たちは感動と思想を共有しました。

実さんは私の人生で重要な役割を演じました。彼への感謝はこれからも続くでしょう。夫人にも感謝しています。去年、お嬢さんが私たちを訪ねて来てくれましたが、妻コニーと私はたいへん嬉しかった。いま、愛する大切な友人の実さんにさよならを言わなければならないのはたいへん残念です。しかし、私たちはこれからも、これまでのように夫人とお嬢さんと連絡をとりあうつもりです。お二人は日本にいる私たちの親戚です。偉大な人間であり、夫であり、父親だった実さんの記憶を抱いて、お二人がこのつらい別れを乗り越えて欲しいと願っています。彼が理想としたものに向かって一緒に闘い続けたい。これまで通り連絡をとりましょう。お二人をいつでも歓迎します。

コニーもよろしくと言っています。どうぞごきげんよう。

（オランダ　文芸評論家）
（金井和子訳）

フィリピン人移民としての感謝

MIGRANTEヨーロッパ（オランダ）

小田実へ――フィリピン人移民からの敬意

小説家で社会活動家の小田実氏が亡くなられました。私たちはご遺族、友人、同僚、同志、自由を愛する人びと、帝国主義とファシストに反対する人びととともに、彼の死去を悼みます。同時に、「戦後日本の最も著名な作家の一人であり、反戦平和の活動家で、民族的・人種的差別の断固たる批判者」としての彼の遺産と模範的な生涯をたたえます。

小田氏はフィリピン民衆の友人としてとりわけ有名でした。彼はマルコス独裁政権時代の一九八〇年に開かれたフィリピンにかかわる恒久民族民衆法廷（PPT）第一回法廷と、今年三月に開かれたブッシュ政権とアロヨ政権を裁いたPPT第二回法廷で、審判員をつとめました。

小田氏と他の進歩的審判員はいずれの法廷にも積極的に参加し、マルコス体制もアロヨ体制もともに、フィリピン民衆に戦争を仕掛けていると、有罪を宣告しました。

小田実氏は正義、民主主義、平和、人権に立脚した主張をされました。彼は移民をふくむフィリピン民衆の称賛と敬礼をうけるに価します。

帝国主義、ファシズム、搾取、抑圧にたいする反対闘争のなかで、民族と社会の解放をもとめる闘争のなかで、小田氏と同じようにフィリピン人の側に立つ多くの日本の友人がいます。彼を失いましたが、フィリピン人は彼らの不断の温かい抱擁と真の連帯に励まされています。

（金井和子訳）

フィリピン民衆としての感謝

フィリピンにかかわるＰＰＴ第二回法廷組織委員会（オランダ）

私たちの大切な小田実さんのご遺族へ

私はフィリピンにかかわるＰＰＴ第二回法廷組織委員会を組織したものを代表して、遺されたご家族に私たちの心からの哀悼の意を表します。

世界の人民は彼を懐かしむにちがいありませんが、私たちが彼の主張を続けていくかぎり、人類にたいする彼の貢献は不断に称賛されます。フィリピン民衆は彼のこの上なく温かい関心と支持に永遠に感謝することでしょう！　彼は私たちの心のなかに生きています。

遺されたご家族に力が与えられ、明日、彼が安らかな眠りにつきますように。私たちの関係は彼の死によって終わるものではありません。彼に助けられたすべての人びとが支援しています。ご遺族はこのことをいつも忘れないでください。

謹んで

（署名）

アンジェリカ・M・ゴンザレス

事務局長、フィリピンにかかわるPPT第二回法廷国際コーディネーティング事務局

裁判提起諸団体：

ウスティスヤ！（正義のために団結したアロヨ体制被害者）

SELDA（勾留からの解放と赦免を求める元勾留者団体）

正義を求めるDESAPARACIDOS（行方不明者）家族会

BAYAN（新愛国同盟）

世界教会司教フォーラム

フィリピン統一キリスト教会

ピース・フォー・ライフ

公共利益のための法センター

フィリピン・ピース・センター

カラパタン（民衆の権利推進同盟）

Ｉｂｏｎ財団

常識とふつうの人への信頼

金鍾哲（キムジョンチュル）

（金井和子訳）

小田先生のご葬儀についてお知らせいただき、ありがとうございます。

小田先生がこの世に生きておられないということは深い悲しみです。この世に生を享けたものはいずれ家族や友人と別れなければならないことは承知しています。しかし、小田先生の魂はあまりに高貴で立派であり、突然の早い死を受け入れることは容易でありません。

数カ月前、小田先生からお手紙を頂戴しました。ご自身が重いガンにかかっておられ、「余命は限られている」と書かれていました。これを知って、すぐにも東京に行き、先生を病院にお見舞いすべきでした。しかし、ソウルでしなければならない多くの緊急の問題を抱えていたという事実に加え、これほど短期間に、ガンが先生のお命を奪うとは考えませんでした。いま、先生にお会いする最後の機会を失ったことを深く悔やんでいます。

小田実先生の名前は、韓国の進歩的知識人のあいだで夙によく知られていました。しかし、私が個人的に先生にお会いしたのは五年前、日本を旅行中のことでした。そのときご自宅の晩餐に招待して下さいました。すばらしい歓待に私はしあわせでした。そして私は、先生が韓国の政治状況とその他の問題にたいする憂慮を、どんなに熱心に真剣に語られるかということにも驚嘆しました。先生は私よりも十五歳年上でしたが、まったく疲れをみせずに私に質問し、耳を傾け、説明して下さいました。

それ以後、私は小田先生に日本と韓国で数回お会いしました。会うたびに、私は多くのことを学びました。先生はいつも好奇心が強く、韓国の社会で実際になにが起きているのかについて知ろうとしていました。とりわけ東アジアで、平和とデモクラシーの価値を確認し拡大する方法について、ご自分の立場を熱心に説明しました。急進的環境保護の雑誌を発行・編集している者として、私はつねに弱者、被支配者、被抑圧者の目線で世界を見る小田先生の変わらない立場に大きな感銘を受けました。しかしその立場は、なにか教条的イデオロギーにもとづくものではありませんでした。先生はいつも新しい経験にたいして偏見がなく、世界をあるがままに受け入れることをいといませんでした。私の知る限り、いかなる革命政治も信頼しませんでした。左翼知識人のあいだでは、抽象的な政治・社会理論が有力ですが、先生はこれを評価しませんでした。先生が信頼していたのは常識と、街中のふつうの人が力を合わせることでした。

小田先生は東アジアの近年の歴史上、平和とデモクラシーの真の勇士だったと私は考えています。その発言は戦後日本の最良の部分を代表していました。これは若い世代に創造的に受け継がれるべきです。小田先生の生涯と仕事は、平和を愛するすべての人びとのなかで長いあいだ生き続けることはいうまでもありません。

（韓国『緑色評論』発行人）

（金井和子訳）

日本人でありながら世界人

趙根台（チョンウンテ）

先生に初めて会ってからすでに十年が過ぎました。初めて会った時、暖かく頼もしい姿が今も思い出されます。先生は会う度に分断された韓国を心配され、世界の平和をうれいました。先生は又あらゆる手を尽し、韓国の抑圧された著名な人士たちを支援されました。二年前に他界したチョン・ウイク先生のことが思い出されます。二人の友情は格別でした。もうすぐ二人は会うでしょう。そして、世界について語り合うことでしょう。

先生は日本人でありながら世界人でした。玄順恵さん、ならさん、ご遺族のみなさんおくやみ申し上げます。

（韓国 玄岩社（ヒョナムサ）社長）

（玄香実訳）

正義のための行動

姜恵淑（カンヘスク）

あなたの一生にこうべを垂れて尊敬の念を送ります。

今も、夫人の順恵氏、娘さんのならさんと一緒に笑みをたたえて座っているかのようです。

机に向かって原稿を書いていらっしゃる姿、隣の人たちが笑えるよう世直しに熱情を注いでいらっしゃる姿が思い出されます。亡くなられたことが信じられません。

深くて鋭いまなざし、鋭い洞察力をお持ちになりながらも、暖かみを忘れない芸術家。

遠い先を見通すその鋭さでみなを驚かせた小田氏、今も、貧しい人々の側に立ち、正義のために行動しているかのようです。

天国からも愛する家族を見守ってください。地球村の不幸と葛藤、飢えのある所に大きな愛情と熱情を注いでください。

平和と愛が満ちた、共に生きる「共生する」地球村になるまで一緒に行きましょう。

遠い韓国から深い哀悼の念を送ります。

韓国の状況が複雑で行けませんが、順恵氏、ならさんにも、そして小田氏の兄弟家族のみなさんにも慰労の意を表します。

二〇〇七年八月二日　愛する友人
開かれたウリ党所属の国会議員　姜惠淑
（開かれたウリ党所属の国会議員）
（玄香実訳）

ベトナムの平和への多大な貢献

グエン・カー・ラン

みなさま

小田実さんが亡くなられたという知らせをうけ、痛恨の思いです。私たちは光栄にも、小田実さんの長年にわたる知り合いでありました。私たちは彼を平和を作る偉大な人物であり、私たちの最も親しい友人のひとりであると考えてきました。事実、彼の仕事はベトナムと世界中の平和に多大の貢献をしてきました。

私たち戦争証跡博物館の全職員は、私とともに、べ平連と小田さんのご家族に哀悼の意を表します。みなさまがた全員がこの大きな悲しみを乗り越えられ、不正義な戦争に抗議し、平和を維持するという、小田実さんが追求された人間にとっての高貴な理想を追求されることを希望します。

みなさまにこの重荷を耐え忍ぶ力が与えられますように。

共感とともに。


（ベトナム　ホーチミン市戦争証跡博物館館長）

（金井和子訳）

平和と友情のために

グエン・ヴァン・フィン

小田実氏が亡くなられたという知らせに衝撃を受けています。小田氏の死去は平和と友情のためにたたかう人びとにとって大きな損失です。

小田氏を愛する家族と友人たちに、心からお悔やみ申し上げます。

ベトナム平和委員会を代表して

（ベトナム　ベトナム平和委員会議長）

（金井和子訳）

日本とベトナムの友情

レ・フン・クオック　ヴォ・アン・チュアン　ホアン・アン・チュアン

ベ平連のみなさま

著名な日本の作家であり、ベトナム人民の親しい友人である小田実氏が死去されたという知らせを受け、私たちは深い悲しみに沈んでいます。

ベトナムばかりでなく世界の平和のため、小田実氏は全生涯を捧げられました。ベ平連の創設者であり、その代表として、彼は多くの活動を組織し、ベトナム人民にたいする連帯を示して、日本とベトナムの友情を深められました。私たちはつねに、彼の偉大な貢献を高く評価し、感謝しています。

私たちが深い悲しみと哀悼の意を表し、とりわけつらいこのときに、いつもおそばにおりますと、彼のご遺族にお伝えいただきたいと存じます。

敬具

（レ・フン・クオック　ホーチミン市友好団体連合会会長）

（ヴォ・アン・チュアン　ホーチミン市平和委員会議長）

（ホアン・アン・チュアン　ホーチミン市日越友好協会議長）

（金井和子訳）

デイヴ・デリンジャー氏と（1997年12月12日，於・箱根）
（写真＝藤原書店）

「難死」の思想と現代

道場親信

はじめに

以下の文章は、二〇一二年一二月八日に「市民の意見30・関西」が主催した講演会での報告を論文化したものである。本来この論文は、二〇一四年四月発刊予定の『りいど　みぃ』第五号（「小田実を読む」発行）のために書かれたものであるが、同誌編集委員会のご厚意により、同誌刊行に先立って本書に収録することを許可していただいた。感謝を申し上げたい。この報告では、小田実自身が編纂した、「小田実自身による小田実入門」というべきアンソロジー『「難死」の思想』（岩波同時代ライブラリー、一九九一年、岩波現代文庫、二〇〇八年）を中心に、「「難死」の思想」の展開を追うとともに、この思想の広がりを考えてみたい（以下、引用頁は同時代ライブラリー版のものである）。

一　「難死」の思想と「被害者＝加害者」連環

小田実の思想の一つの柱は、「難死」概念を中心に練り上げられた「「難死」の思想」と、戦争下における加害と被害の関わりを構造的に概念化した「「被害者＝加害者」連環」の認識とを二つの系として、のちに「殺すな」の原理として総合・洗練されていく継続的な考察の作業にあると私は考える。まずはこの二つの系がどのようにして形成されたかについて見ておきたい。

1　「難死」の思想

「難死」の概念とこれをもとにした思想の営みは、タイトルもそのものずばりの論文「「難死」の思想」（一九六五年一月）において定礎されたものである。「難死」とは、小田が戦争の中で遭遇した、無意味としか言いようのない大量死のことを指し、「ただもう死にたくない死にたくないと逃げまわっているうちに黒焦げになってしまった、いわば、虫ケラどもの死」(六頁)であると彼は述べている。

では、この「難死」概念がいかなる意味で「思想」となるのであろうか。小田における「思想」とは、倫理と論理、あるいは生き方のことを指し、「実存主義」「現象学」などの哲学思想とは異なるものである。「私にとって、「思想」とは、人間がものごとを感じ、考え、動く――その人間活動の総体としてあるものが「思想」だ」(『被災の思想　難死の思想』八一頁)。

小田の「難死」の思想の原点、さらには人間「小田実」の原点となったのは、一九四五年八月一四日の大阪大空襲である。すでに帝国政府は降伏意思を通知していた中、最終的な降伏の表明を迫るための「ダメ押し」的空爆であった。降伏意思の通知から実際の降伏までに間があったのは、天皇制温存の保証を連合国から取り付けたいという思惑で政府が最終決定にふみ切れなかったためであった。小田少年は「虫ケラ」のように殺された黒焦げの死体を目撃したが、それよりも衝撃的だったのは空襲のあと散布されたビラであった。そこには「戦争はもう終わりました」と書かれていたのである。ならばなぜ殺したのか？　この無意味な死をどう考えたらいいのか？　その問いを抱えたままその後二〇年を生きた小田は、六五年になって「「難死」の思想」を書き記すことになる。小田は言う。そこでの死は「いかなる意味においても「散華」ではなく、天災に出会ったとでも考える他はない、いわば「難死」であった」(七―八頁)と。

この「難死」の概念は、戦争体験と戦後日本を考える思想的キーワードとして、〃小田思想〃の核をなすものとなる。それは驚くほどの一貫性を持って探求され、深められていった。

2　「被害者＝加害者」連環

上に見た「難死」の思想を補完するのが、「被害者＝加害者」連環である。この認識は論文「平和の倫理と論理」(一九六六年八月)において定式化された。この二本の論文で議論の系が確立されたと言えるだろう。やがてこの二つの議論は総合され、「殺すな」の原理としてまとめ上げられていく。なお、「平和の倫理と論理」の発表とほぼ同時期、一九六六年八月一一―一四日に開かれたべ平連主催の「ベトナムに平和を！日米市民会議」（東京）において小田の講演がなされており、こちらの方が明確に「被害者＝加害者」連環を語っているので、合わせて参照したい（なお、この講演は同年一〇月号の『文藝』に「平和への具体的提言」として発表され、小田実編『市民運動とは何か――べ平連の思想』（徳間書店、一九六八年）に再録されている）。

「被害者＝加害者」連環の認識は、戦争体験論と同時代のベトナム反戦とを結びつける意味を持っていた。いや、後に見るようにベトナム反戦運動に取り組む中で小田自身が二つの体験の結びつきを発見した、という方が正確であろう。それは空爆下の「難死」の共通性の認識などを通して、人が戦争の中で生きることの意味を構造的に把握することを可能にする（さらに言うならば、小田はそれとして直接言及してはいないが、ベトナム戦争と日中戦争の兵士経験における類似性の問題も考えることができる。この点は日米市民会議においてハワード・ジンが指摘していた）。

そこから見えてくることは、「被害者」であることと「加害者」であることとは逆説の関係ではなく、順接の関係にあった、ということである。

「一九四五年の「敗戦」に終る日本の近代の歴史は、つまるところ、殺し、焼き、奪ったはての、殺され、焼かれ、奪われた歴史だった。その歴史の展開のなかで、日本人はただ被害者であったのではなかった。あきらかに加害者としてもあった。被害者でありながら加害者であった、と言うのでは、それはむしろなかった。被害者であることによって、加害者になっていた。」（『「難死」の思想』「まえがき」ⅳ頁）

この「被害者＝加害者」連環の論理は戦争認識や人間の生き方に関する一つの倫理を要請する。それを簡潔にまとめるなら、次のようになるだろう。

侵略国・日本の戦争体験は、「被害」体験と「加害」体験が切り離せない重層的構造をなしている。そしてこの「被害」体験と「加害」体験の重層性は何よりも個人の上に生じてくる。それゆえ、国家のなした「加害」と受けた「被害」を相殺するような政治（外交取引）が本来及ばない領域を一人一人の人間の生きる現実の中に作り出す。被害と加害の相殺は、戦後賠償や国交回復交渉の中で繰り返し見られたものであった。サンフランシスコ講和会議然り、日韓条約交渉然りである。また、歴史修正主義者たちは国家の行為としてのみ戦争をとらえ、「被害」「加害」を量化可能・相殺可能な歴史的・政治的国家取引の材料とする。「難死」の思想、そして「被害者＝加害者」連環の認識は、国家による取り引きに回収・還元できない個々の人間の生きざま・死にざまを国家に対して突きつける。そうした生き方、政治的態度を導き出す原点を認識させるのである。

この「被害者＝加害者」連環という小田の議論は、とくに奇異なレトリックを用いたものでもなく、言われてみれば平凡な、しかし普遍的な戦争の中の人間のあり方を端的に切り取ったものであった。だが、同時代においてはこの認識は必ずしも広く共有されたわけではなかった。たしかに多くの知識人や活動家は「加害性」について語った。だが「被害性」は「加害性」告発の陰にいつも隠されることになった。そのことの問題性については後で触れることにしたい。小田のオリジナリティは、「加害性」の問題を「被害性」と骨がらみに切り離しがたいものとして位置づけたことにある。消去しようとしても消去できない「被害」「加害」の現実を一人の人間の中にともに見いだすとき、自己の内なる他者に直面せざるを得なくなり、否応なく外なる他者と向き合わざるを得なくなる。この関係性発見の倫理と論理が「被害者＝加害者」連環なのである。この発見＝転回（conversion）が「難死」の思想を補完し、真に確立する。それは同時代の社会運動・社会思想にとって決定的に重要なパラダイムチェンジを最も的確に表現した思想表現であったと私は考える（詳しくは拙著『抵抗の同時代史』を参照されたい）。

二 「難死」の思想の同時代的背景

1 一九六五年初頭の思想状況

では、持続的に深められていった「難死」の思想はどのように展開していったのか。各時期の議論の要点とその背景について見ていくことにしたい。

まずは論文「「難死」の思想」が発表された一九六五年一月の思想状況についていくつかのコメントをしておくと、この時期が「戦後」二〇年を経て、小熊英二の言う「第二の戦後」の時期にさしかかっていたということが指摘できる。若者たちによく読まれていたのは吉本隆明や江藤淳、三島由紀夫といった「戦中派」の著作であり、「大正デモクラシー」やマルクス主義ブームを知らないまま「皇国少年」として育ち学徒動員された世代が、「戦後民主主義」を謳歌する大正教養世代のラディカリズム嫌いを指弾していた時期であった。経済は高度成長を遂げ、消費文化の「爛熟」ぶりを自己肯定する「昭和元禄」というよくわからない言説が力を持ち始めていた時期であった。

他方、この好景気とそれに伴う自己肯定的な社会的風潮とともに、林房雄「大東亜戦争肯定論」に見られるような歴史修正主義がメディアに露出するようになっていたのもこの頃である。林の「肯定論」は『中央公論』誌に一九六三年九月から一二月まで連載され、六四年八月に番町書房から単行本化されていた。また「戦中派」であり元特攻隊員であった上山春平は「大東亜戦争の遺産」を『中央公論』一九六一年九月に発表、同名の単行本を六四年八月に中央公論社から刊行していた。上山の議論はそのタイトルがイメージさせるものとは異なり、連合国によって人類の名において裁かれた戦争犯罪は、今後連合国の行為をも訴追の対象とするべき普遍的な罪であるとしなければ、あの戦争は真に人類の遺産となりえないであろうとするものであり、これはベトナム戦争以降の「民衆法廷」の思想ともつながる大きな問題提起でもあった。普遍原理による国家犯罪の告発という関心は、「平和の倫理と論理」においてアメリカの原爆投下責任を問うていた小田のそれとも重なるだろう(ただし、「「難死」の思想」の中で上山を「公状況」優先的と批判するように、上山の議論では世界国家群(「世界政府」?)が戦争犯罪を裁く想定になっているのに対し、小田の場合は「難死」者の立場から民衆が裁く。この大きな違いを見落とすことはできない)。

小田が論文「「難死」の思想」において批判の対象としていたのは、何よりもこうした林のような歴史修正主義や、三島由紀夫・高橋和巳らがその文学作品のキーワードとしていた「散華」の概念による死の崇高化、さらに「散華」の言説が自己批判を欠いた自己肯定的ナショナリズムや歴史修正主義へと密通してしまう点にあった。小田は「散華」への対抗的なキー概念として「難死」を設定する。戦争死を「散華」からではなく「難死」からとらえることによる視座転換を提起したのである。小田は次のように言う。

「「難死」に視点を定めたとき、私にはようやくさまざまなことが見え、逆に「散華」をも理解できる道を見出せたように思えた。」(『「難死」の思想』「まえがき」八頁)

一九六五年一月号ということは、六四年の一二月に発売されており、したがって論文の執筆は六四年の一〇月か一一月に遡る。すでにアメリカはベトナムへの軍事介入を深めてはいたが、いわゆる「北爆」はまだ行われておらず（「北爆」は六五年二月以降）、したがってべ平連はまだ生まれていなかったばかりか、提案されてもいなかった（べ平連は六五年四月二三日に最初の相談会が持たれ、二四日に最初のデモを行なった）。それゆえ「「難死」の思想」では、べ平連のことはもちろん、ベトナムに対する言及もない。この時期に関連した出来事と言えば、のちに小田がしばしば言及する、米戦略空軍による日本の都市爆撃を指揮したカーティス・ルメイへの叙勲（六四年一二月七日）であろうか。「難死」をもたらした米空軍の司令官に、戦争を長引かせ多くの命を「犬死に」させた日本政府が（そして天皇が）勲章を授けるという構図は、「難死」の思想が撃とうとするものの所在を明らかにしていた。この時期の小田の論文に言及はないが、彼は当時どのように考えたのだろうか。

　ともあれこの論文で行なわれたことは、戦争体験の「被害者」論としての掘り下げである。つまり、人びとが「戦争の被害者」というときの、その意味を論理化したのである。「難死」の概念は、崇高さを賦与することも不可能な「虫ケラ」のような死、まったくの「犬死に」として戦争死をとらえるものであり、その「難死」を強いた国家の暴力と責任を問うものであった。だが、この時点では「被害者」論の深まりはあっても「加害者」論はなかった。ということは「アジア」の他者は論議の中に登場しなかった、ということでもある。戦争体験と平和主義、戦後文学、戦後ナショナリズムのあり方を論じる国内論争的論文として書かれたものであるといってよいだろう。

　だが、その射程は決して「論壇」の内部消費用の論文にとどまらない広がりを持っている。ベトナム戦争の中で「加害性」を発見する以前ではあったが、「難死」者を国家的「公」に回収されない個人体験と明確に規定した上で、そこから戦後思想、平和思想が生み出されることを期待し、かつそのことを呼びかけていた。そして国家に回収されない「難死」体験に立つ「戦敗国ナショナリズム」というアイデアに希望を託していた。

「今、おそらくもっとも必要なことは、横行し始めた

「公状況」に対して、もう一度「私状況」を確立することであろう。「戦勝国ナショナリズム」に対して「戦敗国ナショナリズム」、ロマンティシズムに対してリアリスティックな眼、「砂金」に対して「雑巾」、「散華」に対して「難死」」(三九頁)。

小田は「戦敗国ナショナリズム」について、戦争を「「私状況」においてだけとらえること[…]つまり、自分自身、自分の家族、友人、知己の「私状況」を護るために銃をとるのであって、大義名分を自分に強いる努力のためにそうするのではないことを確認するのである。ここで、「散華」は「難死」とはじめて結びつく。「散華」のナショナリズムを「難死」がうらうちするのである。私はこのナショナリズムを「戦敗国ナショナリズム」と名づける」(三〇頁)と述べていて、この戦敗国ナショナリズムは、「「私状況」優先の論理」と「「難死」から導き出されて来た平和思想」の二本柱からなるという(同)。しかし、この難解な表現を通じて、「難死」に「うらうち」された「「散華」のナショナリズム」のイメージがいまひとつ像を結んでこない。「私状況」を守るための国家自衛、という思想が「公状況」の衣をかぶせて語られるようになるのは六〇年代後半以降のことであろうか。「私状況」を守るための死が大義名分化されれば、「難死」は「散華」へといともたやすく昇華されてしまう。「過労死」が「名誉の戦死」とされ、「難死」が「平和の礎」(「たくさんの人びとの犠牲の上に今日の平和がある」)として「公状況」に回収されるとき、「難死」に「うらうち」された「戦敗国ナショナリズム」は、「(経済)戦勝国ナショナリズム」に転化してしまうだろう。それゆえ、このナショナリズムの仕掛けからも離脱するために、「被害者＝加害者」連環の発見は必要であり必然であった。

2　ベトナム反戦運動の経験と思想の深化

それゆえ「被害者」の思想を深めることは、第一の作業として必要なことではあったが、「平和の倫理と論理」の中では自らその限界を批判することにもなった。戦後日本の平和主義は「被害者」体験がもたらしたものであり、一人一人の体験に根ざしている点で容易に覆すことのできない力と厚みを持ってはいる(これを小田は後に「体現平和主義」と呼ぶようになる)が、思想形成へと向かわない弱さ、とくに「加害者」性の問い直しや戦争責任の追及の不十分さという点で問題を抱えていると小田は批判する。

小田自身が「被害者」的平和主義の限界を痛感し、「加害者」としての自分たちの立場を理解したのは、ほかならぬベトナム戦争の経験であった。

「『難死』の思想」を書いたときには、私にはまだ十分にその私たち自身の過去の姿は見えていなかったように思う。そのあと、ベトナム反戦運動を始めるなかで、ベトナム戦争に対する日本の、いや、私たち自身の戦争への荷担が明瞭に見えて来たとき、同時に私の眼にはそのかつての私たちの姿もありありと見えて来た。その「発見」は重い「発見」だった。さまざまに「難死」をとげた、私自身が目撃した、そして、私自身がいついかなるときにもその仲間入りをする可能性をもっていた、空襲の焼跡に黒焦げの虫ケラのごとく死んでいた、まったくの被害者としてしか言いようのない人びとが、まさにそうあることによって加害者であったのだから。私は重い思いで「平和の倫理と論理」を書いた。」(『「難死」の思想』「まえがき」ⅳ―ⅴ頁)

「加害者」性への気づきをもたらしたのは、安保条約の存在であった。安保条約が日本をベトナムに対する「加害者」としていること、その加害を構造化しているのが安保条約であること、加害の構造から離脱するためにはただの「被害者」論ではだめだということ、離脱するためには国家の加害性に対峙する「個人」の原理を立てる必要があること、それらへの気づきから戦争体験のつかみ直しが生じていった。「日本はアメリカに対して被害者の立場に立っている。しかし同時に、そのことによってベトナムに対しては加害者の立場に立っている。そういうことが言えます。そして日本国内では、日本人民は国家と個人の関係においては、われわれは被害者の立場に立ち、そしてさまざまの形で、直接、間接に国家に協力せざるを得ないところに追い込まれていて、そのことによってわれわれはベトナム人民に対して加害者の立場に立っている。そういうような奇妙な連鎖反応というものを起しています。こういうようなことを、われわれはここではっきりと断ち切らなければいけない。そのことを私たちはここで主体的に考えていきたいと思います。そのはっきりと断ち切るための寄りどころとなるのは、市民不服従の原理である。」(「平和への具体的提言」一八八頁)

市民的不服従の問題は、やがてアメリカ軍からの脱走兵たちと出会うことでより具体的かつ人間的なイメージを得ることになる。また、国家に対する個人の立場を強調することは、当時まさに分裂のさなかにあった原水爆禁止運動に対する批判としても提示されている。戦後日本において最も主要な平和運動であった原水禁運動は、社会主義国の核兵器を擁護する一部党派活動家たちの論理が押し通されることで、核兵器に反対する多様な個人たちの思いを集約する力を失い、特定国家の核政策・外交政策に従属したイデオロギー運動に転化していた。核兵器による「難死」の問題はそこでは抜け落ちてしまい、帝国主義国の核兵器に対抗する社会主義国の核武装、核実験を平和のためにやむを得ないものとして正当化する国家の論理の代弁者になっていた。核兵器の問題を「被害者＝加害者」連環からとらえ、原水禁運動を刷新していく動きは、後述するように七〇年代になると明らかになってくるが、このときはまだそうした問題意識は潜在的なものにとどまっていた。

少し先回りしてしまったが、「被害者＝加害者」連環の認識は関係性発見の論理であると先に述べたように、この認識を手がかりに小田は国際連帯の回路を示すようになる。その第一は、被害者の国際連帯である。小田は「平和の倫理と論理」の中で「被害者体験を軸としてあり得たかもしれない他国民との連帯」（八三頁）という言い方をして、「被害者」の経験を突き詰めていくことが国際連帯の可能性を開くことを指摘していた。だが戦後の日本は自国民のみの「被害者」に関心を集中する「エゴイズム」によって連帯の契機を失ってきた、というのが批判のポイントである。そこで示されているのは、「被害者」として連帯するためには、自らの「加害者」性の自覚が必要だということである。この転回のプロセスは「「難死」の思想」から「平和の倫理と論理」への転回そのものでもある。

その第二は、国家と対峙した「個人原理」による連帯の可能性である。「市民不服従」という概念はその鍵となるものだ。日米市民会議において提案された「日米反戦市民条約」は、市民的不服従の国際連帯を形にしたものである。この第一と第二の回路は、第一のものが国家による「被害者」の経験をつなぐものであるのに対して第二のものは国家によって「加害者」とさせられることへの拒否であるということができ、両者は「被害者＝加害者」連環によって結びつけられる。戦争体験を出発点とした平和の思想と論理がここに示されている。

そして、論文「平和の倫理と論理」の時期には第三の連帯の回路として「開かれたナショナリズム」というものが示されていたことも指摘しておきたい。小田はこれについて「国家原理と個人体験の裂け目の自覚を背景として、過去、現在、未来にわたる個別的な被害者体験、加害者体験の重みの下に普遍原理が存在するという型のナショナリズム」（八九頁）であると述べているが、のちには「戦敗国ナショナリズム」や「開かれたナショナリズム」のような一連のナショナリズム概念を使わずに、直接個人原理を立てるようになる。たとえば一九六八年に書かれた「人間・ある個人的考察」においては、「私たちは、今、「ナショナリズム」対「インターナショナリズム」というような対比をこえたところで、むしろ、より直接的に、そして、よりむき出しに人間に対しているのだろう」（一四〇頁）と語られているのがその一つの現われである。こうして個人原理を軸とした思想に展開していくとともに、「「難死」の思想」では「散華」の「公状況」に対して「難死」の「私状況」を対置するという構図をとっていた小田の議論が、「国家原理」と「個人原理」を対置する構図へと変化していくのである（誤解を恐れずに概括するならば、国家の内部における「公状況」「私状況」の対立から、国家原理の内側で思考・行動しようとする立場とその外側で思考・行動しようとする立場の対立へと、議論の軸が移ることになる）。

ベトナム戦争の時代は、同時に戦後日本における「新左翼」運動の全盛期でもあった。様々なマルクス主義の流派を掲げた諸セクトが競うようにマーケットを拡大したこの時期、運動に参加する若者たちの動機には、自らの「加害性」への倫理的問いかけが含まれていたことは重要な事実である。だが、同時代の「新左翼」の多くは「加害性」認識を突出させ、「加害性」の「自己否定」を求める性急な倫理主義に走った。あるいはまた、個人の「加害性」への罪責感が「革命」の大義（「党」への忠誠、革命運動の倫理と論理）に回収されてしまうという悲劇を生み出した。その結末が党派的引き回しであり、内ゲバであり、テロリズムへの傾斜であったと言えるのではないか。小田は（また小田と思想的課題を共有した人びとは）、この倫理主義に対する批判を怠ることはなかった。

人々の悪意なき日常生活が、意図せざる加害性に貫かれている、この認識は強い倫理的メッセージ性をもった。だが小田の言うように、被害者であることによって加害者であり、加害者であることによって被害者である、という現実は、「被害者」意識を軸に展開される「平和運動」のあり方を批判にさらす一方で、観念的な「加害者」自己批判によって道徳的免罪符を手に入れようとする新左翼青年たちの性急さに対しても釘をさすものであった。「加害／被害」の構造を組み替えるためには、観念的で急進的な倫理主義による「告白（自己否定）」や対権力闘争だけでは不十分である。人々の生活がどのようにして抜きがたく戦争や暴力と絡み合っているのか、その「全体の構図」（鶴見良行）をとらえる認識の方法と、日常的関係性を組み替える実践が問われることになる（この点は鶴見良行「新左翼再考」が丁寧に掘り下げている）。

この点で重要なのが、「生きつづけること」と「生きること」を区別する小田の作業である。小田によれば、「生きること」の重視は瞬間的な生の燃焼＝昇華を意味し、「大義」（＝「生きがい」）のロマンティシズムに酔い、他者に大義を押し付ける政治に融解しやすい（「生きがい」は「私」を「公」に融解させる）。これが三島由紀夫と新左翼の若者に共通する問題である（「生きつづける」ということ」）。これに対し、「生きつづける」ことは、日常性と持続を意味する。それは「生きがい」を持たない生き方であり、そこで持ちこたえる方法と文体が必要であると小田は述べている。彼がしばしば愛用する「ボチボチ」「チョボチョボ」という表現は、「生きつづける」ための一つのスタイルなのであった。

3　阪神大震災経験と「難死」としての震災死

こうして確立・展開された小田の「難死」の思想が改めて大きく運動を始めるのは、一九九五年の阪神・淡路大震災の時ではなかったろうか。『被災の思想難死の思想』に書きつけられた震災後約一年間の思索の記録は、ベトナム戦争を軸に組み立てられていた「難死」と「被害者＝加害者」連環の思想を新たに編み直し展開していった小田自身の思想的・行動的運動の軌跡を明らかにしている。

おびただしい震災の中の死に直面し、小田はこの震災がただの「天災」ではなく「人災」であったことを深く理解する。これは「「人災」が包み込んだ「天災」

なのだ、と(『被災の思想　難死の思想』九二頁)。そこで小田は新たな「難死」に直面した。「難死」に直面して新たな概念、「難生」と「棄民」が呼び出されてくることになる。

震災の死者は、かつての大阪空襲の死者たちについて語られたごとく、悲惨で無意味で一方的な死を死んだ「難死」者である。「悲惨に、無意味に、またただ一方的に人びとが殺戮されたことにおいて、大震災での五千六百人の死もまちがいなく「難死」だった」(同、一七七頁)。しかし震災を生き延びた生者たちにもまた「難死」と切り離し難い経験が残り、また現にその経験を生きている。そこで示されるのが「難生」「棄民」という現実なのである。「「難死」をとげた人びとだけが「難死」体験をもったのではなかった。「難死」をうじて免れた人びととの体験をふくめて私はこの「難死」ということばを使う」(同、一七四—一七五頁)と小田は言う。「難生」者とは、このようにして「難死」を経験した人びと、つまり命からがら生き延びた人々、そして「難死」者たちを目の前でみすみす死なせてしまったという思いを抱えた生者たちである。「生き埋めになったまま火焔のなかで息絶えた人たちとたとえ彼らが肉親であっても彼らを火焔のなかに残して立ち去らざるを得なかった人たち」(同、一二八頁)という表現を見るとき、私は先日亡くなった中沢啓治の『はだしのゲン』を思い出す。ゲンは原爆の爆風によって倒壊した実家で、やけどの難は逃れた父・姉・弟が家の下敷きになったところに出くわし、延焼してきた焔に焼かれる彼らをただ見ていることしかできなかった。震災ではその「難死」が繰り返されたのである。

そして命からがら生き延びたとしても、行政は自己都合的な線引きや無為無策、セクショナリズムによって人々を更なる生の苦難に、「難死／難生」の境界に追いやっていた。小田は日本社会が構造的に温存し育ててきたこの「棄民」の仕組みに怒りのうめき声をあげ、「世直し」が必要であると呼びかける。「人間はあのようなかたちで死んではならない」のだと。「今、被災地の多くの市民は、五千六百人の死者たちのことをを考えるとき、まず来る思いは、人間はあのようなかたちで死んではならないということだと思う。あのようなかたちで死んではならないということは、あのようなかたちで殺されてはならないということだ。そして、その思いが市民にあるのは、自分たち自身が

まさにあのようなかたちで殺されかかったのだ。」(同、一五四頁)

戦争下における「難死」と震災における「難死」には、たしかに状況の違いはある。だが、難死を強いる国家の責任を問うとき、ここには共通の状況が存在している。ここでも「難死」は異なる時空での体験を結び合わせるキー概念となるのだ。そして小田はこの震災経験から新たに「被災の思想」という概念を提出する。それは「難死」「棄民」を出発点として「震災以前」と「震災以後」の間に歴史の切れ目を入れ、「震災以後」が「以前」とおなじであっていいのか、と問うものである。「難死」の思想はここで「被災の思想」の柱ともなるものだ。「被災の思想」の中には、被災した人びとが再び自分たちの手で街をつくる思想としての「足つきの思想」も含まれるが、震災後その活動が大きく注目された「ボランティア」について、震災を受けとめるということは被災地のみのことがらではなく、たとえば東京にいる人間は身動きのとれない被災者に代わって、「棄民」政策をとる政府中枢にデモ行進をし、被災者とともに市役所に押しかけて談判する「ボランティア」として活動してほしい、と小田が呼びかけていることに注目したい。二〇一一年の東日本大震災と福島原発事故以後の東京での運動は、はからずもこの小田の一九九五年の呼びかけに呼応したものであるように思える。

三 「難死」をめぐる問題系と論点

1 空爆下の思想

以上のような形で展開を遂げてきた「難死」の思想に関し、より個別的な論点をいくつか確認しておくことにしたい。その第一は、〝空爆下の思想〟と呼ぶことのできる立場である。小田がよく用いるたとえを用いるならば、空襲する側の視座(鳥瞰図)に対する虫瞰図の視点であり、爆撃に追われて地面を這いずり回る立場であり、抵抗もなしえずに殺されていく側から考える立場のことである。これは小田の思想的な立脚点を示している。空爆下の視点に身を置くことで、時代や民族やイデオロギーを超えた、暴力の構造が明らかになるだろう。

2 死の国家への回収

第二の論点は、人間の死が国家によって意味づけられ、回収されることをめぐる問題である。「難死」は「散華」の対語として、大義名分で飾ることのできない無意味な死を指し示していた。国家的な大義名分に回収できる死は「公状況」における死として、たとえば「恩給」の対象になったり、靖国神社に祀られたりするという処遇を受ける。他方、「戦死＝公的死」ではないものとして国家に回収されない死は、「補償」の対象としても認知されない。空襲の死者や原爆の死者がそうした扱いを受けた。そしてまた特例として、沖縄戦の死者は「軍人」「民間人」を問わず「恩給」の支給対象となったと嶋津与志は述べている。ここに貫徹しているのは、個人原理による国家補償ではなく、国家的な「公状況」への奉仕に対して国家が「恩」で報いるという靖国―恩給体系である。「加害者」であり「被害者」である民衆は、「難死」の思想を欠いたとき「平和の礎である戦死者」という責任意識を欠落させた国家的慰霊の構造に回収されてしまう。小田は次のように述べている。

「「被害者＝加害者」の連環を通して戦争の問題を考えるやり方は、元来、私たちふつうの人間の戦争責任を問題にするなかでかたちづくられた認識の方法だった。あれはただ指導者がやったことだというありきたりの逃げを許さない――この返還（ママ）を最初に問題にした私にはまずその基本認識があった。自分自身に対しても、私はその基本認識で対して来た。／ただ、この認識には、誰も彼もが「被害者＝加害者」になることで、かえって「加害者」としての責任が曖昧にされてしまう弱点をもっていた。あるいはまた、後者の「加害者」より前者の「被害者」の面が強調されて、責任は薄れぼやける。」（『被災の思想　難死の思想』三〇五頁）

それゆえ「「難死」「難生」を強いられた側の視点で全体を見すえないかぎり、「連環」理論にはどうしても「免罪」の匂い、臭気がつきまと」ってしまうのだ、と（同、三〇七頁）。「難死」の思想と「被害者＝加害者」連環が相補的に思想の軸を形成していることの重要性がここに示されていると言えるだろう。それゆえ「被害者＝加害者」連環を補完する「難死」の思想は靖国―恩給体系的な「報恩」の仕組みを下から撃ち、国家による恣意的な大義の賦与／剥奪を拒否し、国家の戦争責任を問う思想となる。

3 戦争責任論と国際連帯

したがって「難死者」＝「加害者」の認識による戦争責任論は、「個人」「市民」として国家の加害体系に対する抵抗を促すことになる。それとともに、そのような国家責任を問う限りにおいて、「難死者」＝「被害者」の国際連帯も可能となる。これが第三の論点である。国家によって殺される者の連帯の可能性。それは決して容易なことではないが、市民の連帯原理として手放すことのできないものである。

四 「難死」の思想の広がり
――現代の思想としての「難死」の思想

このような広がりをもった「難死」の思想は、同時代の、そしてその後の人々にどのように受けとめられたか。また、どういう人々とつながる質を持っているのか。「難死」の思想の可能性を考えるためにそのことを確認しておきたい。

1 「国民」としての断念――鶴見良行

まず第一に取り上げておきたいのは、小田の同時代人でありべ平連の同僚であった鶴見良行である。鶴見が一九六七年に発表した論文「日本国民としての断念――「国家」の克服をいかに平和運動へ結集するか」では、「国籍・国家」からの自立あるいは断念として反戦市民運動は取り組まれるべきだという主張が展開されている。その意味するところは、戦争を遂行する主権国家に対して反戦運動は「反体制運動」たらざるをえず、したがって国家の構成員としての「国民」という立場を断念し、個人の次元から国家との関係を問い直していかなくてはならないというものであった。

鶴見は小田と同じくアメリカの脱走兵との出会いに大きな衝撃を受け、「もう一つのアメリカ」に出会ったと感じ、「国家」への不服従としての反戦運動を考えるようになった。彼は「難死」概念は使わなかったが、「被害者＝加害者」連環の問題は大きな思想的意味をもって受けとめ、その後の思想展開の鍵としていったように思われる。七〇年代に鶴見が取り組み始めた「アジア」研究の初発の動機には、「被害者＝加害者」連環の認識があったのではないかと考えている（鶴見『東南アジアを知る』参照）。

2　被爆者の思想——岩松繁俊・栗原貞子

同じ時代、よりストレートに「被害者＝加害者」連環の問題を原水爆禁止運動、とりわけ被爆者の立場から考察しようとしたのが、広島の詩人栗原貞子と、長崎の原水爆禁止運動の中心的な担い手の一人であった岩松繁俊である。

二人はともに原爆被爆問題における加害者責任を鋭く問い続けた。栗原は加害性を問いえない被爆者運動・平和運動は世界の人びとに受けとめられることはないという認識から、詩「ヒロシマというとき」を一九七六年に発表している。栗原はこの詩が収録された同名の詩集の「あとがき」で次のように語っている。

「〈ヒロシマというとき〉は一九六五年に始まったべ平連運動が、「被害者であると同時に加害者である」という、反戦の新しい視点をきりひらいたことにより、原爆被害者もまた、軍都広島の市民として侵略戦争に協力した加害者としての自身の責任を問う同名の作品名をそのまま用いました。」（『ヒロシマというとき』一九三―一九四頁）

つまり、彼女のこの思想は、小田の「被害者＝加害者」連環から影響を受けたものである。詩の発表年を見ても、影響関係は明白である。小田もまたしばしば栗原について言及していたが、同時代において最も明確に小田のこの認識が受けとめられたのが原水爆禁止運動であったというのは重要な意味を持っていよう。

他方、長崎の岩松はバートランド・ラッセルの平和主義・非暴力主義の研究者として知られていたが、彼もまた「被害者＝加害者」連環の認識に影響を受け、さらに「被害者」の視点を深めていった。岩松は、日本の原水爆禁止運動を、「被害者」としての立場を徹底することで世界の被害者に連帯できるはずが不徹底に終わったものとして批判している。この点は「平和の倫理と論理」で小田が述べていた「被害者体験を軸としてあり得たかもしれない他国民との連帯」という表現と重なるものである。岩松はこの点に徹底的にこだわり、連帯できないできたのは、他の被害者たちを被害者たらしめた当の加害者がほかならぬ自分たちであることを自覚できないからだ、と重ねていく。アメリカの核攻撃に曝された「難死」「難生」者であった被爆者自身の中に「被害者＝加害者」連環を見出す岩松の厳しい思想性がここに表現されている。

「とことんまで被害者の立場に徹しきったとき、同じ被害者として朝鮮人の被害者の姿がみえてくるはずである。中国人の被害者の姿がみえてくるはずである。ヴェトナム人、フィリピン人の被害者の姿が、総じて東南アジアの被害者の姿がみえてくるはずである。太平洋諸国の被害者の姿がみえてくるはずである。これらの被害者は、戦争犠牲者として、日本人被害者と同じ立場にたっているはずである。／にもかかわらず、日本人にこれらアジアや太平洋の被害者の姿がみえないとすれば、それはまだ日本人被害者の被害者としての立場が、アジアや太平洋の被害者の立場にまで徹しきっていないからである。／なぜ徹しきることができないか。日本人の立場は、結局は、これらの人びとの立場とまったく同じ立場にはないからである。［…］被害者としての立場に微妙な相違があるからこそ、被害者としての認識と思想に甘さがうまれてこざるをえないのである。［…］日本人民大衆は完全な被害者、徹底した被害者ではなかった。広島・長崎の被爆者も、徹底した純粋被害者ではなかった。」（『反核と戦争責任』五一―五二頁）

　このように語るとき、「加害性」と「被害性」を差引計算しているように見えなくもない。だが、岩松はそのような算術計算、「被害」「加害」の相殺を断じて許さない。「被害者」の思想とはそうした根底性を秘めたものであることが彼の議論の出発点であるのだ。

「アメリカが日本の二都市に原爆を投下した犯罪は世界の歴史に比較しうるものがない。しかし帝国主義日本の朝鮮・中国・東南アジア・米国・英国・オランダにたいする攻撃は重大な戦争犯罪であって、アメリカの原爆投下の犯罪によっても帳消しにすることはできない。また逆に、アメリカの犯罪は日本の戦争犯罪によって帳消しにはできない。／両国の戦争犯罪はお互いに相殺しあうものではない。唯一の正しいアプローチは人間的・社会的・国際的かつ地球的観点から構成された基準によって判断することである。この方法によれば、日本の侵略と残虐行為は重大な犯罪であると同時にアメリカの原爆投下は重大な暴行であったと結論づけられるにちがいない。」（『戦争責任と核廃絶』一八一頁）

「被害者」認識の徹底の上に「加害者」性を発見し、そこから連帯を探り、同時に国家の戦争犯罪を「被害者」の立場から普遍的に裁いていく、ということの思想は、小田の議論と重なるものであり、同時代における深い共振の産物であったということができるだろう。

3 「被害者」の思想と靖国への抵抗
——田中伸尚・平和遺族会全国連絡会

「被害者」論を別な方向に発展させた議論に、田中伸尚の靖国批判、それに平和遺族会全国連絡会の思想がある。田中は戦争の記憶を語る際に「犠牲者」ということばがしばしば使われることに注目し、それが国家の大義名分に回収された戦争死者を示すことばとなっていると指摘する。戦没者を「犠牲者」ととらえる思想のうちには、戦没者が国家のために「犠牲」となったことが、今日の「平和」や「繁栄」の「礎」となっている、という考えを含み持つのであり、それは一方で「国のための犠牲」という言明を通じて国家に対する請求権を正当化するが、他方で、国家の行為による「被害者」ではなく、「国のための犠牲」として語られるために、国家の行為も、その国家の行為に身を投じた個々の兵士や国民たちの行為も、すべてその責任は問われることなく、「感謝」されるべき「犠牲」行為のみが美化されて残ることになる。靖国の思想と「犠牲者」の思想は相互に支え合っている、というのである（田中『さよなら、「国民」』）。「犠牲という言葉は、責任を排除する。きわめてあいまいである。ダレも傷つかない。したがって［…］具体的な戦争の姿を隠し、戦争責任・戦後責任を遠くに押しやる」（同、七五頁）と。

これに対し、「被害者」ということばは、対語として「加害者」を呼び出す力を持つ。小田・岩松が述べるように、「被害者」の立場を突き詰めていけば他の被害者を加害した自らへの問い直しが生まれる（可能性を持っている）のであり、この「被害者」概念の徹底を進めたところに「犠牲者」概念の問題性が鮮明に浮かび上がることになる。

平和遺族会全国連絡会の戦没者の受けとめ方も、この議論と接続したところにある。戦死した自分たちの家族が、戦争の被害者であると同時にアジアに対する加害者であることを認識し、加害／被害の構造を作り出す政府と天皇制に対する批判の姿勢を強く打ち出したこの団体の思想は、「遺族」の側から「被害者＝加害者」連環を受けとめたものであるといえる。国家が「犠牲」あるいは「英霊」と意味づける死を、彼らは拒む。同会の結成宣言では次のように述べている。ここでは「戦争犠牲者」ということばが使われているが、示されているのは被害者の国際連帯の思想である。

「私たちの肉親を奪ったあの戦争は、アジアの国々の平和をおびやかし、民衆の生活を破壊し、二〇〇〇万を上まわる生命を奪った侵略戦争だったのです。私たちは息子、夫、兄弟、父の死を、「意義ある死」として、自分自身を慰めることもできなかったのです。／私たちは戦没遺族であるからこそ、誰よりも強く平和を求めます。私たちはもう二度とアジアの人々を敵視し、平然と何の罪もない民衆を殺すようなことをしてはならないと思います。私たちは、戦争の悲劇を味わった者として、日本の政府が再び戦争の惨禍をもたらすことがないように最善の努力を払いたいと思います。[…] さる侵略戦争の最大の責任は、近代天皇制国家において戦争を計画し、遂行した天皇を頂点とする軍国主義の指導者にあります。[…] 私たちは、靖国神社「公式参拝」を絶対に認めることはできません。[…] 私たちはこうした危険な方向に反対し、自覚を新たにして真の平和をつくり出す原点に立ち、アジアのそして世界の戦争犠牲者と手をつなぎ、力を合わせ、連帯します。」(田中・田中・波田『遺族と戦後』一四九―一五一頁)

4 「私たちの名前で戦争をするな!」——米ピースフル・トゥモロウズ

以上は日本における思想の展開であるが、最後に紹介したいのはアメリカの市民団体である。「ピースフル・トゥモロウズ」と名乗るこの団体は、二〇〇一年の同時多発テロで亡くなった人々の遺族によって結成された。彼らのまとめた『われらの悲しみを平和の一歩に』という本によれば、「九・一一」テロに対する「報復」としてアメリカ政府がアフガニスタンに戦争を仕掛けると知ったとき、自分たちの愛する人々の名前が戦争を正当化するために国家に利用されていることに深い怒りを抱き、「私たちの名前で戦争をするな!」と反戦デモを始めたという。「被害者」が国家あるいは国民の名において領有され、国家が「報復」の暴力を代行・独占するという構造は、まさに戦争と憎しみの連鎖を拡大するものでしかないと考えた彼らは、この構造への批判を深め、空爆下に置かれたアフガニスタンの人々に「共感」を寄せる。この「難死」者の国際連帯を軸とした反戦運動には、実のところ小田の思想の影響はまったくないが、上で見てきたような「難死」の思想、「被害者＝加害者」連環の認識が海を隔てて独自に獲得されていることがわかる。そのことはこの思想の普遍性を物語っていると言えるだろう（以上の③・④については、詳しくは拙稿「not in our names!」『抵抗の同時代史』所収」を参照されたい）。「難死」の思想は人間・小田実の肉体を超えて世界に広がっているのである。

そして、今――うち続く「難死」の時代に抗して

そして今、一九九五年の阪神・淡路大震災の経験に学ぶことなく、東日本大震災とフクシマ被曝の双方の被災者に対し、「棄民」を強いる日本政府の姿がある。アメリカ軍は「トモダチ作戦」と称し、被災地での活動を行なったが、これは核事故から安全保障上の教訓と利益を引き出そうとした「作戦」であったことは明らかである。その国家の思惑のもとに「作戦」に従事した兵士たちが被曝をし、現在米政府を訴えている。彼らは自らを「難死」者の立場においてとらえたのだ。

また、放射線の影響を低く見積もり、安全基準を引き上げて人々を汚染地に押しとどめるとともに、補償をできるだけ低く抑えようとした日本政府の行為は、核安保と土建屋政治（「地価下落」が怖くて放射能汚染を過小評価する）が絡み合ったこの国の相も変らぬ棄民構造を明らかにする。

地震・津波・そして放射能汚染の中でのさまざまな「難死」、さまざまな喪失、さまざまな「避難」がある。そして、その逆境に抗するべくさまざまな抗議と抵抗が展開されている。それは、二〇一三年春のいまも、続いている。運動の中では様々な意見の対立や批判も存在するというが、運動は一つの「正しい意見」にまとめあげられる必要はないし、ひとつの「正しい意見」にまとめ上げられなければ力を持てないということでもない。それぞれの生きる形、あるいは生きる形を求める闘いに応じて生まれる多様な要求や異議申し立てを支援しあえるつながりをいかに作ることができるかこそが鍵であろう。政党に頼る必要は全くないが、しかし政治家には法と政策を作らせる必要があるし、仕事をさせなければならない。そのために市民は動くべきであるし、また法の外でも必要であれば人々は動く。動いている。それが今だ。小田実の「難死」の思想はこの今を解読し、行動する手がかりとなるだろう。

〈参考文献（刊行順）〉

小田実「平和への具体的提言」『文芸』一九六六年一〇月
小田実編『市民運動とは何か――ベ平連の思想』徳間書店、一九六八年六月
栗原貞子『ヒロシマというとき』三一書房、一九七一年三月
岩松繁俊『反核と戦争責任――「被害者」日本と「加害者」日本』三一書房、一九八二年八月
嶋津与志『沖縄戦を考える』ひるぎ社、一九八三年五月
小田実『「難死」の思想』岩波同時代ライブラリー、一九九一年一二月
「「難死」の思想」（初出『展望』一九六五年一月）
「平和の倫理と論理」（初出『展望』一九六六年八月）
「人間・ある個人的考察」（初出『展望』一九六八年二月）
「デモ行進とピラミッド」（初出『展望』一九六九年一〇月）
「彼の死の意味」（初出『ロンドン・タイムス』一九七一年四月二九日）
「「生きつづける」ということ」（初出『展望』一九七一年一月）
「「殺すな」から」（初出『世界』一九七六年一月）
田中伸尚・田中宏・波田永実『遺族と戦後』岩波新書、一九九五年七月
鶴見良行『東南アジアを知る――私の方法』岩波新書、一九九五年一一月
小田実『被災の思想　難死の思想』朝日新聞社、一九九六年四月
小田実『これは「人間の国」か――西方ニ異説アリ』筑摩書房、一九九八年一月
岩松繁俊『戦争責任と核廃絶』三一書房、一九九八年七月
田中伸尚『さよなら、「国民」――記憶する「死者」の物語』一葉社、一九九八年一二月
D・デリンジャー、小田実『「人間の国」へ――日米・市民の対話』藤原書店、一九九九年三月
小熊英二『〈民主〉と〈愛国〉――戦後日本のナショナリズムと公共性』新曜社、二〇〇二年四月
鶴見良行『鶴見良行著作集2　ベ平連』みすず書房、二〇〇二年六月
鶴見良行「新左翼再考」『鶴見良行著作集3　アジアとの出会い』みすず書房、二〇〇二年一二月（初出『思想の科学』一九七七年一〇月臨時増刊号）
デイビッド・ポトーティとピースフル・トゥモロウズ『われらの悲しみを平和の一歩に――9・11犠牲者

家族の記録』梶原寿訳、岩波書店、二〇〇四年三月
道場親信『抵抗の同時代史――軍事化とネオリベラリズムに抗して』人文書院、二〇〇八年七月
道場親信「ポスト・ベトナム戦争期におけるアジア連帯運動――「内なるアジア」と「アジアの中の日本」の間で」『岩波講座　東アジア近現代通史8　ベトナム戦争の時代』岩波書店、二〇一一年六月

（和光大学教員）

病床にて（写真提供＝共同通信）

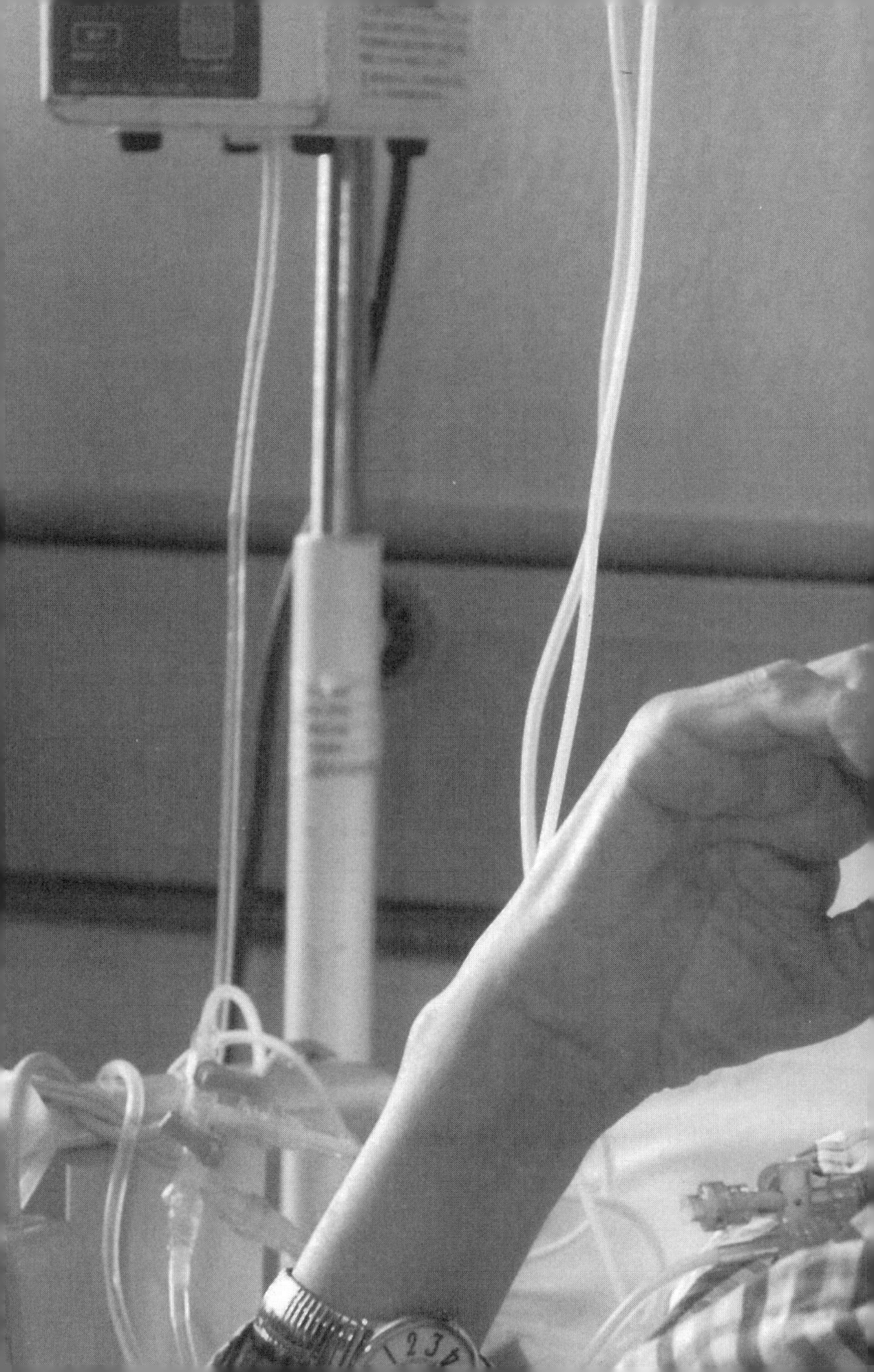

小田実年譜（一九三二〜二〇〇七）

構成　金井和子

一九三二年（昭和七年）

六月二日、大阪市福島で生まれた。福島は大阪市北部、かつてはにぎわっていた「下町」。一九三二年は、「上海事変」の年。そして、私が生まれる日のほんの二週間ほど前には、「五・一五」事件が起こった。父は当時は大阪市の職員（のちに「政権交代」のあおりでクビ、弁護士になった）。母は商家（本屋）の娘。

一九三九年（昭和一四年）七歳

大阪市立五條小学校入学。

一九四五年（昭和二〇年）一三歳

姫路市立城巽国民学校卒業。大阪府立（旧制）天王寺中学入学。この簡単な記述のなかに、「小学校」→「国民学校」への推移、「学童疎開」の実施など、「戦争」が詰まっている。中学への入学も、その前日か前々日だかに大阪は大空襲を受け、試験問題がすべて燃え上がってしまったのか、出願者全員が無試験入学。以来、私はすべての秩序はいつかは崩壊するという度しがたい信念の持ち主になった。私の戦争体験は飢えと空襲。空襲は一九四五年八月一四日午後までつづいた。その最後の空襲はB＝29爆撃機数百機による大規模なものだ。空襲後、日本が降伏したむね書いたビラを拾った。B＝29機が一トン爆弾とともに投下したビラだ。私は信じなかったが、それから二〇時間後、翌一五日正午、天皇の声は日本の降伏を告げた。この体験も私の人生、思考に今も根強く残っている。

一九五一年（昭和二六年）一九歳

小説『明後日の手記』（河出書房）。高校二年生の夏休みに書いた。もっと若いころから小説（らしきもの）を書いて来ていた私の努力がとにかくものになったのが、この長編だが、できばえはともかくこの小説はそれまでのものとちがって、「小説家」になりたくて書いた小説ではなかった。ただ書きたくて、書かねばならないものとして、また、小説以外に書きようがないものとして書いた。

一九五二年（昭和二七年）二〇歳

大阪府立（新制）夕陽丘高校卒業、東京大学教養学部入学。この記述には（旧制）から（新制）への推移と「男女共学」の実施という「戦後」が入っている。この「男女共学」は、私がいた（旧制）天王寺中学と（旧制）夕陽丘高女の生徒、教師を半数ずつ交換して、それぞれを（新制）高校にするという画期的方法によってなされた。「男女共学」は私に「民主主義」を実感させ、その実施の方法は「革命」の可能性を信じさせた。

一九五六年（昭和三一年）二四歳

小説『わが人生の時』（河出書房）。前作にひきつづき、高校三年生のとき、私はかなり長い小説を書いたが、これは「没」。『わが人生の時』は大学に入って五年をついやして書き、本になったが、私はかえって行きづまりを感じていた。自分の思考にも書くものにも、大きく風穴をあけたい、その気持のはてにあったのが、「ひとつ、アメリカへ行ってやろう」で始まる「何でも見てやろう」の旅だ。

一九五七年（昭和三二年）二五歳

東京大学文学部言語学科卒業、東京大学大学院人文科学研究科西洋古典学専攻修士課程入学。一九五八年、「フルブライト基金」を受け、ハーバード大学大学院（School of Arts and Science）留学。上のように書くともっともらしいが、アメリカ合州国に留学したのも、べつに「西洋古典学」のウンノウをきわめるためではなかった。留学後、アメリカ合州国内部、メキシコ、ヨーロッパ、中近東、アジア各地を歩いて帰ったあと書いた『何でも見てやろう』の冒頭の数行がすべてを言いあらわしている。「ひとつ、アメリカへ行ってやろう、と私は思った。三年前の秋のことである。理由はしごく簡単であった。私はアメリカを見たくなったのである。要するに、ただそれだけのことであった。」アメリカ合州国だけではなかった。私は世界を見たかった。留学を足がかりにさらに大きな旅に出た。これが『何でも見てやろう』の旅だ。私の「西洋古典学」について少し言えば、私は大学にいるあいだ、ローマ時代のギリシア人批評家「ロンギノス」(引用符つきで書くのは、だぶん、その批評家がロンギノスでないからだ。しかし、他に名前が見つからないので、古来、そう使われて来ている)の『崇高について』を勉強し、卒業論文も書き、ずっと後年、一九九九年には訳と評論を「共著」のかたちで出した。一九六〇年四月に帰国。以後、「西洋古典学」は教えたことはないが、英語、思想、文学——多岐にわたって、日本の内外で教えた。外国で本格的に教えたのは、ニューヨーク州立大学(ストーニイ・ブルック校)。一九九二年から九四年にかけて私が考える「日本学入門」を教えた。これは、アメリカ合州国をあらためて知るいい機会になった。また、日本をもう一度勉強しなおす機会ともなった。しかし、私は本質的に作家だ、そう自分をとらえている。作家としての経歴は、何をおいても作品だ。以下、本の題名をあげ、主として小説にかかわって必要なつけたしを加える。

一九六一年(昭和三六年)二九歳
旅行記『何でも見てやろう』(河出書房新社)。たしかにアメリカ合州国から始まって世界大にひろがった旅は、私の思考、人生に大きく風穴をあけた。そこから風は激しく入って来て、余分なものを吹き飛ばした。

一九六二年(昭和三七年)三〇歳
小説『アメリカ』(河出書房新社)。風穴があいたあとで書いた最初の長編小説。『文藝』(一九六二年三月号—一一月号)にまず連載した。私の「アメリカ」と「日本」がそこにある。ある高名な批評家が、「これが小説なら小説観を変える」と「酷評」(のつもりだったにちがいない)したのが記憶に残っている。

一九六三年(昭和三八年)三一歳
評論集『日本を考える』(河出書房新社)小説『大地と星輝く天の子』(講談社)。『大地と星輝く天の子』は、ソクラテスの裁判を主題にした「書き下ろし」長編小説。ソクラテスが主人公ではない。彼を裁いた人たち——ふつうの市民、つまり、私自身が主人公だ。夏「何でも見てやろう」の旅を終えて帰国したあとはじめて、「外国」へ出かけている。韓国である。「それを避けて通ることはできない」を

『中央公論』に発表。私の韓国行は大いに物議を醸した。ついに私は「南北」朝鮮の敵になった。

一九六四年（昭和三九年）三二歳
評論集『壁を破る』（中央公論社）評論『日本の知識人』（筑摩書房）。『日本の知識人』は日本を古代ギリシアと現代インドに対比して書いた「書き下ろし」の「日本論」。

一九六五年（昭和四〇年）三三歳
評論集『戦後を拓く思想』（講談社）小説集『泥の世界』（河出書房新社）評論『世界カタコト辞典』（開高健と共著、文藝春秋新社）。『泥の世界』は、「泥の世界」（『文藝』一九六五年三月号）、「折れた剣」（『文藝』一九六三年二月号）、「ある登攀」（『三田文学』一九五七年四月号）を集めた小説集。四月、のちに「べ平連」（「ベトナムに平和を！」市民連合）の名で広く知られるようになるベトナム反戦運動を四月二四日の東京での集会、それにつづくデモ行進から始めた。運動の思想的原点となったのは、直前に書いて発表した「難死の思想」（『展望』一九六五年一月号）だった。私が自然なかたちで代表になった。

一九六六年（昭和四一年）三四歳
評論集『平和をつくる原理』（講談社）評論集『小田実の受験教育』（河出書房新社）。ハワード・ジンらが来て「ティーチ・イン行脚」が始まった。おそらく日米両国市民のはじめての反戦平和の共同行動だった。

一九六七年（昭和四二年）三五歳
評論＝旅行記『義務としての旅』（岩波書店）。この本は三度の旅の記録だった。最初は、六五年九月から翌年四月まで、アメリカ、ソ連、ヨーロッパ、インドを回った。二度目は、六六年六月から七月、ジュネーブで開かれた会議に出席したあと、ヨーロッパを歩いた。三度目はソ連。

一九六八年（昭和四三年）三六歳
小説『現代史』（河出書房新社）評論集『人間・ある個人的考察』（筑摩書房）。『現代史』は「書き下ろし」の長編だが、この「ブルジョワのご令嬢のお見合い話」にとられかねない小説をデモ行進のなかでも書いていた。『人間・ある個人的考察』の評論はそのころ始めていたアメリカ合州国の脱走兵支援の運動の思想的総括。前年にイントレピッド号からの四人のアメリカ兵が脱走してきたのを皮切りに、このころ脱走兵支援の運動が始まる。脱走兵を引きとってもらうため、運んでもらうためのかけ合い、交渉のため東欧、北欧、南欧、アジアの諸都市を旅して歩いた。旅の終り、当時の「北」ベトナムへ行った。

一九六九年（昭和四四年）三七歳

評論＝旅行記『終結のなかの発端』（河出書房新社）評論集『人間のなかの歴史』（講談社）評論集『難死の思想』（文藝春秋）旅行記『原点からの旅』（徳間書店）編著『第三世界の革命』（筑摩書房）『大逃走論』（安岡章太郎との対話、毎日新聞社）『変革の思想を問う』（高橋和巳、真継伸彦ほかとの対話、筑摩書房）。「べ平連」は、私の発議で『週刊アンポ』を一九六九年六月に「ゼロ号」を出したあと、一一月一七日号を創刊号として翌年六月の一五号まで隔週刊で出した。アメリカでCommittee of Concerned Asian Scholars（憂慮するアジア学者の会）に招かれ、各地の大学で講演。ワシントンでは当時の佐藤首相とニクソン大統領の日米会談に抗議する日米合同の集会とデモ行進に参加した。

一九七〇年（昭和四五年）三八歳

評論集『何を私たちは始めているのか』（三一書房）編著『現代人間論』（筑摩書房）『問題のなかでしゃべる』（竹内好ほかとの対話、講談社）。真継伸彦、柴田翔、高橋和巳、開高健と季刊同人誌『人間として』を発刊（一九七〇年一号―七二年一二号・筑摩書房）。集会とデモ行進で日本じゅうを駆けまわっていた。「反安保毎日デモ」を自ら言い出しベエとしてやり出した。同世代の人たちに呼びかけ「満州事変からインドシナ戦争へ」と題した集会を開いた。ユネスコが主催したシンポジウム、「教育の危機」に招かれて、討論に参加した。

一九七一年（昭和四六年）三九歳

『人間の原理を求めて』（森有正との対話、筑摩書房）。私はこの年、大半、病院に入院して寝ていた。

一九七二年（昭和四七年）四〇歳

評論集『「生きつづける」ということ』（筑摩書房）評論『空間と時間の旅』（河出書房新社）翻訳エドモンド・デスノエス著『いやし難い記憶』（筑摩書房）。『世直しの倫理と論理』（岩波書店）評論『世直しの倫理と論理』は、「長いものに巻かれながら巻き返す」市民の政治学、政治哲学。「書き下ろし」で、この前年、過労で入院中の地方都市の病院のベッドの上で書いた。韓国の詩人金芝河の救援活動を始めた。これはのちに金大中救援からさらには韓国民主化闘争支援に至るまで大きく幅をひろげ、長くつづく運動になった。

一九七三年（昭和四八年）四一歳

小説『ガ島』（講談社）評論集『二つの「世の中」』（筑摩書房）『対話篇』（中村真一郎との対話、人文書院）『くらしのなかの男二人』（深沢七郎との対話、現代史出版会）。『ガ島』ははじめ『群像』（一九七三年一〇月号）に一挙掲載で発表した。戦争と現代にかかわる私流の「政治小説」。「これが小説なら小説観を変える」たぐいの小説であったにちがいない。カザフスタン（当時ソビエト連邦）で開かれた「アジア・アフリカ作家会議」に出かけた。

一九七四年（昭和四九年）四二歳

評論『自立する市民』（朝日新聞社）評論『「ベトナム」の影』（中央公論社）評論『状況から』（岩波書店）。「パリ会談」でベトナム戦争はようやく終結を見せ始めた。「べ平連」は七四年一月に東京で「解散集会」を開いた。私はその集会に出ていない。事務局長の吉川勇一がその会でしゃべっていた。「彼（小田）は、昨年、アルマアタで開かれたアジア・アフリカ作家会議に出たあと、ヨーロッパへ出、そのあとカナダへ渡り、さらに南へ下って、メキシコ、グアテマラ、そしてラテン・アメリカ諸国をめぐって、アルゼンチン、ブラジル、そしてアフリカ西岸へ渡り、ガーナその他をまわり、キンシャサへ出て、東海岸のタンザニアを出たわけです。」「昨日、バンコックへ電話を入れてみましたが、まだ着いておりません。……要するに小田実氏ぬきでべ平連は解散ということになります。彼が行方不明のあいだにべ平連がなくなっちゃうというのも、いかにもべ平連らしいという気がしないでもないですが（笑）……」。何のために私が「大きな旅」をしたのかと言えば、アジアの市民運動が集まる「アジア人会議」(同じ年に実際に東京で開催された)を私がしようとしていたからだ。「アジア人会議」をするために、何でまたラテン・アメリカ、アフリカくんだりまで出かける必要があったのか――それは私の文学、思想がそうしたものであるからだ。九月、共産党、社会党、公明党など政党と市民が、日韓問題で共同のデモ行進をすることを考え、実現した。

一九七五年(昭和五〇年) 四三歳
小説『冷え物』『羽なければ』(河出書房新社) 評論集『「鎖国」の文学』(講談社)『人間のたたかいの砦から』(上田卓三との対話、解放出版社)。小説は二つともに、まず『文藝』に書いた。『冷え物』は一九六九年七月号、『羽なければ』は一九七〇年三月号。『冷え物』は「差別」問題をひき起こした。私は自分の立場を明らかにする一文を書き、出版中止の要求に対し、批判文書をつけて出版を提案、実行した。八月、タイの活動家たちが組織して開催した「第二回アジア人会議」に出かけた。

一九七六年(昭和五一年) 四四歳
評論『地図をつくる旅』(文藝春秋) 評論集『「殺すな」から』(筑摩書房)。「韓国問題緊急国際会議」を東京で開催。招待を受け、北京経由で「北」朝鮮へ三週間出かける。

一九七七年(昭和五二年) 四五歳
小説集『列人列景』(講談社) 小説『円いひっぴい』(河出書房新社) 評論集『私と朝鮮』(筑摩書房)『見る　書く　写す』(三留理男と共著、潮出版社)『天下大乱を生きる』(司馬遼太郎との対話、潮出版社)。『列人列景』は、「花電車」(『群像』一九七五年一二月号)、「墓と火」(同一九七六年三月号)、「茫」(同一九七六年八月号)、「ラブ・ストオリイ」(同一九七六年一一月号)、「ケシキ調べ」(同一九七七年三月号)、「疑問符」(同一九七七年六月号)を一冊に収めた小説集。「あとがき」に書いた。「景色のほかに人びとのつらなりというものがある。」『円いひっぴい』ははじめ『文藝』に一九七〇年一一月号―七七年九月号まで連載した長編小説。「一寸の虫にも五分の魂」があるなら、「一寸の虫にも五分の思想、観念」がある。その「一寸の虫」の「思想小説」「観念小説」。

一九七八年（昭和五三年）四六歳

評論『「民」の論理・「軍」の論理』（岩波書店）評論『「共生」への原理』（筑摩書房）エッセイ「旅は道連れ　世は情け」（角川書店）エッセイ「人びとはみんな同行者」（青春出版社）『「北朝鮮」の人びと』（潮出版社）『変革の文学』（開高健ほかとの対談、旺文社）。

一九七九年（昭和五四年）四七歳

小説『タコを揚げる』（筑摩書房）評論＝旅行記『世界が語りかける』（集英社）評論集『死者にこだわる』（筑摩書房）。『タコを揚げる』はその年の「文芸展望」にも載せたが、基本的には「書き下ろし」た人生と政治にあいわたる長編。野間宏らとともに「志」を同じくする同人が自由につくり出す雑誌を出したいと話していたのだが、それが『使者』に結実、創刊号を出せた。「国際民衆法廷」［「恒久民族民衆法廷」］の設立集会に参加し、アジア・太平洋担当の副議長になった。

一九八〇年（昭和五五年）四八歳

評論『歴史の転換のなかで』（岩波書店）評論集『基底にあるもの』（筑摩書房）評論集『小説世界を歩く』（河出書房新社）評論＝旅行記『天下大乱を行く』（集英社）。ベルギーのアントワープへ出かけて「恒久民族民衆法廷」のフィリピンにかかわる第一回法廷に参加した。かつての「ベ平連」の仲間らと語らって「日本はこれでいいのか　市民連合」（略称「日市連」）という市民運動をかたちづくった。

一九八一年（昭和五六年）四九歳

小説『HIROSHIMA』（講談社）小説集『海冥』（講談社）評論＝旅行記『二つの戦後を旅する』（朝日新聞社）。「核」は人間ひとりひとりの問題になればなるほど、人類全体の普遍の問題になる――この認識を根にして、私は長編の『HIROSHIMA』を三年がかりで「書き下ろし」た。『海冥』は『群像』連載の小説集。『HIROSHIMA』と『海冥』は根底でつながっている。根底は戦争と戦争に対する私の思いだ。五月、「韓国民主化支援緊急世界大会」を開く。

一九八二年（昭和五七年）五〇歳
評論集『状況と原理』（筑摩書房）評論『小田実の反戦読本』（第三書館）評論＝旅行記『世界を輪切りにする』（集英社）『何でも語ろう』（安東仁兵衛ほかとの対談、話の特集）エッセイ『「問題」としての人生』（講談社）。野間宏、井上光晴、真継伸彦、篠田浩一郎との季刊同人誌『使者』が終った（一九七九年春号―八二年冬号、小学館）。太平洋への旅に出た後、前年の「韓国民主化支援緊急世界大会」につづくかたちで国際シンポジウムを同じ仲間とともに開催した。サイゴン改めホーチミンで開かれた「アジア・アフリカ作家会議」の集会に出るためベトナムに行った。

一九八三年（昭和五八年）五一歳
評論『小田実の反核読本』（第三書館）評論集『長崎にて』（筑摩書房）。東京で「イスラエルのレバノン侵略に関する国際民衆法廷」を開いた。ウズベキスタンでのタシュケントで開かれた「アジア・アフリカ作家会議」の二五周年大会に出る。

一九八四年（昭和五九年）五二歳
小説『風河』（河出書房新社）評論『毛沢東』（岩波書店）評論集『状況への散歩』（日本評論社）評論＝旅行記『「ベトナム以後」を歩く』（岩波書店）評論＝旅行記「わたしの中国、わたしの太平洋」（集英社）。三月から九月にかけて半年、私は「人生の同行者」（つれあいのことを私はそう呼ぶ）玄順恵と中国に滞在、北京に暮しの根をおいて各地を旅した。最後の一月は「北朝鮮」へ出かけた。『毛沢東』は中国滞在のなかで書き上げた。文字通り中国を歩いて書いた感じがする。『風河』は最初、『文藝』に一九八三年一〇月号から八四年二月号まで連載した長編。

一九八五年（昭和六〇年）五三歳
小説『D』（中央公論社）エッセイ集『人間みなチョボチョボや』（毎日新聞社）。『D』は最初『海』（一九八三年一一月号）に一挙掲載の長編。「脱走兵」の今、現在における出現――それが『D』だ。この年の夏から一年余、私は「西」ドイツ政府の文化交流基金を受けて、「人生の同行者」と「西」ベルリンで暮らした。つまり、「壁」のなかで生活した。

いろんなことがあったし、いろんなことをかたちづくった。いろんなことが起こったなかに、娘が生まれたことがあれば、いろんなことをかたちづくったなかに、「日独文学者シンポジウム」を開催したことも、「日独平和フォーラム」をドイツ側の市民とともにかたちづくったこともあった。

一九八六年（昭和六一年）五四歳

評論『われ＝われの哲学』（岩波書店）。『世直しの倫理と論理』以来の私の思想的総括。「西」ベルリンで暮らすようになってから書き始め、書き上げた。「日独文学者の出会い　過去―現在―未来」――ドイツ語では「ドイツと日本の対話――現代世界文学とカガミとしての現代歴史」――と題し、参加作家の作品の朗読会とともに日本と「西」ドイツの文学者のシンポジウムを「西」ドイツ各地で開催した。「北朝鮮」ピョンヤンで開かれた「アジア・アフリカ作家会議」とオランダのロッテルダムで開かれた「世界作家会議」に出た。一方が「あまりにも政治的（トゥ・マッチ・ポリティクス）」なら、他方は「あまりにも文学的（トゥ・マッチ・リテラチュア）」だった。

一九八七年（昭和六二年）五五歳

評論集『強者の「平和」・弱者の「反戦」』（日本評論社）評論＝旅行記『中国体感大観』（筑摩書房）滞在記『ベルリン日録』（講談社）小説『ベルリン物語』（集英社）。『ベルリン物語』は最初、『すばる』（一九八七年八月号）に一挙掲載。「壁」のなかの過去、現在、未来――それがこの長編小説の主題だ。都知事選出馬の要請を断り、あるべき政策を「市民」が討議して「三〇」を基本とするものにして「市民の意見30」をかたちづくる運動を始めた。「日独平和フォーラム」の一団を引き連れて、西ドイツへ行った。その後私たちの訪問のお返しのようにしてドイツ一団が来日。

一九八八年（昭和六三年）五六歳

評論『西ベルリンで見たこと　日本で考えたこと』（毎日新聞社）評論『「虚業」の大阪が「虚像」の日本をつくった』（山本健治との共著、経林書房）。一二月のチュニスでの「アジア・アフリカ作家会議」で、「HIROSHIMA」が「ロータス賞」を受賞した。肝入りとなり、シンポジウム「日独文学者の出会い　この激動と変革の時代における文学」を開催。一九八六年の企画の継続であった。一〇月八日より、毎週土曜日夜に神戸の「サン・テレビ」で「ニュース・インサイト」のキャスターの仕事を始めた（八九年三月まで）。

一九八九年（昭和六四年―平成元年）五七歳

評論集『批判と夢と参加』（筑摩書房）評論『小田実の英語五〇歩一〇〇歩』（河合文化教育研究所）。一月、昭和天皇死去。一一月、「ベルリンの壁」崩壊。六月、長く書きつづけて来た『ベトナムから遠く離れて』が大づめに近づいて来た。私はもう一度ベトナムを見ることにして、ディエンビエンフーから最南端カマウ岬まで旅した。途中、ダナンで、「天安門事件」の報道に接した。暗澹とした。

一九九〇年（平成二年）五八歳

エッセイ『オモニ太平記』（朝日新聞社）。私の「人生の同行者」は在日朝鮮人である。彼女の母親（オモニ）との私の「つきあい」を書いた。「つきあい」は面白く、重い。三月、「アデレード文化祭」の作家週間に招かれてオーストラリアのアデレードへ行った。八月、ソビエトへの旅に出た。カザフスタンにまで足を伸ばした。

一九九一年（平成三年）五九歳

小説『ベトナムから遠く離れて』（講談社）評論集『「難死」の思想』（岩波書店）評論『東へ西へ南へ北へ』（第三書館）。『ベトナムから遠く離れて』は、『群像』に一九八〇年八月号から始まって一九八九年九月号まで九年間にわたって連載した長編。『群像』での連載が終ったあとすぐ私は中上健次と対談しているが、その対談の題名を編集部は「日本文学の枠を超えて」（一九八九年一〇月号）とつけたが、『ベトナムから遠く離れて』は、できばえはともかく、その結構、規模においてたしかに「日本文学の枠を越えて」いる。

一九九二年（平成四年）六〇歳

小説『生きとし生けるものは』（講談社）小説『民岩太閤記』（朝日新聞社）評論『異者としての文学』（河合文化教育研究所）。『生きとし生けるものは』は『群像』（一九九〇年一〇月号）にはじめ一挙掲載。「南海」に想像力を馳せた長編。『民岩太閤記』は一九八五年四月号から一九八九年一二月号まで『月刊社会党』に連載。この豊臣秀吉の「朝鮮侵略」を書いた長編が韓国語に訳されたのを機に、同じように韓国語に訳された『オモニ太平記』とあわせてソウルで「出版記念会」が開かれることになり、訪韓。長年「忌避人物」として韓国政府からみなされてきた私が訪韓できたのは、それだけ「民主化」が進んだからだ。かつて獄中にあったのを私が直接間接に助けた人たちをふくめて多数が集まる大出版記念会になった。時代は変った、いや、民主化を夢み、たたかって来た市民が時代を変えた。七月から九月にかけて、メルボルン大学の研究員となってメルボルンに赴任。一〇月、家族を連れ渡米、ロングアイランドに住み、ニューヨーク州立大学ストーニィ・ブルック校（ＳＵＮＹ）での客員教授となって教えた。一九九三年に家族は帰国、あとさらに一年、一九九四年までニューヨークに「単身赴任」で住み、教えた。九月、「中心21」はシンポジウム「日韓・識見交流――それぞれが二一世紀にむけて」を開催した。一〇月末フランス、ストラスブルグでチベット問題についての「国際民衆法廷」に出かけた。

一九九三年（平成五年）六一歳

評論集『西宮から日本　世界を見る』（話の特集）。ハワイの主権と民族自決権の回復を求める先住民カナカ・マオリ族の運動が主催する「国際民衆法廷」のためハワイまで出かけた。一一月、ＮＨＫ衛星放送で「世界・わが心の旅――ベルリン　生と死の堆積」を放映。

一九九四年（平成六年）六二歳

この年には本の出版はなかった。イタリアのコモ湖畔・ベラジオの「ロックフェラー・センター」に招待を受け、一ヶ月滞在。七月、「わが友アメリカと語る」がＮＨＫ衛星放送で放映された。北朝鮮の「核」疑惑に端を発したチマ・チョゴリ事件に対して韓国の知己たちが出した声明に応じるかたちで「日本政府並びに日本社会に対する訴え」を発表、一〇月末、韓国の芸術家を招いて『共生』を日韓市民が考える――芸術の夕べとシンポジウム」を開催した。

一九九五年（平成七年）六三歳

評論『「べ平連」・回顧録でない回顧』（第三書館）評論『「殺すな」と「共生」』（岩波書店）評論『現

代韓国事情』(加藤周一、滝沢秀樹との共著、かもがわ出版)。一月一七日未明、午前五時四六分、地震が私の住居のある西宮をふくめて兵庫県南部を襲った。のちに「阪神・淡路大震災」の名で呼ばれるようになったこの大惨事は、私の認識、思考にあきらかにそのあとをとどめている。八月六日、イギリスのBBCが「HIROSHIMA」のラジオ・ドラマを「八月六日」の記念番組として放送。また、同じ八月、アメリカ合州国のバーモント州で、「HIROSHIMA」の「野外パーフォーマンス」が、ジェローム・ローシェンバーグの「トレブリンカ」の詩と組み合わせたかたちで「ブレッド・エンド・パペット劇団」の手で行なわれた。私もローシェンバーグとともに参加した。七月、「中心21」の努力で「従軍慰安婦」を主題にした集団制作舞踏「あなたを喚ぶその魂は」の公演が実現した。

一九九六年(平成八年)六四歳

小説『玄』(講談社)評論集『激動の世界で私が考えて来たこと』(近代文芸社)評論『被災の思想 難死の思想』(朝日新聞社)評論『でもくらてぃあ』(筑摩書房)『われ=われの旅』(玄順恵との対話、岩波書店)。『玄』ははじめ『群像』(一九九四年二月号―九五年五月号)に連載した長編。愛と性と老いとニューヨークを書いた。『でもくらてぃあ』はここ何年かかかって書いてきたが、被災の体験は新しい思想的展開をつけ加えている。他の著作にも、被災は影をおとしている。この年、私は被災者に対する「公的援助」を求める「市民=議員立法運動」を始めた。「市民立法」を土台にして、立法府の議員が市民とともに「市民=議員立法」にねり上げ、国会に提出する――というのが、私の考えたことだ。それから一九九八年五月の「被災者生活再建支援法」の成立にいたるまで、しかし、それでは不十分だとしてその後もさらに運動をつづけた。

一九九七年(平成九年)六五歳

小説『大阪シンフォニー』(中央公論社)小説『XYZ』(講談社)小説『暗潮』(河出書房新社)エッセイ集『ゆかりある人びとは…』(春秋社)。『大阪シンフォニー』を書き始めたのは一九六二年。三十余年経って再出発、一九九四年の『中央公論文芸特集』夏季号から一九九五年秋季号に連載、あと三章は「書き下ろし」で完成したこの長編で、私は「私の戦後」を書いた。『XYZ』は雑誌『ちくま』(筑摩書房)に連載(一九九二年一月号―九四年一一月号)した「市」をもとにして書きなおした未来(?)小説だが、『暗潮』は時代を逆にさかのぼって昭和を「書き下ろし」た長編。これは一九八四年の『風河』の第二部となるもので、二つで「大阪物語」をかたちづくっている。四月、『群像』(一九九六年一〇月号)に発表した短篇「「アボジ」を踏む」で川端康成文学賞を受賞した。

一九九八年(平成一〇年) 六六歳

小説『玉砕』(新潮社)。小説集『「アボジ」を踏む』(講談社)評論集『これは「人間の国」か』(筑摩書房)。「私の戦争」を書いた長編『玉砕』は最初『新潮』(一九九八年一月号)に発表した。『「アボジ」を踏む』は表題作のほかに、「「三千軍兵」の墓」(『群像』一九九七年一〇月号)「河のほとりで」(『社会文学』一九八七年創刊号)「四三号線の将軍(チャングン)」(『文学的立場』一九八〇年創刊号)「テンノウヘイカよ、走れ」(『群像』一九七四年二月号)「折れた剣」(『文藝』一九六三年一二月号)「ある登攀」(『三田文学』一九五七年四月号)――と過去四〇年にわたる作品を収めた小説集。一一月、アメリカ・ニューオーリンズに出かけて「国際女性フォーラム」(IWF)主催のシンポジウムに招かれて発言した。

一九九九年(平成一一年) 六七歳

小説集『さかさ吊りの穴』(講談社)評論・訳『崇高について』(「ロンギノス」との共著、河合文化教育研究所)『「人間の国」へ』(デイブ・デリンジャーとの対話、藤原書店)『都市と科学の論理』(武谷三男との対話、こぶし書房)。『さかさ吊りの穴』のもととなったのは、「世界」の通しの題名の下で、『群像』(一九九八年一月号―一二月号)に発表した「連作」の、世界を世界の上のさかさ吊りの穴から見た短編小説。この年のあたりで「関西」の「市民の意見30」の活動を始めた。長年の懸案だった『河』を心機一転、新しく書き始める。一一月から一二月初めにかけて、済州島へ出かけた。『「アボジ」を踏む』が済州島の劇団「劇団ハルラ山」によって劇化、上演されたからだ。済州島での初演のあと、釜山、ソウルと二〇〇〇年になって上演はつづき、最後は二〇〇〇年九月から一〇月初めにかけて京都、東京公演で終った。

二〇〇〇年（平成一二年）六八歳

評論集『ひとりでもやる、ひとりでもやめる』（筑摩書房）評論・対話『私の文学――「文（ロゴス）」の対話』（新潮社）『小田実評論撰60年代』（筑摩書房）。『小田実評論撰』は、一〇月を皮切りに以後、『4　90年代』（二〇〇二年七月）に至るまで、『2　70年代』（二〇〇一年三月）『3　80年代』（二〇〇一年七月）と刊行される。他にこれまで、私の仕事の集大成として、『小田実全仕事』（河出書房新社）全一一巻が一九七〇年から一九七八年にかけて刊行され、『小田実全小説』（第三書館）が未刊行作品をふくめて一九九二年から出版されたが、これは七巻出たところで中断している。八月、ドキュメンタリー「正義の戦争はあるのか――小田実　対論の旅」がＮＨＫ衛星放送で放映。春にベトナム、韓国、アメリカへ。六月、日本は良心的軍事拒否国家を目指すべきだと、「良心的軍事拒否国家日本実現の会」をつくり、賛同を呼びかける。六月二四日、「小田実さんのベトナム、韓国、アメリカの報告会」（市民の意見30・関西）。『朝日新聞』大阪版の「アジア紀行」連載のためベトナム、カンボジア、インド、イラン、韓国、カザフスタン、中国を旅する。後に『小田実のアジア紀行』（大月書店）として刊行。韓国ソウルの国立劇場と済州島の劇場における『「アボジ」を踏む』公演に際し、訪韓。

二〇〇一年（平成一三年）六九歳

八月一二日、同一四日、「良心的軍事拒否国家実現に向けた日米独市民八月交流」（ジェイムズ・キーン、オイゲン・アイヒホルン）。九月二一日、代表をつとめる「良心的軍事拒否国家日本実現の会」が「アメリカ合州国の「報復戦争」に対する声明 Declaration with regard to the 'War of Retaliation' by the United States of America」を発表。賛同を呼びかける。二〇〇一年度秋学期（九月から）慶應大学経済学部特別招聘教授として経済学部専門特殊科目「現代思想」を講義。慶応大学経済学部の「現代思想」講義をする中で生まれた本として、『小田実の世直し大学』（共著、筑摩書房）。

二〇〇二年（平成一四年）七〇歳

二月二七日～三月五日、ホーチミン市戦争証跡博物館に日本のベトナム反戦市民運動の資料を贈る運動の仕上げとして、ベトナム訪問団（二九人）の団長としてベトナムへ（関空→ホーチミン→ダナン→ホイアン→ソンミ→ダナン→ホーチミン→関空）。四月二六日〜五月二日、ベトナム解放記念日の四月三〇日をはさんでの招待で、第二次訪越団（一九名）の団長としてベトナムを訪問。六月二日、古希祝いの祝賀会（大阪）。六月、日韓共催ワールドカップ記念日韓知識人の講演会（横浜、黄皙暎と）。六月三〇日、『識見交流――日本と韓国から世界を考える文化総合誌』（創刊第一号、済民日報、発売・創元社）を六月三〇日に発行。創刊第一号は〝『老い』の新たな視点〟を特集。編集委員は小田のほかに、早川和男、黄皙暎、玄基栄の四人。八月七日、ベトナム代表団歓迎と交流。九月一一日、「良心的軍事拒否国家日本実現の会」が「二〇〇二年九月一一日声明 Declaration on September11, 2002」を発表。賛同を呼びかける。二〇〇二年度秋学期（九月から）慶應大学経済学部特別招聘教授として経済学部専門特殊科目「現代思想」を講義。『戦争か、平和か』（大月書店）。アテネ大学哲学科で講義する。

二〇〇三年（平成一五年）七一歳

三月一九日、「良心的軍事拒否国家日本実現の会」、「小泉純一郎首相宛書簡」を発表。三月二一日、「良心的軍事拒否国家日本実現の会」、「二〇〇三・三・二一声明」を発表。四月五日、「良心的軍事拒否国家日本実現の会」、「二〇〇三・四・五声明」で即時停戦を呼びかける。六月一三日、「良心的軍事拒否国家日本実現の会」、Declaration of June 13, 2003を発表。もはや「軍靴」はいらない、と呼びかける。七月二五日〜八月一日、ベトナム平和委員会からの招待で、第三次訪越団（二二名）を組織し団長としてベトナムへ（ハノイ→フエ→ホイアン→ダナン→ホーチミン）。二〇〇三年度第二学期（一〇月〜三月）の大阪大学大学院国際公共政策研究科（ＯＳＩＰＰ）の特殊講義「現代政策論」に非常勤講師として出講。一〇月四日、「良心的軍事拒否国家日本実現の会」、「〝災害・戦争〟有事民権法」を発表。一二月三日、「二〇〇三・一二・三声明」で訴え「あらためて平和憲法に基づいて訴える。イラク派兵をやめよ」。一二月二一日、「日越市民交流」設立集会（芦屋）『小田実のアジア紀行』（大月書店）『ここで跳べ』（慶應義塾大学出版会）。これは、慶應大学経済学部の「現代思想」講義をまとめた本。ニューヨークのジャパンソサエティで、『玉砕』の英訳が出版されたのを記念して、訳者のドナルド・キーン氏と著者による文学講演会&サインパーティ。ニューヨーク州立大学ストーニィ・ブルック校において、「中東危機と日本の展望」について講演。韓国領南大学において、「アメリカと世界平和」の国際シンポジウムで講演。

二〇〇四年（平成一六年）七二歳

一月一七日、「阪神大震災被災地からのメッセージ」を発表。一月二四日、鶴見俊輔さんと新春対談「この日本と世界を野放図にしゃべる」（大阪）。一月二四日、「二〇〇三・一二・三声明」で訴え「兵を引け」。四月一〇日、「二〇〇三・四・一〇声明」で訴え「いまこそ兵を引け」。四月三〇日、改憲反対集会(西宮)、土井たか子との対談集会で「今こそ旬の憲法」と発言。五月二四日、「二〇〇三・五・二四声明」で訴え「有事七法案を通すな」。六月一〇日、九人の呼びかけ人（井上ひさし、梅原猛、大江健三郎、奥平康弘、小田実、加藤周一、澤地久枝、鶴見俊輔、三木睦子）の一人として「九条の会」の発足記者会見（東京）。二〇〇四年度第二学期（一〇月〜三月）の大阪大学大学院国際公共政策研究科（OSIPP）の特殊講義「現代政策論」に非常勤講師として出講。九月二五日、国際シンポジウム「ベトナムと日本——アジア・世界の平和構築のため私たちにできること」（大阪）にシンポジストとして参加。ほかのシンポジストはグエン・ティ・ビン（ベトナム平和開発財団理事長、ベトナム社会主義共和国前副大統領、グエン・カー・ラン（ベトナム・ホーチミン戦争証跡博物館館長）ら。一〇月七日〜一〇月一六日、「日越市民交流ホームステイの旅」のベトナム訪問団団長としてベトナムへ（ハノイ→ディエンビエンフー→、ハノイ解放六〇周年のハノイでホームステイ三日間、ヴォー・グエン・ザップ将軍との会談→ホーチミンでホームステイ三日間）。一一月一九日〜一一月二五日、「日越市民交流」の代表としてベトナム訪日団を迎える。訪日団はホームステイ（関空→東大寺・春日大社→大阪周辺でホームステイ三日間→「大阪砲兵工廠」跡、ピース大阪→特別老人養護ホーム「あしや喜楽苑」→広島、原爆ドーム→東京でホームステイ（二日間）→国会で政党党首相親善訪問、相模原米軍基地→成田）。『随論　日本人の精神』（筑摩書房）。『戦争か、平和か』の韓国語訳が刊行される（緑色評論社）。

二〇〇五年（平成一七年）七三歳

四月二二日、「二〇〇五・四・二四声明」で訴え「伊丹の自衛隊派遣は戦争への過程そのものである」。八月一四日、八・一四大阪大空襲六〇年――「今、大阪から世界に平和を発信する」大集会（大阪）。発言者は鶴見俊輔、澤地久枝、なだいなだ、小田実。イギリスBBC放送で『玉砕』がラジオドラマ化され全世界に向けて放送される。（司馬遼太郎との対談）『天下大乱を生きる』（河出文庫）刊行。『市民の文(ロゴス)』、『西雷東騒』（岩波書店）『ラディカルに〈平和〉を問う』（法律文化社）

二〇〇六年（平成一八年）七四歳

七月二五日、「二〇〇六・七・二五声明」で訴え「小泉首相、今こそ日本の首相として」。九月一一日、「九・一一と九条」（大阪）、小田実と鶴見俊輔。一一月一九日、「憲法九条を守る宮城集会」。一一月、「市民の教育政策」を発表。『人生の同行者』（上田耕一郎との対談、新日本出版社）『玉砕／Gyokusai』（岩波書店）『9・11と9条』（大月書店）『終らない旅』（新潮社）。人生の同行者、玄順恵の本、『私の祖国は世界です』の韓国語版出版記念会のために訪韓（二月）。済州島「四・三事件」の五八周年記念イベントである「文化芸術祭」に招かれる（四月）。

二〇〇七年（平成一九年）七五歳

二月二二日、前年「串団子」のように出版された『終らない旅』『玉砕／Gyokusai』『9・11と9条』の三冊刊行を記念する講演会（東京）で、「小さな人間の位置から」と題して講演。三月一〇日、九条の会講演会（静岡）。三月一八日～二二日、恒久民族民衆法廷のフィリピンにかかわる第二回法廷（オランダ・ハーグ）に審判員として参加。三月二三日～四月九日、トルコへ旅行して帰国。五月七日、聖路加国際病院へ入院。七月三〇日午前二時五分、永眠。八月四日、青山葬儀所（東京）で告別式。八月二五日、山村サロン（芦屋）で「小田実さんを偲ぶ会」。『中流の復興』（NHK出版）。来年、二〇〇八年には、『終らない旅』のイタリア語訳、そして『玉砕』のドイツ語訳が出版予定。

付記　この年譜は、『小田実評論撰　4』巻末の年譜と著書目録および小田実のホームページ（http://www.odamakoto.com）を元に、金井和子が作成、さらに玄順恵が一部加筆した。二〇〇〇年までは小田実自身が執筆したもの、それ以降は今回加筆した。

小田実著作一覧

作成　古藤晃・金井和子

＊単行本名の前の算用数字は刊行月を示す

■一九五一年
単行本（小説）
5『明後日の手記』河出書房

■一九五六年
単行本（小説）
7『わが人生の時』河出書房

■一九六一年
全集
11『世界の旅1・2』（〜62年1・5・9）中央公論社
単行本（評論・その他）
2『何でも見てやろう』河出書房新社（韓国語訳＝印泰星、徽文出版社、一九六二）

■一九六二年
単行本（小説）
11『アメリカ』河出書房新社（韓国語訳＝ミンヨン、図書出版、ムスマク、一九九二）

■一九六三年
単行本（小説）
11『大地と星輝く天の子』講談社
単行本（評論・その他）
2『日本を考える』河出書房新社（韓国語訳＝韓明徽、一九六四）

■一九六四年
単行本（評論・その他）
7『壁を破る』中央公論社
7『日本の知識人』筑摩書房（新書）（フランス語訳＝Jean Michel Loclercq, Publications Orientales de France, 1979）

■一九六五年
単行本（小説）
9『泥の世界』河出書房新社
単行本（評論・その他）
5『戦後を拓く思想』講談社
5『世界カタコト辞典』（開高健と共著）文藝春秋新社

■一九六六年
全集
11『現代の教養15』筑摩書房
単行本（評論・その他）
9『小田実の受験教育』河出書房新社
単行本（評論・その他）
12『平和をつくる原理』講談社

■一九六七年
全集
8『現代人の思想19』平凡社
単行本（評論・その他）
9『義務としての旅』岩波書店（新書）

■一九六八年
単行本（小説）
12『現代史　上・下』河出書房新社
単行本（評論・その他）
7『人間・ある個人的考察』筑摩書房

■一九六九年
単行本（対談集）
9『変革の思想を問う』（高橋和巳、真継伸彦ほかと）筑摩書房
11『大逃走論』（安岡章太郎と）毎日新聞社
単行本（評論・その他）
5『終結のなかの発端』河出書房新社
6『人間のなかの歴史』講談社
11『原点からの旅』徳間書店
12『「難死」の思想』文藝春秋

■一九七〇年
全集
6『小田実全仕事』（全11巻、～78年3月）河出書房新社
6『現代革命の思想4』筑摩書房

単行本（対談集）
11『問題のなかでしゃべる』（竹内好ほかと）講談社
単行本（評論・その他）
7『何を私たちは始めているのか』三一書房

■一九七一年
単行本（対談集）
4『人間の原理を求めて』（森有正と）筑摩書房

■一九七二年
全集
3『新鋭作家叢書　小田実集』河出書房新社
4『現代日本文学大系84』筑摩書房
単行本（評論・その他）
1、2『世直しの倫理と論理　上・下』岩波書店（新書）
1『空間と時間の旅1・2』河出書房新社
1『「生きつづける」ということ』筑摩書房

■一九七三年
全集
5『青春の記録5』三一書房
単行本（小説）
10『ガ島』講談社
単行本（対談集）
6『対話篇』（中村真一郎と）人文書院
7『くらしの中の男二人』（深沢七郎と）現代史出版会
単行本（評論・その他）
10『二つの「世の中」』筑摩書房

■一九七四年
全集
6『現代の文学29』講談社
10『戦後日本思想大系16』筑摩書房
単行本（評論・その他）
4『「ベトナム」の影』中央公論社
6『自立する市民』朝日新聞社
9『状況から』岩波書店

■一九七五年
全集
12『岩波講座　文学1・8・9・12』（～76年4・8・12）岩波書店
単行本（小説）

8『冷え物』河出書房新社
8『羽なければ』河出書房新社
単行本（対談集）
4『人間のたたかいの砦から』（上田卓三と）解放出版社
単行本（評論・その他）
5『私と天皇』筑摩書房
6『「鎖国」の文学』講談社

■一九七六年
単行本（評論・その他）
7『地図をつくる旅』文藝春秋
8『「殺すな」から』筑摩書房

■一九七七年
単行本（小説）
8『列人列景』講談社
9『泥の世界』旺文社（文庫）
12『円いひっぴい　上・下』河出書房新社
単行本（対談集）
4『天下大乱を生きる』（司馬遼太郎と）潮出版社
単行本（評論・その他）
8『私と朝鮮』筑摩書房
11『見る　書く　写す——天下縦横無尽』潮出版社

■一九七八年
全集
3『紀行全集　世界体験1・2・9・11』（〜79年6月）河出書房新社
単行本（評論・その他）
2『「北朝鮮」の人びと』潮出版社
3『変革の文学　小田実対談集』旺文社（文庫）
4『「共生」への原理』筑摩書房
6『人びとはみんな同行者』青春出版社
6『タダの人の思想から　小田実対談集』旺文社（文庫）（牛島伸彦・解説）
7『旅は道連れ　世は情け』角川書店
8『「民」の論理「軍」の論理』岩波書店（新書）

■一九七九年
全集
4『筑摩現代文学大系89』筑摩書房
単行本（小説）
12『タコを揚げる』筑摩書房

単行本（評論・その他）
7『世界が語りかける』集英社
7『何でも見てやろう』講談社（文庫）（井出孫六・解説）
11『死者にこだわる』筑摩書房

■一九八〇年
単行本（評論・その他）
1『小説世界を歩く』河出書房新社
1『歴史の転換のなかで』岩波書店（新書）
4『天下大乱を行く』集英社
9『基底にあるもの』筑摩書房

■一九八一年
単行本（小説）
6『HIROSHIMA』講談社
（英語訳＝D. H. Whittaker, "The Bomb", Kodansha International, 1990. のちに paperback edition として "H A Hiroshima Novel", 1995. ロシア語訳＝L. Lovina, KhudozhestvennayaLiteratura（芸術・文学）, 1985. 他にフランス語訳＝1988、アラビア語訳＝1988）
8『海冥』講談社（所収の「指揮官」ドイツ語訳＝Siegfrid Shaarschmidt, DAAD（ドイツ学術交流会）、1998）
単行本（評論・その他）
9『二つの戦後を旅する』朝日新聞社

■一九八二年
単行本（対談集）
6『何でも語ろう』（安東仁兵衛ほかと）話の特集
単行本（評論・その他）
2『状況と原理』筑摩書房
6『世界を輪切りにする』集英社
9『小田実の反戦読本』第三書館

■一九八三年
全集
8『日本の原爆文学8』筑摩書房
単行本（評論・その他）
6『小田実の反核読本』第三書館
9『長崎にて』筑摩書房

■一九八四年
単行本（小説）
9『風河』河出書房新社

単行本（評論・その他）
1『「ベトナム以後」を歩く』岩波書店（新書）
7『HIROSHIMA』講談社（文庫）（小川和佑・解説）
10『毛沢東』岩波書店
11『状況への散歩』日本評論社
12『わたしの中国　わたしの太平洋』集英社
12『「問題」としての人生』講談社（新書）

■一九八五年
単行本（小説）
6『D』中央公論社
単行本（評論・その他）
10『人間みなチョボチョボや』毎日新聞社

■一九八六年
単行本（評論・その他）
6『われ＝われの哲学』岩波書店（新書）

■一九八七年
単行本（小説）
9『ベルリン物語』集英社
単行本（評論・その他）
5『ベルリン日録』講談社
8『強者の平和・弱者の反戦』日本評論社
9『中国体感大観』筑摩書房

■一九八八年
全集
2『昭和文学全集　第29巻』小学館
単行本（対談集）
5『虚業の大阪が虚像の日本をつくった』（山本健治と）経林書房
単行本（評論・その他）
9『西ベルリンで見たこと　日本で考えたこと』毎日新聞社

■一九八九年
単行本（評論・その他）
4『小田実の英語50歩100歩』河合文化教育研究所
11『批判と夢と参加』筑摩書房

■一九九〇年
単行本（評論・その他）
10『オモニ太平記』朝日新聞社

■一九九一年
単行本（小説）
7・8・9『ベトナムから遠く離れて1・2・3』講談社
12『難死の思想』岩波書店（文庫）

■一九九二年
全集
9『小田実全小説』（全12巻・別巻1、刊行中）第三書館
単行本（小説）
4『民岩太閤記』朝日新聞社（韓国語訳＝キムユン、カンウンチョン、熊津出版社、一九九二）
9『生きとし生けるものは』講談社
単行本（評論・その他）
9『異者としての文学』河合文化教育研究所

■一九九三年
全集
9『日本の名随筆　別巻31　留学』作品社
単行本（評論・その他）
1『西宮から日本を見る　世界を見る』話の特集
8『東へ西へ南へ北へ』（橋本勝と）第三書館

■一九九四年
全集
7『日本の名随筆　別巻41　望郷』作品社

■一九九五年
全集
6・7『コメンタール以後五〇年3・4』社会評論社
9『ふるさと文学館　第55巻』ぎょうせい
単行本（評論・その他）
10『現代韓国事情』（加藤周一、滝沢秀樹との共著）かもがわ出版
1『「べ平連」・回顧録でない回顧』第三書館
4『「殺すな」と「共生」』岩波書店（新書）
『オモニ太平記』朝日新聞社（文庫、玄基栄・解説）（韓国語訳＝ヤンソナ、玄岩社、一九九二）

■一九九六年
単行本（小説）
3『玄』講談社
単行本（対談集）
10『われ＝われの旅』（玄順恵と）岩波書店
単行本（評論・その他）

2『激動の世界で私が考えて来たこと』近代文芸社
4『被災の思想　難死の思想』朝日新聞社
9『でもくらてぃあ』筑摩書房

■一九九七年
単行本（小説）
3『大阪シンフォニー』中央公論社
3『XYZ』講談社
7『HIROSHIMA』講談社（林京子・解説、黒古一夫・作家案内）
9『暗潮』河出書房新社
単行本（評論・その他）
2『ゆかりある人びとは』春秋社

■一九九八年
単行本（小説）
3『「アボジ」を踏む』講談社
5『玉砕』新潮社（英語訳 "The Breaking Jewel"＝Donald Keene, Columbia University Press, 2003）
単行本（評論・その他）
1『これは「人間の国」か』筑摩書房

■一九九九年
単行本（小説）
6『さかさ吊りの穴』講談社
単行本（対談集）
3『「人間の国」へ』（デイブ・デリンジャーと）藤原書店
5『都市と科学の論理』（武谷三男と）こぶし書房
単行本（評論・その他）
2『崇高について』（「ロンギノス」と共著）河合文化教育研究所
7『自録「市民立法」——阪神・淡路大震災　市民が動いた！』（山村雅治＋市民＝議員立法実現推進本部〔代表・小田実〕著）藤原書店

■二〇〇〇年
全集
10『小田実評論撰1』筑摩書房
単行本（評論・その他）
3『ひとりでもやる、ひとりでもやめる——「良心的軍事拒否国家」日本・市民の選択』筑摩書房
5『私の文学——「文（ロゴス）」の対話』新潮社

■二〇〇一年
単行本（小説）
11『くだく　うめく　わらう』新潮社
単行本（評論・その他）
3『小田実評論撰2』筑摩書房
7『小田実評論撰3』筑摩書房
9『小田実の世直し大学』（飯田裕康・高草木光一編）筑摩書房

■二〇〇二年
単行本（小説）
6『深い音』新潮社
単行本（評論・その他）
4『市民社会と非戦の思想』（松井やよりと共著）敬和カレッジ・ブックレットNo.8（敬和学園大学発行）
7『小田実評論撰4』筑摩書房
12『戦争か、平和か――「9月11日」以後の世界を考える』大月書店（韓国語訳＝イグテ、ヤンヒョンへ、ノクセクピョンロンサ（緑色評論社）、二〇〇四）

■二〇〇三年
単行本（評論・その他）
4『ここで跳べ　対論「現代思想」』（飯田裕康・高草木光一編。小田実、黄晳暎、喜納昌吉、山口研一郎、早川和男、志位和夫）慶應義塾大学出版局
7『子供たちの戦争』講談社
10『小田実のアジア紀行』大月書店

■二〇〇四年
単行本（評論・翻訳書その他）
6M・バナール『黒いアテナ――古典文明のアフロ・アジア的ルーツII　考古学と文書にみる証拠　上』（序文・小田実、金井和子訳）藤原書店
8『随論　日本人の精神』筑摩書房
11『手放せない記憶――私が考える場所』（小田実・鶴見俊輔）編集グループ〈SURE〉

■二〇〇五年
単行本（対談集）
4『天下大乱を生きる』（小田実・司馬遼太郎著）河出文庫
単行本（評論・その他）
8『思索と発言1　市民の文（ロゴス）』岩波書店
8『思索と発言2　西雷東騒』岩波書店

8『ラディカルに〈平和〉を問う』(小田実・木戸衛一編。小田実、加藤周一、ダグラス・スミス、土井たか子、木戸衛一)法律文化社

■二〇〇六年

単行本(小説)

9『玉砕/Gyokusai』(小田実、ティナ・ペプラー、ドナルド・キーン)岩波書店

11『終らない旅』新潮社

単行本(評論・その他)

7『憲法九条を語る――日本国憲法九条は体をはって世界平和を護っている』(小田実・小森陽一著、九条の会・千葉地方議員ネット編)五月書房

11『9・11と9条――小田実平和論集』大月書店

■二〇〇七年

単行本(評論・その他)

6『中流の復興』NHK出版

10『生きる術としての哲学――小田実最後の講義』(小田実・飯田裕康。高草木光一編)岩波書店

■二〇〇八年

単行本(小説)

6・7・8『河1・2・3』集英社

8『「アボジ」を踏む　小田実短篇集』講談社文芸文庫

単行本(評論)

6『「難死」の思想』岩波書店(現代文庫)

■二〇〇九年

単行本(小説)

4・5『大地と星輝く天の子　上・下』岩波文庫

9『オモニ太平記』講談社文芸文庫

■二〇一〇年

全集

6『小田実全集』(全82巻、電子書籍・オンデマンド版で刊行中)講談社

■二〇一一年

単行本(評論・その他)

11『オリジンから考える』(小田実・鶴見俊輔)岩波書店

(13・6・30現在)

われわれの小田実

2013年7月30日　初版第1刷発行©

編集兼発行者　藤　原　良　雄

発　行　所　株式会社　藤　原　書　店

〒162-0041　東京都新宿区早稲田鶴巻町523
電　話　03（5272）0301
FAX　03（5272）0450
振　替　00160 - 4 - 17013
info@fujiwara-shoten.co.jp

印刷・製本　音羽印刷

Printed in Japan
ISBN978-4-89434-926-1

弱者の目線で

弱いから折れないのさ

岡部伊都子

「女として見下されてきた私は、男を見下す不幸からも解放されたい。人権として、自由として、個の存在を大切にしたい」（岡部伊都子）。四十年近くハンセン病元患者を支援してきた著者が、真の「人間性の解放」を弱者の目線で訴える。

題字・題詞・画＝星野富弘

四六上製　二五六頁　**二四〇〇円**
（二〇〇一年七月刊）
◇978-4-89434-243-9

賀茂川の辺から世界へ

賀茂川日記

岡部伊都子

「人間は、誰しも自分に感動を与えられる瞬間を求めて、いのちを味わわせてもらっているような気がいたします」（岡部伊都子）。京都・賀茂川の辺から、筑豊炭坑の強制労働、婚約者の戦死した沖縄……を想い綴られた連載「賀茂川日記」の他、「こころに響く」十二の文章への思いを綴る連載を収録。

A5変上製　二三二頁　**二〇〇〇円**
（二〇〇二年一月刊）
◇978-4-89434-268-2

母なる朝鮮

朝鮮母像

岡部伊都子

日本人の侵略と差別を深く悲しみ、日本の美術・文芸に母なる朝鮮を見出す、約半世紀の随筆を集める。

［座談会］井上秀雄・上田正昭・岡部伊都子・林屋辰三郎
［題字］岡本光平　［跋］朴菖煕
［カバー画］赤松麟作
［扉画］玄順恵

四六上製　二四〇頁　**二〇〇〇円**
（二〇〇四年五月刊）
◇978-4-89434-390-0

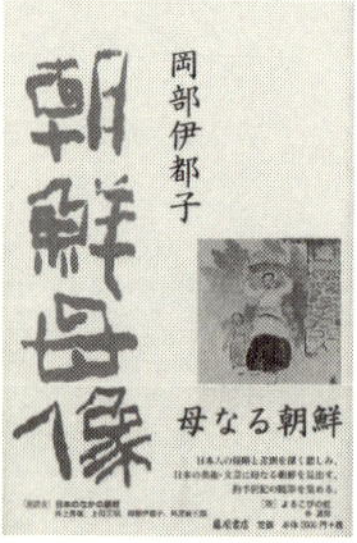

本音で語り尽くす

まごころ

（哲学者と随筆家の対話）

鶴見俊輔＋岡部伊都子

〝不良少年〟であり続けることで知的鍛磨を重ねてきた哲学者・鶴見俊輔。〝学歴でなく病歴〟の中で思考を深めてきた随筆家・岡部伊都子。歴史と学問の本質を見ぬく眼を養うことの重要性、来るべき社会のありようを、本音で語り尽くす。

B6変上製　一六八頁　**一五〇〇円**
（二〇〇四年一二月刊）
◇978-4-89434-427-3

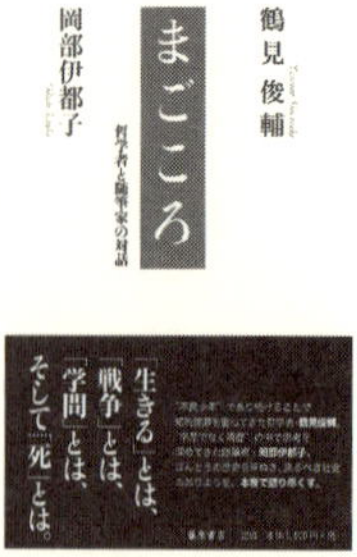

自立への意志を提唱する本格作

震災の思想

（阪神大震災と戦後日本）

藤原書店編集部編

地震学、法学、経済学、哲学、宗教、環境、歴史、医療、建築・土木、文学、ジャーナリズム等、多領域の論者が、生活者の視点から、震災があぶりだした諸問題を総合的かつ根本的に掘り下げ、「正常状態」の充実をめざす本格作。

R・ゲラー「地震予知は不可能」／栗城壽夫「危機管理と憲法」ほか

四六上製　四五六頁　**三一〇七円**（一九九五年六月刊）◇978-4-89434-017-6

初の「市民立法」推進の全過程

自録「市民立法」

（阪神・淡路大震災——市民が動いた！）

市民＝議員立法実現推進本部・山村雅治

陳情しない、抗議しない——阪神・淡路大震災の被災市民たちが、真の生活再建への公的援助を求め「市民立法」で法案を打ち立て、超党派の議員を巻き込み遂に国会を動かした活動と精神の全記録。

菊判並製　五四四頁　**四八〇〇円**（一九九九年七月刊）◇978-4-89434-144-9

3・11がわれわれに教えてくれたこと

3・11と私

（東日本大震災で考えたこと）

藤原書店編集部編

赤坂憲雄／石牟礼道子／鎌田慧／片山善博／川勝平太／辻井喬／松岡正剛／渡辺京二他

東日本大震災から一年。圧倒的な現実を突きつけたまま過ぎてゆく時間のなかで、私たちは何を受け止めることができたのか。発するべきことば自体を失う状況に直面した一年を経て、それでも紡ぎ出された一〇六人のことばから考える。

四六上製　四〇八頁　**二八〇〇円**（二〇一二年八月刊）◇978-4-89434-870-7

〝放射線障害〟の諸相に迫る

誕生前の死

（小児ガンを追う女たちの目）

綿貫礼子＋「チェルノブイリ被害調査・救援」女性ネットワーク編

我々をとりまく生命環境に今なにが起っているか？　次世代の生を脅かす〝放射線障害〟に女性の目で肉迫。その到達点の一つ、女性ネットワークの主催するシンポジウムを中心に、内外第一級の自然科学者が豊富な図表を駆使して説く生命環境論の最先端。

A５並製　三〇四頁　**二三三〇円**（一九九二年七月刊）◇978-4-938661-53-3

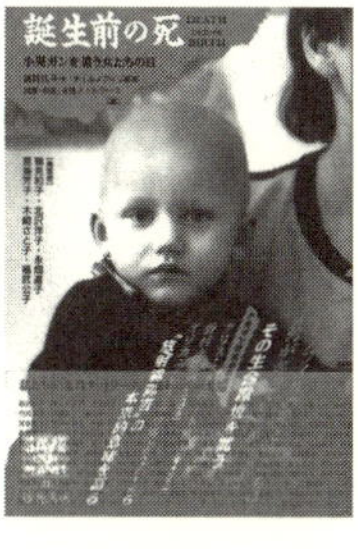

ギリシア文明の起源に新説

黒いアテナ ㊤㊦

（古典文明のアフロ・アジア的ルーツ　II　考古学と文書にみる証拠）

M・バナール
金井和子訳

考古学・言語学の緻密な考証から古代ギリシアのヨーロッパ起源を否定し、フェニキア・エジプト起源を立証、欧米にセンセーションを巻き起こした野心作の完訳。　〔㊤特別寄稿〕小田実

A5上製
㊤五六〇頁　四八〇〇円（二〇〇四年六月刊）
㊦六〇〇頁　五六〇〇円（二〇〇五年一一月刊）
㊤◇978-4-89434-396-2
㊦◇978-4-89434-483-9

BLACK ATHENA　Martin BERNAL

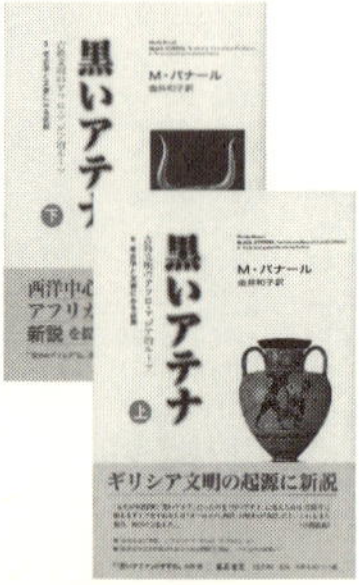

『黒いアテナ』批判の反批判

『黒いアテナ』批判に答える ㊤㊦

M・バナール　金井和子訳

問題作『黒いアテナ』で示された、古代ギリシア文明がエジプト、レヴァントなどからの影響を受けて発達したとする〈改訂版古代モデル〉が、より明快に説明され、批判の一つ一つに逐一論駁した、論争の書。

A5上製
㊤四七二頁　五五〇〇円（二〇一二年六月刊）
㊤三六八頁　四五〇〇円（二〇一二年八月刊）
㊤◇978-4-89434-863-9
㊦◇978-4-89434-864-6

BLACK ATHENA WRITES BACK　Martin BERNAL

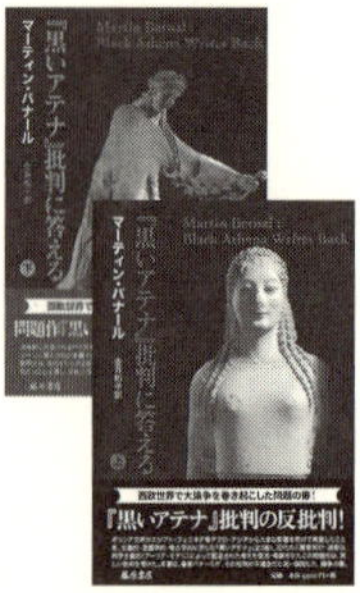

一九三三年、野間宏十八歳

作家の戦中日記 ㊤㊦

（一九三二―四五）

野間宏
編集委員＝尾末奎司・加藤亮三・紅野謙介・寺田博

戦後文学の旗手、野間宏の思想遍歴の全貌を明かす第一級資料を初公開。戦後、大作家として花開くまでの苦悩の日々の記録を、軍隊時代の貴重な手帳等の資料も含め、余すところなく活字と写真版で復元する。

限定千部
A5上製貼函入
㊤六四〇頁　㊦六四二頁
三〇〇〇〇円（分売不可）
（二〇〇一年六月刊）
◇978-4-89434-237-8

全体小説作家、初の後期短篇集

死体について

野間宏後期短篇集

野間宏

「未来への暗示、人間存在への問い、そして文学的企みに満ちた傑作『泥海』……読者はこの中に、心地良い混沌の深みを見るだろう。」（中村文則氏評）

【収録】「泥海」「タガメ男」「青粉秘書」「死体について（未完）」（解説・山下実）

四六上製　二四八頁　二二〇〇円
（二〇一〇年五月刊）
◇978-4-89434-745-8